SEDUZIDA

Título original: *Kept*

EDITORA RESPONSÁVEL
Rejane Dias

ASSISTENTE EDITORIAL
Andresa Vidal Vilchenski

PREPARAÇÃO
Andresa Vidal Vilchenski

REVISÃO
Sabrina Inserra

CAPA
Larissa Carvalho Mazzoni (Sobre a imagem de Olga Miltsova / Shutterstock)

DIAGRAMAÇÃO
Larissa Carvalho Mazzoni

Dados Internacionais de Catalogação na Publicação (CIP)
Câmara Brasileira do Livro, SP, Brasil

Banks, Maya

Seduzida / Maya Banks ; tradução Isabela Noronha. -- 1. ed. -- Belo Horizonte : Gutenberg Editora, 2019. -- (The Enforcers ; v. 3)

Título original: Kept.

ISBN 978-85-8235-571-8

1. Ficção erótica 2. Ficção norte-americana I. Título II. Série.

18-22392 CDD-813

Índices para catálogo sistemático:
1. Ficção : Literatura norte-americana 813

Iolanda Rodrigues Biode - Bibliotecária - CRB-8/10014

A **GUTENBERG** É UMA EDITORA DO **GRUPO AUTÊNTICA**

São Paulo
Av. Paulista, 2.073, Conjunto Nacional, Horsa I
23º andar . Conj. 2310-2312 .
Cerqueira César . 01311-940 São Paulo . SP
Tel.: (55 11) 3034 4468

Belo Horizonte
Rua Carlos Turner, 420
Silveira . 31140-520
Belo Horizonte . MG
Tel.: (55 31) 3465 4500

www.editoragutenberg.com.br

MAYA BANKS

SEDUZIDA

SÉRIE THE ENFORCERS

VOLUME 3

TRADUÇÃO: Isabela Noronha

GUTENBERG

1

Hayley Winthrop caminhava vagamente pela agitada calçada de Manhattan e ficou ainda mais desanimada ao perceber como estava longe de seu velho apartamento e da escola de música em que estava matriculada – por enquanto. Olhou furtivamente para cima e suspirou, pensando em como seu estado de espírito estava bem refletido nas nuvens que, de repente, cobriram o céu, manchando o que até então tinha sido um fabuloso dia de primavera. Não tinha trazido um guarda-chuva porque não havia planejado se aventurar tão longe em sua busca por um novo apartamento e, bem, a previsão não indicava chuva. Era sua "sorte". Má, como sempre. Ser uma eterna otimista estava começando a ficar desgastante depois de apanhar tanto de uma realidade dura e fria.

Dali a poucos dias não teria onde morar, e, com seu orçamento apertado, não estava conseguindo localizar outro lugar que pudesse pagar. Quando encontrou um apartamento temporário para viver, soube que não seria um arranjo permanente, mas esperava que levasse ao menos mais alguns meses antes de ser forçada a se mudar. Infelizmente, os proprietários, um casal de idosos muito gentis, patronos da escola de música que Hayley frequentava, tinham decidido encurtar sua viagem pela Europa porque a mulher havia ficado doente. O marido queria levá-la para casa, para ser atendida por seu médico. Eles se desculparam e até se ofereceram para ajudar Hayley a encontrar outro lugar para morar. Mas com o que ela podia pagar, seria quase impossível conseguir algo e ela não iria – não poderia – aceitar ainda mais favores deles. Já tinham sido tão gentis com ela... e seu estômago embrulhava só de pensar em tirar proveito da generosidade dos dois. Hayley era uma pessoa orgulhosa. Talvez mais do que seria bom para ela, ainda mais quando sua situação era tão desesperadora. Mas estava determinada a seguir seu próprio caminho e a cumprir a promessa que fizera ao pai doente em seu leito de morte: perseguir o sonho de estudar naquela prestigiada escola de música de Nova York. Um sonho que ele pensou que tornaria possível ao comprar uma apólice de seguro a um preço exorbitante de forma que, quando morresse, Hayley não passaria por necessidades mesmo sem tê-lo por perto.

Lágrimas pinicavam em suas pálpebras. Seu pai possuía apenas as melhores intenções, um coração puro e amável, e tinha muito orgulho de sua única filha. Ele fora enganado por um golpista que lhe vendera um seguro de vida com mais isenções e mais furos nas letras miúdas que um pedaço de queijo suíço. O único conforto que ela tinha com a morte dele era a certeza de que ele nunca sofreria a vergonha e o constrangimento de saber que o dinheiro que tanto economizara não serviria para nada.

Aquele pedaço inútil de lixo humano tinha se aproveitado do pai de Hayley, jurado que ele estava fazendo a coisa certa, enquanto, ao mesmo tempo, drenava centavo por centavo de suas parcas economias bem debaixo do seu nariz. E, na cama, doente, morrendo um pouco a cada dia, o pai tinha conseguido fazê-la prometer que iria para Nova York para perseguir o sonho de se tornar uma violinista profissional. Embora ela tivesse protestado, dizendo que se recusava a deixá-lo e que lutariam contra aquilo juntos. Prometera nunca sair do lado dele, e nada era mais importante do que ele lutar, superar e vencer aquela batalha. Então, e só então, iria atrás de seu sonho. Não às custas da saúde e da vida de seu pai. Teria dois, três empregos – o que fosse necessário para dar a ele os cuidados de que tão desesperadamente precisava. Mas seu pai não queria saber. Ele recusou com firmeza. Disse a Hayley que aquele seria o desejo de sua mãe e que havia prometido a ela, também no leito de morte, que asseguraria que o sonho da garotinha deles se tornaria realidade, nem que fosse a última coisa que fizesse na vida.

No fim, ela não teve escolha senão concordar, embora odiasse a ideia de se mudar para a cidade e internar o pai em uma casa de saúde. Não queria ficar longe dele, mas ele não queria que ela o visse morrer, que o visse indo em direção ao nada. Em sua última noite, ele pediu apenas que ela tocasse para ele. Então Hayley passou ali toda a noite, tocando o violino enquanto ele alternava momentos de consciência e de inconsciência, sempre com um sorriso no rosto, apesar da dor excruciante que, ela sabia, ele sentia cada vez que respirava. Quando a manhã chegou, ela beijou a testa dele, com as lágrimas correndo livremente em seu rosto, e se despediu. E, em um momento raro, de furor e lucidez, seu pai passou os braços ao redor de Hayley, abraçando-a com força. Com uma voz rouca, disse que a amava e ela já o deixava muito orgulhoso. Mas era hora de abrir as asas e perseguir seus sonhos.

Dois dias depois de sua chegada à Nova York, Hayley recebeu o telefonema da enfermeira de seu pai, dizendo que ele havia morrido e que suas últimas palavras tinham sido sobre ela: estava orgulhoso que a filha estivesse perseguindo seu sonho e poderia descansar em paz e finalmente encontrar sua amada esposa, agora que a filha ficaria bem.

Hayley mordeu o lábio, lutando contra as lágrimas de tristeza que ameaçavam cair. Olhou receosa para o céu, vendo que nuvens cinzentas tinham coberto qualquer sinal do dia até então ensolarado. Mas, ao menos por enquanto, nenhuma gota de chuva havia caído. Talvez pudesse ter sorte. Precisava voltar. O caminho até seu apartamento era longo e, sempre que possível, ela se locomovia a pé, economizando cada precioso centavo. O preço do metrô não era exorbitante, de forma alguma, mas ela precisava de cada moeda.

A quem ela estava enganando, dividindo seu tempo entre a escola e todos os empregos de meio-período e temporários que conseguia arranjar, gastando sola em busca de um aluguel acessível? Aluguéis acessíveis não existiam em Manhattan. Dividir um apartamento não era uma opção, pois o único momento do dia em que podia praticar sua amada música era tarde da noite, depois de sair de um dos trabalhos. E ela só parava para ter algumas preciosas horas de sono antes das aulas na manhã seguinte. Estava prestes a se virar para voltar pelo caminho pelo qual viera, quando notou um prédio menor espremido entre dois outros, mais imponentes, que tinham pelo menos trinta andares de altura. Era, obviamente, um prédio de apartamentos e, embora modesto, era surpreendentemente bem conservado, dada a sua óbvia idade. Tinha cinco andares, talvez seis, se houvesse uma unidade no subsolo, como muitos edifícios possuíam.

Não havia aviso de vagas, mas a maioria dos prédios – ao menos aqueles em áreas mais seguras – não precisava disso. Era mais frequente que tivessem listas de espera mais longas que os dois braços de Hayley. Oh, bem, qual era a pior coisa que ela poderia ouvir? Ou que não havia vagas, ou, se houvesse, que o aluguel era tão alto, mesmo no menor estúdio, que nem com seis empregos ela conseguiria pagar alguma coisa sem ajuda.

Ainda assim, ela hesitou em frente à entrada sob a placa indicando que o escritório de administração era ali dentro, perguntando-se quanto mais de decepção suportaria em um dia. Mas diante do fato de que só tinha mais três dias até que virasse oficialmente uma sem-teto, endireitou-se e encarou o desafio. Respirou fundo e apertou o interfone. Empurrou a porta depois que ela zumbiu, abrindo-se.

Seu olhar varreu o hall de entrada vazio, os olhos arregalados de surpresa. Apesar do aspecto desgastado do exterior do edifício, o interior tinha uma aparência contemporânea, mas que não gritava modernidade. Era acolhedor e confortável, um lugar onde alguém podia sentir-se imediatamente em casa.

Não crie expectativas demais. Você já se desapontou várias vezes. Por que agora seria diferente?

Quando um homem mais velho saiu de dentro do escritório que ficava logo atrás do hall de entrada, Hayley deu seu sorriso mais esperançoso e caloroso, mas apertou os dedos em frente ao corpo, tentando aliviar sua esperança e seu desespero.

***

Após refrescar-se no banho, Silas passeou por sua sala de estar – ou comando central, como seria mais correto chamar aquele espaço. Lá, tinha uma visão panorâmica não só de todo o seu prédio, mas das ruas que cercavam o quarteirão. Depois que Evangeline, mulher de seu irmão e sócio, foi sequestrada poucos meses antes, ele havia ampliado o alcance da vigilância, instalando câmeras de rua que chegavam muito além da área mais próxima de seus domínios.

Tinha acordado mais tarde que o habitual, que era antes do amanhecer, por causa de um problema que levara quase toda a noite para resolver. Dessa forma, estava com pressa para se vestir e reportar a Drake que a questão tinha sido solucionada. Algo que Drake já deveria saber, mas, com certeza, ainda ia querer conhecer os detalhes.

Silas fez uma pausa e parou completamente quando observou o monitor que lhe dava uma visão da frente de seu prédio – e de qualquer um que entrasse ali.

Uma jovem estava de pé no pequeno hall de entrada, obviamente nervosa e pouco à vontade. Silas apressou-se para aumentar o volume da linha que gravava aquela área e sentou-se, estudando a mulher mais de perto. Ela era impressionante. Tinha uma beleza arrebatadora, capaz de capturar o olhar de qualquer um, e fazê-lo olhar mais uma – e outra vez – para ela. Cabelos longos e muito negros, com surpreendentes olhos azuis da cor do oceano ao meio-dia, em um dia sem nuvens. E jovem. Parecia jovem e inocente demais até para chamar a atenção de um homem como Silas. Só de olhar para aquela linda desconhecida, sentiu-se com 100 anos de idade, com o peso de tudo o que tinha visto e feito em sua vida.

– E-eu gostaria de saber se há um apartamento disponível para alugar – a mulher disse, hesitante.

Silas se perguntou se ela percebia como parecia desesperada, e aquela esperança ansiosa brilhou nos olhos dela.

– Por acaso temos uma unidade de subsolo com saída para a rua – disse, alegremente, Miles, administrador do condomínio. – É pequeno, mas as contas estão incluídas, e temos uma segurança muito boa. E não há qualquer taxa de corretor também.

Silas observou enquanto a mulher prendeu a respiração, lutando contra a explosão de esperança que ameaçava florescer em seu rosto expressivo.

– Quando estaria disponível? E quanto custaria? – Ela quis saber.

Silas observou o rosto da mulher murchar ao ouvir o preço, seus ombros caindo, derrotados, e qualquer vestígio de esperança foi apagado de seus olhos, deixando-a totalmente desamparada.

– Entendo – murmurou. – Desculpe ter feito o senhor perder seu tempo. É muito mais do que posso pagar, mas obrigada mesmo assim. Vou embora agora. De novo, me desculpe por incomodá-lo.

Ela deu a Miles um pequeno cartão, fazendo uma careta, como se percebesse a inutilidade daquele gesto.

– E se por acaso surgir uma vaga em um de seus apartamentos de menor valor... por favor, entre em contato comigo.

Ela se virou, como uma mulher idosa em vez da jovem vibrante que Silas vira chegar, e foi em direção à saída, com a cabeça abaixada. Silas teve a impressão de ver o brilho de uma lágrima reluzir em uma das bochechas dela, quando seu perfil entrou, por um instante, em foco, no momento em que a mulher abriu a porta para a calçada movimentada.

Silas se levantou da cadeira com pressa, os punhos cerrados com firmeza ao lado do corpo, quando a viu caminhar lentamente pela rua, lágrimas escorrendo por suas bochechas pálidas. Nesse instante, ele jogou pela janela a cautela e a sanidade e sacou seu telefone, apertando o botão que o conectaria imediatamente ao administrador do condomínio.

Miles atendeu no primeiro toque.

– Pois não, senhor? – ele disse, com presteza – Em que posso lhe ajudar?

– A mulher que acabou de sair – Silas disse com a voz baixa. – Encontre-a. Dê-lhe o apartamento à direita do meu, mas diga a ela que não poderá se mudar até depois de amanhã. É o tempo que levará para reconstruir a parede de divisão com o meu e mobiliá-lo.

– Perdão? – perguntou Miles, aparentando choque.

– Você ouviu – Silas grunhiu. – Ofereça-lhe um aluguel ridiculamente baixo e informe que as contas estão incluídas e que o apartamento é totalmente equipado. Invente alguma razão. Não importa. Diga que a construção terminou antes do previsto e você foi avisado de que estaria pronto para ser alugado logo depois de ela sair. Apenas certifique-se de que a encontrará.

– Sim, senhor. Farei isso agora, senhor – Miles balbuciou.

– E faça com que meu motorista a leve para casa. Vou ligar para ele agora.

2

HAYLEY ESQUIVOU-SE DOS PRIMEIROS pingos de chuva e praguejou baixinho depois de olhar mais uma vez para o céu que escurecia. Sim. Um final perfeito para o dia que tivera. Aliás, para a semana que tivera. Pelo menos, tivera noção o suficiente para deixar o violino em casa em vez de trazê-lo nessa busca urgente por um lugar para morar.

Sabendo que custaria uma grana preciosa que ela não possuía, correu em direção à estação de metrô mais próxima, e enfiou a mão no bolso para comprar uma passagem de volta para casa.

Seu celular tocou e, por um momento, pensou em ignorar a chamada, mantendo o foco em escapar da chuva. Mas havia deixado seu número em todos os lugares em que buscara apartamento e não podia se dar ao luxo de achar que não era nada além de telemarketing.

Com um suspiro, e se recriminando por se permitir ter alguma esperança, colocou o celular no ouvido e emitiu uma saudação educada.

– Senhorita Winthrop, quem fala é Miles Carver. Você saiu daqui há alguns minutos, veio perguntar sobre um apartamento.

Hayley se desanimou.

– Sim, senhor, eu me lembro de você, é claro.

– Espero ter boas notícias para você, senhorita Winthrop. Uma unidade no andar de cima está em fase de renovação, e a princípio só estaria pronta daqui a semanas, por isso não mencionei em sua visita. Mas assim que você saiu o proprietário ligou e me informou que o apartamento ficará pronto em breve. Liguei para saber se estaria interessada.

Hayley fechou os olhos, decepcionada. Era como se o destino estivesse zombando dela com essas oportunidades que não tinha condição de aproveitar.

– Está totalmente mobiliado e as contas estão incluídas no aluguel – o administrador apressou-se em dizer. – Mas só estaria pronto para você se mudar depois de amanhã. Espero que não seja tarde.

– Não – disse Hayley, suavemente. – Isso não seria problema. O aluguel é a questão. Imagino que seja muito mais caro do que posso pagar.

Então o gerente a deixou perplexa falando uma quantia ridiculamente baixa para o aluguel mensal. A boca de Hayley se abriu em um suspiro, e seu coração bateu com tanta força que seus joelhos ameaçavam se dobrar. Ficou tão nervosa que pediu para ele repetir. Contra sua vontade, uma pulsação de esperança começou a bater em um ritmo furioso em sua cabeça. Certamente ela não poderia ser tão sortuda. Totalmente mobiliado, todas as contas incluídas e dentro do que ela podia pagar? Ou era uma piada cruel ou ela estava apenas imaginando tudo.

– É pequeno – disse o gerente. – Não tão pequeno quanto um estúdio, mas tem um quarto, um banheiro, uma pequena sala de estar e uma cozinha.

– Vou ficar com ele! – disse Hayley, sem fôlego.

Houve um momento de silêncio.

– Não quer vir olhar primeiro?

– Não – ela disse, com firmeza. – Parece perfeito. Vou ser sincera, Sr. Carver. Tenho poucos dias antes de precisar me mudar do meu atual apartamento. De modo que, como diz o velho ditado, mais vale um pássaro na mão do que dois voando. Devo voltar agora para assinar o contrato de aluguel?

Mais uma vez houve uma pausa e então ele disse:

– Sim, talvez seja melhor, a menos que esteja muito longe. Começou a chover e posso oferecer-lhe transporte de volta para casa após fecharmos a documentação.

A boca de Hayley se abriu com aquela oferta generosa e amável.

– Ah, não, não poderia aceitar. Vou voltar para preencher a papelada, mas não há necessidade de me levar para casa.

– Eu insisto – o administrador disse, com firmeza.

Alegria borbulhava nas veias de Hayley enquanto ela corria de volta para o pequeno prédio.

– Chego aí em cinco minutos – respondeu, ofegante.

Quatro minutos e um rápido toque no interfone mais tarde, Hayley estava no hall de entrada do prédio, suas bochechas coradas e seus cabelos úmidos grudados nas laterais da cabeça. A roupa dela estava encharcada, mas nada naquele momento poderia diminuir sua empolgação. Finalmente uma preocupação a menos sobre seus ombros. Ela tinha um lugar para morar! Um em que não dependeria da bondade ou da caridade dos outros.

O administrador franziu a testa quando viu a aparência dela e saiu do hall apenas para retornar em seguida com uma toalha grande e quentinha.

– Venha ao meu escritório. É mais quente e mais confortável – orientou.

Ele a fez se sentar em uma cadeira de couro em frente à sua mesa, depois empurrou na direção dela um pacote de papéis surpreendentemente pequeno com uma caneta.

– Aqui está o requerimento para o apartamento. Precisa preencher e, em seguida, assinar as duas cópias do contrato de aluguel. Perceberá que é bem direto. É um contrato de aluguel padrão de um ano, e há uma garantia de que a taxa atual não vai subir pelos próximos cinco anos após a renovação. Animais de estimação não são permitidos sem o consentimento por escrito do proprietário. Não subalugamos e você deve ser a única ocupante do apartamento.

Hayley fez que sim com a cabeça muitas vezes, emocionada com a sorte de ter topado com um dos cobiçados apartamentos de aluguel controlado da cidade – não era de se admirar que o preço fosse tão baixo! – e começou a ler o contrato. Como o Sr. Carver havia afirmado, era bem direto. Sem letras miúdas. Nenhuma linguagem complicada. Apenas um acordo básico com as regras que ela deveria seguir e um espaço para sua assinatura.

– Venha depois de amanhã, pela manhã. Vou lhe dar as chaves e mostrar-lhe o apartamento, bem como entregar à senhorita uma cópia do contrato assinado. Depois disso, pode se mudar quando quiser.

Hayley levantou-se.

– Não sei dizer o quanto estou grata, Sr. Carver. Você não sabe como isso foi uma dádiva. Não tinha ideia do que ia fazer se não conseguisse encontrar um lugar para ficar.

O administrador parecia desconcertado por sua gratidão, seu rosto vermelho.

– Bom, vou embora – disse Hayley. – Preciso começar a encaixotar as coisas!

– Vou acompanhá-la até o carro que a está aguardando aqui em frente – disse Carver. – Dê ao motorista seu endereço, e ele a levará em casa. A chuva está forte, será impossível conseguir um táxi.

Hayley corou.

– Não é necessário. De verdade. Você já foi gentil demais.

– De maneira alguma. O proprietário do apartamento faz questão.

Desconcertada com aquela declaração enigmática, Hayley se permitiu ser escoltada até um carro elegante e muito caro que nem sabia reconhecer a marca ou modelo. Ao entrar, quase suspirou com a maciez do banco de couro, em cuja suavidade acolhedora seu corpo se afundou.

***

Silas baixou o anexo do e-mail enviado a ele pelo administrador e esperou impaciente que o requerimento da mulher terminasse de ser impresso. Assim que terminou, ele o puxou e, por um tempo, não pensou na reunião urgente que teria com Drake. Afundou-se na cadeira do escritório e começou a escanear o formulário, absorvendo cada informação sobre a jovem mulher que tão inexplicavelmente o cativara desde que aparecera no monitor de segurança.

Seus lábios se contraíram com ironia, achando graça. Não escapava a ele que algo semelhante ocorrera com Drake meses antes. Evangeline chamara sua atenção no instante em que entrara em sua boate e ele a vira pela câmera de segurança. A diferença, no entanto, era que Silas não acreditava em amor à primeira vista. Fascínio, sim. Amor, paixão ou mesmo interesse emocional, não.

Ele não entendia por que ela o intrigara tanto, ou por que sua angústia e desespero óbvios tinham tocado uma parte de sua alma negra que nunca tocara o sol em todos os anos de sua existência. Só entendia que aquele sentimento era... arrebatador. Uma adrenalina pela qual ele não esperava e da qual não gostava de jeito nenhum. E ainda assim não conseguira negar a si mesmo a oportunidade de observá-la sem ser notado.

Tinha absorvido cada detalhe. Sua beleza não lhe escapara, mas o que tinha causado mais impacto nele e feito com que reparasse com tanta intensidade era a inocência e a óbvia bondade inerente que brilhavam nas profundezas da alma dela — apesar de sua expressão de cansaço e exaustão, e ainda que houvesse um aparente ar de derrota nos traços delicados de seu rosto.

Talvez ele estivesse ficando velho e mais sentimental, ou talvez Evangeline fosse culpada pelo senso de proteção instantâneo que sentiu quando bateu os olhos naquela menina. Não, menina não. Uma jovem mulher, mas longe de ser uma garota. Tinha sido fácil olhar para ela e ver Evangeline. Jovem, inocente e ainda assim abatida pela vida. Para todos os efeitos, aquela fora Evangeline antes de Drake aparecer em sua vida para mimá-la e enchê-la de atenção e cuidados.

De acordo com os documentos, Hayley Winthrop tinha 22 anos e era estudante em uma escola de música da qual ele já ouvira falar. Pequena, mas prestigiosa. Pelo que sabia, era bem difícil entrar e apenas os músicos mais brilhantes e talentosos eram aceitos. Franziu a testa, no entanto, quando viu que ela era uma estudante em meio período e mantinha dois empregos em tempo integral, além de vários outros empregos temporários.

Não admira que tenha ficado consternada quando Miles lhe informou o preço do aluguel para o apartamento vago. Não tinha como pagar aquilo. Ela não havia especificado nada sobre família, nem colocado uma pessoa como contato de emergência. Estava completamente sozinha em uma cidade estranha? Da mesma forma que Evangeline? Ele balançou a cabeça. Sim, só podia ter sido esse paralelo entre ela e Evangeline que havia tocado uma parte de seu coração que, antes de conhecer a mulher de Drake, ele jurava não existir. Era a única explicação razoável.

Homens como ele certamente não cediam a paixões, ou mesmo a algum fascínio. E muito menos mudavam seus planos de transformar todo o andar de cima em um enorme apartamento que seria seu domínio privado a que ninguém mais teria acesso. Ele suspirou. Estava feito e não havia volta. Não queria vizinhos. Nunca havia alugado os dois apartamentos vagos ao lado do seu porque planejava reformá-los, transformando-os em seus aposentos.

Mas não poderia, em sã consciência, voltar atrás na oferta a Hayley. Não quando ela obviamente passava por necessidade e tinha ficado tão arrasada ao descobrir que não poderia pagar pelo aluguel normal. Poderia apenas ter ordenado que Miles dissesse à senhorita Winthrop que dera a informação errada sobre o aluguel do estúdio no subsolo, de forma que ela ficasse o mais longe possível dele, mas havia dois problemas aí: ela provavelmente suspeitaria de uma mudança tão drástica no preço do aluguel da referida unidade, e, bem, ela não estaria ao lado dele, onde Silas poderia monitorar suas idas e vindas, e sabia que ficaria bem atento à nova vizinha. Teria que fazer isso de forma muito discreta. Checou o relógio e praguejou baixinho, sabendo que Drake estaria se perguntando onde diabos ele estava, impaciente para analisar os resultados da tarefa de Silas na noite anterior. Não era bom fazê-lo esperar mais.

3

HAYLEY AFUNDOU AINDA MAIS NO ASSENTO quente e confortável do carro de luxo enquanto cortavam o trânsito, e sorriu, quase sem acreditar na sorte que tivera. Como as coisas tinham mudado rápido e como, em um instante, havia ido do desespero e resignação ao entusiasmo e otimismo em relação ao futuro.

Lágrimas brilharam em seus olhos e se penduraram em seus cílios.

Vou conseguir, pai. Como prometi. Encontrei um lugar com um aluguel que posso pagar. Poderei continuar na escola, como você e mamãe queriam. Um dia você vai me ver tocando em uma orquestra de prestígio. Tudo isso é para você, pai. Por tudo o que sacrificou por mim. Só queria que estivesse aqui para ver a primeira vez em que eu tocar em uma orquestra.

Uma dor feroz atravessou seu peito, e ela esfregou os olhos, piscando furiosamente para se livrar das lágrimas que os queimavam. Era difícil de aceitar que seu maior – seu único – defensor não estava mais com ela. Primeiro tinha sido sua mãe, que Hayley perdera quando ainda era criança. Mas Hayley ainda se agarrava às vagas memórias que guardava dela. Toda vez que olhava para o espelho, via o rosto de sua mãe. Como seu pai tantas vezes dizia com orgulho, ela era a cara da mãe.

Era ruim o suficiente ter perdido um dos pais. Por que ela teve de perder os dois? As duas únicas pessoas que tinha no mundo? Inclinou-se para frente no assento quando viu que se aproximavam da rua onde ficava o prédio em que morava.

– Pode me deixar na esquina – ela disse ao motorista, que não tinha dito uma palavra durante o trajeto. – Posso ir caminhando a partir daqui. Não é longe. E a chuva já parou.

O homem olhou pelo espelho retrovisor, obviamente encarando Hayley fixamente, embora ela não conseguisse ver os olhos dele por trás das lentes escuras dos óculos que usava, mesmo em um dia tão nublado.

– Me sentiria melhor se a deixasse em frente ao seu prédio – disse o homem, surpreendendo-a com a firmeza de sua afirmação.

Hayley sorriu.

– Não, de verdade, está tudo bem. Quero caminhar para arejar a cabeça. Foi uma manhã cheia de acontecimentos.

Os lábios do motorista se apertaram, mas ele não discutiu. Encostou o carro na esquina e parou. Quando ela se dirigiu para abrir a porta e sair, ele lhe lançou um olhar de repreensão que a fez congelar. O homem desceu do carro e, sem pressa, deu a volta para a abrir a porta do passageiro que não dava para a rua.

Ela sorriu para ele novamente, desta vez com pesar, e agradeceu, apertando a mão que ele tinha oferecido para ajudá-la. Para seu espanto, os lábios daquele homem sério e sombrio foram tomados por um sorriso ligeiro, apenas os cantos da boca delicadamente inclinados para cima.

– Foi um prazer – ele respondeu, formal, antes de retornar ao banco do motorista.

Segundos depois, o carro se misturou ao trânsito e Hayley começou a andar meio quarteirão até o apartamento, balançando a cabeça ao relembrar as reviravoltas inesperadas que tinham ocorrido naquele dia.

Estava tão absorta na tarefa de embalar e arrumar mentalmente as poucas horas restantes antes de se apresentar no trabalho que não notou Christopher de pé em frente a seu prédio até quase trombar nele.

– Hayley! Eu estava te esperando! – ele disse em um tom irritado, como se quisesse que ela estivesse onde ele desejava e tivesse ficado chateado por ter que aguardar sua chegada.

Ela estremeceu por dentro e por pouco conseguiu suprimir um suspiro de exasperação. Não tinha tempo de lidar com um colega de classe que nunca entendia o recado, não importa quantas vezes ela tivesse dito, com delicadeza, que não tinha nenhum interesse em qualquer tipo de relacionamento com ele – ou com qualquer outra pessoa.

Mas isso só parecia tê-lo deixado mais determinado.

– Estou bem ocupada, Christopher – ela disse com calma. – Tenho poucos dias para encontrar outro lugar para morar antes de sair deste apartamento.

Os lábios dele se retorceram, a expressão ficando amarga.

– Você poderia ir morar comigo. Sabe disso. Tenho grana. Uma herança. E receberei a maior parte dela depois que conseguir esse diploma ridículo em Música.

Havia um brilho de satisfação e ganância, como se ele esperasse que ela se impressionasse a ponto de se jogar em seus braços. Porém, ao dizer "diploma ridículo", desgosto brilhou nos olhos dele, como se achasse que o curso de Música fosse repugnante. Ela ficou chocada com aquela reação. Por que então estava naquela escola se achava o curso – e a música – tão abomináveis?

Ela balançou a cabeça porque não queria nem saber. Não se importava. Não ia perguntar, porque não tinha intenção de fazer nada para encorajá-lo. E suas razões, de verdade, não lhe interessavam. A única coisa que importava era que ele percebesse a situação e procurasse outra pessoa. Quem sabe alguém mais receptivo.

– Você não precisaria trabalhar ou se preocupar com um lugar para morar. Eu tomaria conta de você. Está sendo teimosa.

– Não tenho tempo para isso, Christopher. Estudo e tenho um trabalho em tempo integral. Além disso, não tenho vontade de me envolver em um relacionamento. Sou perfeitamente capaz de cuidar de mim mesma, e se não parar de me assediar, vou à polícia pedir uma ordem de restrição – disse Hayley, da maneira mais gentil que conseguiu, quando o que queria mesmo era socar a cabeça dele.

A última frase foi dita com firmeza e uma nota de advertência em seu tom avisava que sua paciência já estava no limite. O rosto dele ficou vermelho e seus olhos brilharam de raiva, o que deixou Hayley extremamente incomodada. Antes que pudesse entender essa outra emoção desconfortável e antes que ele pudesse dizer mais alguma coisa, ela se desviou dele e entrou no prédio, digitando o código de acesso bem rápido para entrar e deixá-lo para trás.

Pelo menos Christopher não tinha ideia de para onde Hayley se mudaria, e ela planejava seguir assim. Algo no rapaz a deixava nervosa e fazia com que ela sentisse medo de ficar sozinha com ele. Já era ruim o suficiente sofrer com a presença dele quando estavam em público. Mas, pelo menos agora, o único momento em que seria forçada a vê-lo seria na única aula que tinham juntos. Aquela na qual ele não perdia nenhuma oportunidade de mostrar sua arrogância e amor próprio exagerados.

Mandando para longe os pensamentos desagradáveis da persistência de Christopher e de que ele não tinha cara de desistir fácil, tentou se focar no novo apartamento e na gentileza de seu administrador. Como um agradecimento, faria para ele a sobremesa favorita de seu pai: brownies caseiros de chocolate triplo. Ela os levaria em dois dias, quando fosse pegar as chaves do apartamento. Não era muito, mas era de coração, e ela torcia para que ele apreciasse aquele doce mimo.

Seu apartamento. O pensamento até causou uma vertigem. Finalmente tinha algo para si própria. Seria autossuficiente e não ficaria dependendo da generosidade e da boa vontade de estranhos. Não que o que os Forsythes tinham feito por ela não tivesse sido bem-vindo e profundamente apreciado. Quando chegara à cidade, não tinha ideia de como era caro morar ali e, se não fosse por eles, teria voltado para casa na mesma hora. Mas agora poderia andar com as próprias pernas, e isso injetava satisfação em seu âmago. Estava um passo mais perto de realizar seu sonho – e de cumprir a promessa que fizera ao pai no leito de morte.

***

Silas entrou no escritório de Drake e encontrou o chefe surpreso.

– Está atrasado – Drake disse, o que era desnecessário, porque Silas sabia disso.

Silas respondeu com um aceno de cabeça.

– Surgiu um imprevisto.

Drake levantou uma sobrancelha questionadora.

– Algo errado?

– Nada relacionado a negócios – disse Silas, evasivo, sabendo que Drake não se intrometeria mesmo que sua curiosidade tivesse sido despertada.

– Algum problema na noite passada? — Drake perguntou, direcionando a conversa para o que lhe interessava.

Silas relaxou e, com facilidade, mudou de assunto, livrando-se de ter que pensar em uma certa jovem inocente de cabelos escuros como um corvo e no fato de que agira por impulso, algo que nunca fizera antes. Não estava a fim de mergulhar nas razões de sua atitude, quando havia dedicado a vida a aprender a estar em total controle de tudo.

– Foi de acordo com o plano. Os Vanucci estão assustados e voltaram a se reagrupar. Não estão felizes com a aliança entre você e os Luconi.

– Então somos dois – Drake disse, sombrio.

Drake sempre tivera uma política de não se aliar a ninguém, preferindo reservar sua lealdade para seus homens, seus irmãos – e eles por Drake. Mas tinha sido forçado a ceder quando Evangeline foi sequestrada e ele precisara se aliar aos Luconi para resgatá-la. Seu plano original era colocar as duas famílias criminosas uma contra a outra e ver as duas caírem juntas. Agora, seu foco era manter os Vanucci sob controle e, ao mesmo tempo, ter uma relação civilizada com os Luconi, sem tirar os olhos dos negócios deles.

– Eles vão querer vingança – advertiu Silas, falando baixo. – Não podemos nos dar ao luxo de baixar a guarda ou achar que eles estão intimidados com nossa aliança com os Luconi. Eles farão o que puderem para nos colocar contra os Luconi e vice-versa, esperando que entremos em guerra e, embora não sejam exatamente inteligentes, são espertos o suficiente para não depositar todas as esperanças nessa eventualidade. Nem teriam tanta paciência. Eles tentarão fazer parcerias com organizações menores para construir seu poder e vão esperar a hora certa para atacar quando menos esperarmos. É por isso que precisamos esperá-los a qualquer momento e nunca baixar a guarda.

Os lábios de Drake se apertaram e sua expressão ficou gélida. Não precisava dizer que Evangeline certamente seria um alvo, pois ela era a maior e a única fraqueza de Drake. E agora, grávida, estava mais vulnerável do que nunca.

Para distrair o chefe do medo paralisante de perder sua mulher, Silas recostou-se e, com um sorriso, disse:

– E como ela está? Ainda vomitando o tempo todo?

Drake suspirou, subitamente abatido, um tipo diferente de preocupação escurecendo seu olhar.

– Bastante. Está me deixando louco. Nunca me senti tão impotente na minha vida. Essa merda deve parar depois do primeiro trimestre, mas alguém, aparentemente, precisa dizer isso a ela, porque juro que agora está pior do que antes.

– Será que ela vai estar a fim do nosso almoço com delivery amanhã?

Dois ou mais homens de Drake protegiam Evangeline durante todo o tempo em que Drake não estava com ela. E quando ela e Drake saíam, pelo menos dois de seus homens os acompanharam. A segurança em torno dela era forte, mas necessária, levando-se em conta o risco que corria. Ela já havia sido sequestrada uma vez, e Drake estava determinado a não deixar que ela se machucasse de novo.

Logo no início do relacionamento de Drake e Evangeline, Silas tinha feito amizade com ela e gostava e respeitava de verdade a mulher de seu irmão.

Tinham um almoço semanal em que Silas pedia as comidas de delivery favoritas de Evangeline e levava ao apartamento de Drake para comerem juntos. Deveriam fazer isso no dia seguinte, mas, com os enjoos dela, Silas queria se assegurar de que não estaria piorando as coisas levando alimentos que ela não conseguiria comer.

– Mesmo se não quiser comer, ela vai querer sua companhia – Drake disse, com um sorriso indulgente. – Ela gosta de você e gosta do tempo que passam juntos. Mas aqui vai uma dica: seus desejos atuais incluem comida tailandesa, picles, biscoitos ou sorvete de creme. E juro que ela come bife Wagyu todo dia. Criamos um monstro.

– Achei que picles e sorvete eram só um clichê – murmurou Silas. – Mulheres grávidas têm mesmo desejo dessa merda?

– Pelo visto, sim – Drake disse, pesarosamente. – Tenho um estoque no apartamento. A maluquinha se levanta durante a madrugada e come os dois. Juntos.

Drake estremeceu e Silas precisou se controlar para não estremecer também.

– Está bem então. Vai ser comida tailandesa, picles, sorvete de creme e bife Wagyu – Silas disse, com um sorriso. – Certamente isso vai me garantir alguns brownies e pelo menos uma refeição caseira.

Evangeline não vinha cozinhando muito, e os homens de Drake, Silas incluído, tentavam de tudo para conseguir um convite para comer a comida dela.

– Se aparecer com essas quatro comidas, ela provavelmente será sua escrava culinária por um ano pelo menos – Drake disse, com uma risada.

– Com certeza vou levar bastante, não só para o nosso encontro, mas para vários dias.

Drake revirou os olhos.

– Não sobrecarregue minha mulher só porque você é viciado na comida dela. Ela não precisa se matar em cima de um fogão quando vem se sentindo uma merda. – O rosto de Drake se fechou em uma careta. – A danada não pode ficar muito em pé e precisa de mais descanso, mas já declarou guerra contra o mal-estar e a fadiga e se recusa a ficar de repouso pelo tempo que seja.

– Vou garantir que ela fique sentada e com os pés para cima enquanto eu a alimento amanhã – disse Silas com o cenho franzido.

Drake bufou.

– Boa sorte com isso.

– Está tudo muito tranquilo – Silas disse, mudando de assunto subitamente.

Algo vinha queimando em suas entranhas há semanas, mas agora era um fogo constante, um pressentimento que ele não podia ignorar.

Drake olhou para cima, com a feição transformada pela preocupação. Não questionou Silas. Nunca questionava. Mais do que qualquer pessoa, confiava nos instintos dele, e qualquer coisa que seu executor dissesse era recebida com total aceitação.

– Acha que estão planejando algo? – Drake perguntou, a voz grave.

– Eles certamente têm algo na manga – refletiu Silas. – Não são do tipo que recebe insultos em silêncio, nem simplesmente vão embora. O que me incomoda, porém, é que faz tempo que não ouço sobre um plano, ou esquema, ou qualquer outra coisa. As ruas estão silenciosas, e minhas fontes estão quietas. Ninguém está falando e isso me deixa nervoso, porque alguém sempre tem algo a dizer.

A expressão de Drake tornou-se ainda mais preocupada e ele praguejou com força.

– Então, que Deus me ajude, mas se eles forem atrás do que é meu, mato cada um com minhas próprias mãos.

– Com a minha ajuda – disse Silas, em acordo.

Ambos temiam um ataque à Evangeline, mas Silas também se preocupava com o chefe – ele poderia muito bem ser o alvo agora. Naquela altura, o inimigo já sabia o que Evangeline significava para Drake. E que ela estava grávida. Eles já sabiam que a segurança em torno dela era praticamente impenetrável e talvez tivessem esperança de que Drake – e seus homens – estivessem tão preocupados em proteger a moça que a proteção do chefe seria negligenciada.

Isso não era verdade, mas não significava que uma tentativa não pudesse ser feita.

– Você precisa ter cuidado – Silas disse, calmamente. – Não estou convencido de que eles não tentarão ir atrás de você.

– Espero para caralho que venham – Drake disse com brutalidade.

– Precisa pensar em Evangeline. E em sua filha – Silas disse, com paciência. – Você não tem mais ninguém, Drake. Pense em como Evangeline ficaria se algo acontecesse com você. Sua filha crescendo sem o pai. Sozinha. Desprotegida. É por isso que precisa se cuidar. Entendo que gostaria de pegar os imbecis, mas não pode correr tanto risco. Isso acabaria com Evangeline, e acho que essa é a última coisa que você gostaria de fazer.

Drake fez uma pausa, a ira ainda ardendo em seus olhos, e então a resignação e a aceitação das palavras de Silas tomaram conta. Ele recostou-se na cadeira e expirou, com força.

– Não gosto de estar fora de combate – ele disse, com aversão. – Me escondendo atrás de meus homens como um maldito covarde.

– Seus irmãos – corrigiu Silas. – Isso é o que fazemos. O que você fez por nós inúmeras vezes. É apenas a nossa vez de devolver o favor. Para você, para Evangeline e para sua filha.

– Porra – Drake murmurou, em um tom que sempre usava quando Silas tinha um argumento que não conseguia derrubar.

Silas sorriu.

– Então não precisarei me preocupar com você correndo riscos desnecessários?

– Vai se foder – Drake resmungou.

4

Aproximando-se do prédio, Hayley pendurou a bolsa no ombro com cuidado para não deixar cair a vasilha com brownies. Quando chegou à porta, a tensão estava no pico. Rezou para que não tivesse imaginado tudo e que o administrador não tivesse mudado de ideia e alugado o apartamento para outra pessoa, então tocou o interfone. A porta se abriu, ela entrou e deu um "oi" tímido ao administrador, que a encarou do balcão de recepção.

Um sorriso alargou o rosto do Sr. Carver enquanto ele pegava um molho de chaves e contornava o balcão.

– Pronta para ver o seu apartamento, senhorita Winthrop?

Meu Deus, não tinha sido um sonho. Era real! Havia encontrado um apartamento em uma parte segura da cidade e o aluguel... Hayley balançou a cabeça, de repente com a certeza de que algum erro tinha sido cometido e que ela ouvira errado. Mas não, o preço tinha sido especificado no contrato. Um aluguel daquele preço era simplesmente inédito. Mesmo os piores lugares nas partes mais seguras da cidade custavam o dobro daquilo.

Hayley deu a ele seu sorriso mais brilhante, tentando desesperadamente conter sua alegria esmagadora.

– Por favor, Sr. Carver, me chame de Hayley. Ninguém me chama de senhorita Winthrop. Bom, a não ser estranhos completos e, como você e eu vamos nos ver com frequência agora, você certamente não pode ser considerado um estranho.

– Somente se concordar em me chamar de Miles – respondeu o homem.

Ela sorriu para ele.

– Miles, então.

– Vamos subir? Fica no último andar, mas são apenas cinco andares. Seis, se contarmos o subsolo, mas apenas cinco acima do solo.

– Sim, mas primeiro tenho algo para você.

Ela abaixou a cabeça, notando a sobrancelha dele arqueada com a surpresa. Pegou o recipiente plástico e, antes que ficasse nervosa demais, estendeu para o administrador.

– Não é nada especial – ela disse. – Mas sei que não precisava ter se dado ao trabalho de me ligar quando certamente não teria dificuldade para alugar esse apartamento. Foi tão gentil comigo que eu quis fazer algo para expressar minha gratidão. Então fiz brownies para você. Era a sobremesa favorita do meu pai. Brownies de chocolate triplo.

O Sr. Carver não pegou os brownies que Hayley lhe estendia e, estranhamente, parecia bastante desconfortável com a situação. Será que ela o havia ofendido? Então, ele suspirou e passou uma mão pelos cabelos.

– Não deveria te dizer isso, pois pode custar meu emprego, mas não posso aceitar esse amável presente. Veja, a iniciativa não foi minha. Foi o proprietário que insistiu para que eu te ligasse e oferecesse o apartamento imediatamente. É ele que merece sua gratidão. Eu apenas supervisiono o funcionamento do prédio, mas ele é muito responsável e adota uma abordagem prática quando se trata de todos os locatários, suas necessidades e qualquer problema que surge.

– Ah – Hayley disse, estupefata.

Depois da surpresa, pensou rapidamente e olhou para o administrador.

– Você...Você tem papel e caneta para me emprestar? Gostaria de escrever um bilhete de agradecimento para ele. E você lhe entregaria os brownies, então, já que é a ele que preciso agradecer?

O gerente pareceu ficar ainda mais desconcertado. Ele ficou inquieto e aparentava muito nervosismo. Mas, por fim, cedeu e deu um aceno de cabeça, voltando para trás do balcão, de onde tirou uma folha de papel e uma caneta.

Hayley colocou os brownies em cima do balcão, pegou a caneta e posicionou o papel. Mordendo o lábio, ela parou um instante para reunir seus pensamentos e descobrir o que dizer. Então começou a escrever. Um minuto depois, dobrou cuidadosamente o papel e colocou-o sobre o recipiente de plástico que guardava os brownies.

– Obrigada por garantir que isso chegará para ele – ela disse, com suavidade.

– De nada, senhorita... Hayley – ele se corrigiu. – Agora está pronta para ver seu apartamento?

O sorriso dela foi instantâneo.

– Ah, sim, mal posso esperar para ver. Já encaixotei tudo e estou pronta para me mudar. Tudo o que preciso são as chaves e uma rápida olhada nas redondezas, e então volto para buscar meus pertences e fazer a mudança hoje.

Ele sorriu, indulgente, e, com um gesto, indicou os elevadores no corredor que terminava na saída de emergência. Hayley ficou surpresa ao ver dois elevadores quando não tinha certeza se haveria sequer um. Alguns dos outros edifícios que havia visitado tinham mais andares, mas apenas um elevador. Pelo visto, o proprietário tinha mesmo a conveniência de seus inquilinos em mente ao remodelar o prédio. Era uma construção antiga, mas só o exterior mostrava sua idade. Provavelmente, ali não havia dois elevadores antes da reforma.

Quando chegaram aos elevadores, Hayley ficou ainda mais surpresa ao ver um outro elevador, um pouco mais distante dos outros dois. Miles deve ter visto seu olhar perplexo porque em seguida explicou:

– É de uso exclusivo do proprietário – disse, sem entrar em detalhes.

Ele a conduziu para dentro, e mais uma vez ela ficou surpresa com o fato de o elevador ser novo e moderno. Também era rápido. Foram levados ao último andar em um piscar de olhos. Hayley já estava bastante impressionada com a sua nova casa e não tinha sequer entrado no apartamento.

Quando saíram, Miles virou-se para a direita, mas viu duas outras unidades à esquerda, separadas entre si. Parecia que havia apenas três apartamentos no quinto andar, e o dela era no fim do corredor, uma unidade no canto. Ainda mais maravilhoso, assim teria menos chance de perturbar os vizinhos quando ensaiasse com seu violino. Era perfeito! Certamente parecia bom demais para ser verdade.

Miles inseriu a chave e explicou que uma abria a fechadura normal e a outra abria a tranca. Assim que abriu a porta, foi saudada pelo cheiro de... novo. Pintura nova. Tudo novo. Ele mostrou-lhe como operar a tranca e falou da corrente, que parecia ser resistente e difícil de ser rompida. Hayley sentiu-se grata por isso.

Ela suspirou fundo conforme foi entrando no apartamento. Ele tinha dito que era pequeno, mas a sala de estar era espaçosa para o padrão nova-iorquino. A cozinha não era aberta, mas tudo bem, era perfeito para uma pessoa e ela podia cozinhar e assar confortavelmente naquela pequena cozinha.

Caminhou da cozinha para a magnífica sala de estar e notou que os pisos de madeira brilhavam, obviamente novos e nem um pouco baratos. Era madeira de verdade e de boa qualidade, o que conferia ao apartamento uma sensação de acolhimento e conforto. A mobília, entretanto, a surpreendeu mais. Também era nova e extremamente confortável. Nada como os móveis velhos e gastos que frequentemente se encontrava nos apartamentos mobiliados, usados só Deus sabe quantas vezes e abusados de inúmeras maneiras.

Não havia cheiro de mofo que indicasse algo velho ou sujo. Tudo ali tinha cheiro de novo e mais, de novo com qualidade. Alta qualidade.

Hayley ficou confusa. Com aquele aluguel insanamente baixo, não esperava de maneira alguma que o apartamento fosse mobiliado, mas tudo era muito luxuoso.

Miles olhou para ela, ansioso.

– Gostaria de ver o quarto?

Admirando a cozinha e a espaçosa sala de estar, ela havia se esquecido completamente do quarto e do banheiro. Assentiu, ávida, e o seguiu até o quarto.

Mais uma vez, o queixo de Hayley caiu: o quarto era quase opulento. Tinha um ar... feminino. Quase como se tivesse sido projetado e mobiliado com uma mulher em mente. Mas isso com certeza era impossível. Como poderiam saber se o inquilino em potencial seria homem ou mulher?

A cama era, sem dúvidas, suntuosa, e tamanho *queen*! Com um salto, Hayley sentou-se no colchão e quase gemeu de prazer com a suavidade que imediatamente se moldou aos contornos de seu corpo. Era como estar sentada em uma nuvem. Não podia imaginar o que seria dormir ali.

Seu olhar escaneou o resto do mobiliário e encontrou não só uma penteadeira e um armário, mas também um closet grande o suficiente para que pudesse caminhar dentro dele. Outra coisa estranha. Não havia chance de que ela conseguisse preencher todo aquele espaço com seus escassos pertences.

Relutante, ela se levantou daquele colchão maravilhoso e caminhou em direção ao banheiro. Àquela altura, nada mais deveria surpreendê-la, mas ainda assim ficou espantada. Havia uma banheira de pé de garra na parede oposta, bem como um enorme box. Havia até uma pia dupla e um armário alto encostado na parede em frente, onde toalhas e outros objetos poderiam ser armazenados.

Era como se o proprietário tivesse se preocupado com todas as suas possíveis necessidades ao reformar e mobiliar o apartamento. Por que ofereceria um aluguel tão baixo quando facilmente poderia conseguir um valor quatro vezes mais alto – e ainda assim ter o apartamento alugado em poucas horas?

Hayley não sabia responder essa pergunta, mas não ia deixar de aproveitar a súbita maré de sorte. Faltando apenas três dias para que ficasse desabrigada, sua situação sem dúvida era complicada, e ver uma oportunidade como essa cair em seu colo era uma verdadeira benção.

Relutante em deixar os aposentos do apartamento que agora era seu, mas sabendo que precisava ir buscar seus pertences para terminar a mudança e se acomodar, Hayley voltou para a sala de estar.

– Obrigada por me mostrar, mas preciso ir agora. Preciso pegar minhas coisas para poder me mudar.

– Um motorista está esperando lá fora para levá-la para casa. Ele ajudará a trazer seus pertences para o novo apartamento – disse Miles. – É o mesmo motorista que a levou para casa no outro dia.

Hayley corou.

– Não posso aceitar a sua oferta. É demais e não quero incomodar. Não tenho muitas coisas, então não devo demorar. Vou pegar um táxi.

Miles disse o mesmo que dissera antes.

– Eu insisto – disse ele. – É óbvio que você não tem ninguém para te ajudar e o proprietário deixou claro que gostaria que alguém a ajudasse com a mudança.

A testa de Hayley se franziu em confusão. Quem era esse misterioso dono benevolente, cuja bondade a confundia? Por que ele se importava? E por que insistiria em lhe oferecer carona para casa não uma, mas duas vezes, a segunda com instruções para que o motorista auxiliasse a carregar todas as suas coisas e as levasse ao novo apartamento?

Ela deu de ombros. Novamente, estava olhando os dentes de um cavalo dado, e ela não era orgulhosa a ponto de negar que precisava de ajuda. Precisava mesmo. E aquele misterioso proprietário tinha cruzado seu caminho no momento em que mais necessitara.

– Quando entregar a ele os brownies e o bilhete de agradecimento, por favor, mande minha mais sincera gratidão pelo esforço de providenciar alguém para me levar ao antigo apartamento e me trazer de volta. Diga que nunca serei capaz de agradecer o suficiente.

– Farei isso, Hayley. Agora venha. O motorista está esperando em frente ao prédio para levá-la de volta ao seu antigo apartamento.

5

Quando o interfone de Silas tocou, sinalizando uma chamada da recepção, sua reação automática foi franzir o cenho com aquela intromissão indesejada. Mas assim que se lembrou que era o dia da mudança de Hayley Winthrop, relaxou as feições e caminhou em direção ao interfone, que tinha uma linha direta para a recepção ou para o escritório do administrador. Se tivesse surgido qualquer complicação, queria que seu gerente lidasse com a situação, pois pagava um excelente salário àquele homem para fazer isso. Não queria se apresentar a Hayley. Estava muito desnorteado por sua própria reação a ela. Ao pensar na nova inquilina, sentia-se exposto, o que era algo totalmente novo para ele.

– Sim – Silas disse, em tom seco, no aparelho.

Houve uma breve hesitação que o irritou. Então, seu administrador pareceu ter recuperado a voz, que estava regada de desconforto.

– Boa noite, senhor, eh... tenho algo para você. Devo levar aí em cima? Foi-me pedido que fizesse a entrega pessoalmente. Há um bilhete também – ele acrescentou em seguida.

As sobrancelhas de Silas se franziram. Como diabos alguém poderia ter deixado qualquer coisa para ele com o administrador? Não era de conhecimento público que ele era o proprietário do prédio. O imóvel nem estava em seu nome, mas sim no nome de uma das inúmeras empresas de fachada que ele possuía.

– O que é? – Silas perguntou em um tom gelado.

– É um… presente – disse o administrador, com a voz trêmula.

– Traga-o.

Silas desligou, olhando para o interfone, irritado por ter tido sua solidão interrompida. Ia repreender o administrador, que conhecia muito bem suas ordens de não ser incomodado sem necessidade, e alguém ter lhe enviado um presente dificilmente se enquadrava em algo urgente.

Porém, sua curiosidade havia sido despertada, e ele esperou a chegada do administrador com impaciência. Então, sua ficha caiu. Devia ser da Evangeline. Ela sempre fazia coisas legais para ele e para os outros homens de Drake. Silas franziu a testa. Certamente, ela não tinha ido ali pessoalmente para deixar o presente. Não, se tivesse sido assim, ela mesma entregaria o pacote. Além disso, ele sem dúvida teria sido informado se Evangeline tivesse planejado um passeio. Ela estava sob um forte esquema de segurança, com a gravidez avançada, perto da data do parto. Seus passeios eram poucos e bem distantes nesses últimos dias, por causa do medo paralisante que Drake sentia de que algo acontecesse a ela.

Drake tinha uma boa razão, dado o fato de que sua mulher havia sido sequestrada logo depois do Réveillon, quando já estava grávida de dois meses e ninguém desconfiava. Drake tinha chegado perigosamente perto de perder a mulher que amava *e* sua filha.

Talvez ela tivesse simplesmente arranjado para que o presente fosse entregue no prédio, o que explicaria por que tinha ficado com o administrador.

Quando ouviu a batida na porta, Silas destravou uma série de trancas e a abriu para encontrar seu administrador pálido e suado, com medo nos olhos. Que diabos? O homem estava segurando um recipiente de plástico e agia como se tivesse uma bomba ali.

Sr. Carver entregou o recipiente a Silas e colocou um pedaço de papel dobrado sobre ele.

– Vou voltar lá para baixo – murmurou. – Tenha um bom dia, senhor. Se precisar de qualquer coisa, me avise.

Então praticamente correu de volta para o elevador, como se os cães do inferno estivessem em seu encalço. Silas balançou a cabeça. Era tão ogro a ponto de deixar seu administrador quase paralisado com o medo de ter violado sua privacidade? Sorriu com pesar. Era bastante severo em sua exigência por privacidade. Não deveria se surpreender com o medo de seu gerente.

Silas sempre instilara uma dose saudável de medo em qualquer pessoa com quem tivesse algum tipo de relacionamento regular. Cultivava esse medo e respeito, achava-os úteis e adequados aos seus propósitos. Se as pessoas o temessem, tendiam a manter uma distância segura, então nunca precisava se preocupar em ter pessoas perto demais de sua privacidade.

As únicas pessoas que significavam qualquer coisa para ele eram seus irmãos e Evangeline, a mulher do homem a quem Silas jurara fidelidade. Silas era o executor de Drake. Morreria por todos eles. Drake. Evangeline. Seus irmãos. Eles eram sua... família. Evangeline tinha feito isso com eles. Tinha feito todos perceberem que eram mais do que um grupo de homens que haviam jurado lealdade uns aos outros e trabalhavam para Drake.

Silas olhou com desconfiança para o recipiente que segurava e para o bilhete em cima da tampa. Colocando-o de lado, fechou com cuidado todas as trancas e, em seguida, de baixo para cima, passou por cada uma, abrindo e fechando, e depois repetiu a operação de cima para baixo. Era um hábito para ter certeza de que todas as trancas estavam fechadas e nenhum erro tinha sido cometido.

Aquele ritual deixava sua mente relaxada. Era uma obsessão, assim como seu apartamento cuidadosamente organizado e arrumado com rigor, e seu compromisso absoluto com uma rotina rigorosa. Ter controle era essencial para ele. Não, não apenas essencial. Era tudo. Ele controlava todos os aspectos de sua vida. Controlava aqueles ao seu redor. Tudo tinha que estar em perfeita ordem, ou não era capaz de dormir.

Olhou para o recipiente e optou por abrir primeiro o bilhete. Quando percebeu de quem era, seu coração se acelerou, um evento pouco comum, para dizer o mínimo. Olhou para a letra elegante e feminina e chegou a passar a ponta do dedo nas palavras, como se quisesse que penetrassem em sua pele.

Algo profundo dentro dele começou a se descongelar e aquecer enquanto absorvia o doce agradecimento de Hayley Winthrop. Dobrou o papel de volta com reverência, e depois dobrou mais uma vez para que coubesse em seu bolso. Enfiou em seu jeans, onde estaria a salvo de danos e não correria nenhum risco.

Então abriu o recipiente e o aroma potente de chocolate o invadiu. Sentiu o cheiro com prazer e, para sua consternação, sentiu a mão tremer quando pegou um dos quadrados cuidadosamente cortados daquele doce de aparência luxuriosa.

Era a sobremesa favorita do meu pai.

Uma das frases do bilhete lhe veio à cabeça ao morder o brownie e saborear a explosão de sabor em sua língua. Ela se referia ao pai no passado. Então, ele não era mais vivo? Lembrando-se de que ela não colocara ninguém na parte que pedia um contato de emergência, perguntou-se se ela estava sozinha no mundo... como ele.

Mas não, ele não era completamente sozinho. Tinha sua família. Mesmo que, na maioria das vezes, ainda preferisse a solidão. Não conseguia mais só aparecer quando era necessário e desaparecer depois, ausentando-se por dias seguidos. Evangeline não aceitava. Além do almoço toda semana, ela fazia questão que ele e os outros fossem jantar, almoçar e, às vezes, tomar café da manhã na casa dela. Basicamente, toda hora que ela decretava ser "momento da família", todos se reuniam no apartamento de Drake para serem mimados e cuidados pela mulher do chefe.

Quem Hayley teria? Teria alguém para cuidar dela e protegê-la? Tinha uma sensação ruim de que ela não tinha, e não entendia por que isso o incomodava. Só sabia que o incomodava muito. Uma garota como ela sozinha na cidade? Uma mulher cujos olhos, como um farol, brilhavam de bondade e inocência? Era também uma antena parabólica para todos os predadores em um raio de quilômetros.

Ele soltou muitos palavrões. Não ia protegê-la, merda. Mas, no mesmo instante em que fez esse juramento, entendeu que não conseguiria se manter longe dela, da mesma forma que não conseguira com Evangeline e com seus irmãos. Não precisava estar perto dela para protegê-la. Não precisava estar a poucos metros.

Mesmo que cada parte dele ansiasse para que estivesse.

6

Silas abriu a janela do quarto, o que tinha se tornado hábito durante a semana anterior, e sentou-se em sua cama em uma posição confortável, o olhar fixo no teto enquanto esperava.

Então, começou. Fechou os olhos quando os primeiros belos e profundos acordes do violino se derramaram pela noite e invadiram seu quarto, envolvendo-o, prendendo-o em sua teia sensual.

Hayley era extremamente talentosa para alguém tão jovem. Ele conhecia muito bem música clássica, e sabia reconhecer talento quando ouvia um. Aquela mulher estava destinada à grandeza, disso ele não tinha dúvidas.

Toda noite, desde quando passou a dormir no apartamento ao lado dele, ela tocava o violino, a janela aberta para permitir que a música se misturasse com os sons da cidade e da noite. Antes, Silas só ouvia os sons do trânsito, apenas um pouco mais suaves àquela hora da noite, mas agora tudo o que escutava eram as melodias requintadas que ela tocava e a pungência que conferia a cada nota.

Perguntou-se se, como ele, ela dormia pouco. Ela quase nunca estava em casa, só tarde da noite, quando passava horas praticando, sua música cada vez mais poderosa com os ensaios. Algumas noites ela nem dormia, pois tocava até que os primeiros raios de luz banhassem o céu. E, logo em seguida, pelas câmeras de segurança que instalara assim que comprara o edifício, Silas a via sair.

Sabia que ela frequentava a escola apenas em meio-período. Provavelmente, trabalhava no restante do tempo. Franziu a testa para a distração indesejada da paz que havia sentido quando ela começou a tocar. Ela sempre estava ou na aula, ou no trabalho, ou praticando com seu violino. Quando ela dormia? Quando tirava algum tempo para simplesmente curtir a vida? Não parecia ter qualquer tipo de vida além do trabalho, da escola e do violino.

No entanto, ela tinha encontrado tempo para fazer seus brownies caseiros para ele. Os favoritos de seu pai.

Uma sensação peculiar instalou-se em seu peito, e ler o bilhete que ela lhe enviara já havia virado hábito – um hábito em que Silas caíra muitas vezes na semana em que o recebera. Tratava aquele bilhete com o maior cuidado, lendo novamente a escrita dela, rastreando cada linha e curva de suas letras com os dedos como se, de alguma forma, tocasse nela. Naquele momento, esfregava o papel fino entre o polegar e os dedos. Encontrava conforto nisso e não sabia por quê.

Ninguém jamais havia feito algo tão altruísta por ele. A não ser Evangeline, que sempre se esforçava para agradar ao máximo todos os homens de Drake. Mas, fora ela, ninguém jamais fizera nada para ele.

Mas aquilo... Hayley. Era diferente. Ele amava Evangeline como a irmã que nunca tivera. Sim, tinha avisado a Drake que, se ele fodesse as coisas com Evangeline de novo, ele assumiria, cuidaria da moça e asseguraria que ela nunca precisasse de nada pelo resto de sua vida, mas ele não disse isso em um sentido romântico. E a gentileza de Evangeline, bem como seus presentes e sua culinária, eram para todos os homens de Drake. Ela não dava tratamento preferencial a ninguém, embora Silas soubesse que ele e Maddox tinham com ela uma amizade mais próxima do que o restante dos homens.

Aquele presente de Hayley era exclusivamente para ele. Não era algo que ela fizera para os outros. E de alguma forma ele sabia que ela não o fazia com frequência. Era uma suposição arrogante, mas ele se agarrou a ela, precisando que fosse verdade, mesmo que não fosse. Ela tinha investido seu tempo em fazer para ele algo que dissera ser o favorito de seu pai, havia escrito um agradecimento sincero e compartilhado algo tão especial e íntimo com ele, e ele se sentia... digno?

No instante em que esse pensamento cruzou sua mente, ele balançou a cabeça. Não era digno. Não era algo que poderia ser dito sobre ele. Sua alma havia sido condenada quando ele era uma mera criança. Uma criança que, para todos os fins práticos, morreu quando tinha cerca de 11 anos, e das cinzas surgiu um monstro, muito mais velho do que seus 11 anos, com o conhecimento do mal que nenhuma criança deveria ter. Mas quando ele fora apenas uma criança inocente e com a certeza de que estava em segurança, de que era um garoto querido e amado?

Tinha visto mais coisas em sua infância do que a maioria das pessoas vê em toda a vida. E, desde então, matava quando era necessário e nunca sofria de emoções inúteis, como remorso, pois os homens que executava mereciam sofrer até mais do que seus rápidos e misericordiosos golpes.

Fazia seu trabalho friamente e sem emoção, sabendo que era matar ou ser morto, sabendo que devia proteger aqueles que jurara proteger. E sabendo também que, ainda que dificilmente conseguisse justificar suas ações e que nunca receberia perdão por seus pecados, os homens que haviam morrido por suas mãos mereciam algo muito, muito pior do que aquela morte rápida.

Eram animais. Não mereciam a vida e o poder que exerciam com tanta leviandade, com tanta brutalidade. Tinham chegado ao poder às custas de inúmeros homens e mulheres e do sofrimento que infligiam sem o menor pudor. Nas raras vezes em que dormia, Silas podia ouvir seus gritos. As vítimas clamavam por justiça. Estavam presas à sua mente e à sua consciência, de noite, nos sonhos que para sempre o atormentariam, mas também durante o dia, um peso do qual ele não conseguia se livrar.

Era como se eles estivessem solidamente enraizados em sua psique, julgando em silêncio todas as suas ações, levando-o a prestar contas dos seus feitos e dos pecados que cometera em nome da fraternidade, lealdade e justiça. Não, a justiça dele não era a mesma da sociedade organizada. Ele tinha sua própria justiça, um código a que aderira para nunca se desviar. Vivia de acordo com suas próprias regras desde que havia se libertado da horrível escravidão de sua infância e de suas lembranças mais ancestrais. Nunca mais estaria subjugado a ninguém. Nunca mais teriam esse poder sobre ele. Ele era seu próprio senhor, em primeiro lugar. Em segundo, o executor de Drake. De todos os homens – irmãos – de Drake, Silas era o único a quem o chefe nunca dava ordens. Sabia bem que seria loucura fazê-lo. Silas oferecia sua lealdade e proteção gratuitamente, e Drake sabia disso. Também sabia que, se a qualquer momento Silas não se contentasse em permanecer nas sombras, um instrumento para o tipo de justiça em que ele e seus irmãos acreditavam, não havia nada que Drake pudesse fazer para detê-lo.

Os pensamentos de Silas acalmaram-se e ele voltou a atenção para as notas que fluíam do violino. Ela estava tocando algo novo. Não era uma das melodias que já tinha ouvido. Um arrepio frio deslizou pela espinha de Silas, com a dor pura e persistente que parecia instilada em cada nota. Não era uma música leve, arejada ou mesmo melancólica, como algumas que ela já havia tocado. O que aquelas notas carregavam através de sua janela toda noite parecia ser um reflexo do humor dela.

Silas se sentou, absorto no sofrimento quase tangível no ar. A melodia reverberou sobre as paredes, sobre ele, deixando-o inundado na tristeza inata com a qual a música estava carregada. E, no entanto, era a música mais bonita que já ouvira. Nada que ela tocara até aquele momento se comparava com aquilo, e tudo que ela tocava era perfeito. Mas aquilo... Aquilo era muito mais... pessoal. Sim, era isso que procurava, uma explicação, ou melhor, uma descrição de como aquela música soava – como ela o fazia se sentir.

A tristeza e o sofrimento incorporados por cada toque do arco eram pesados e sufocantes e inundavam todo o seu quarto com aquele som cheio de desespero. Um arrepio irrompeu e fez sua pele pinicar. Era como ele? Sozinha no mundo? Não tinha com quem compartilhar seu sofrimento? E quem ou o que a estava afligindo?

É verdade, a música poderia não ser nada além de uma nova adição a seu repertório, atribuída por um professor. E, no entanto, ele descartou essa ideia assim que passou por sua mente. Não havia um único erro naquela performance. Nenhuma nota dissonante. Era simplesmente muito suave e muito ensaiado, diferentemente das outras músicas que ela costumava tocar, quando às vezes perdia uma nota, ou simplesmente parava no meio e recomeçava até que achasse que estava perfeito. Ele a admirava por isso. Ela era perfeccionista obsessiva e nunca se contentava com o bom, e sim se esforçava para ser perfeita.

Mas não houve erros na escolha daquela noite. A música parecia derramar-se direto da alma dela, como se houvesse ensaiado um milhão de vezes e tivesse memorizado cada nota, sem precisar de partitura para se apoiar. Imaginou que ela estava sentada perto da janela, segurando o violino que descansava contra sua bochecha, os olhos fechados enquanto tocava com toda a paixão pela música – e pela vida – que parecia possuir.

Era profundamente pessoal para ela. Ele sabia disso da mesma forma que sabia de tantas outras coisas de que não poderia ter certeza. Não a conhecia, nunca a havia visto cara a cara. Era ridículo que pensasse que sabia tudo sobre ela, e, no entanto, seus instintos nunca o enganavam e ele sentia que tudo que supunha sobre ela não era de maneira alguma suposição. Eram verdades.

Que dor Hayley escondia do mundo para libertar somente durante a madrugada, quando não havia ninguém ao seu redor, ninguém para ouvi-la ou vê-la? Silas tinha a consciência de que se ela soubesse que ele a ouvia tocar, que escutava seus ensaios todas as noites, provavelmente ficaria constrangida e envergonhada. Pior: ela provavelmente fecharia a janela e nunca mais abriria enquanto tocasse. Era uma ideia que ele não podia suportar.

De alguma forma, naquela primeira semana que Hayley se instalara ao lado dele e começara sua serenata noturna, aquilo já se tornara uma necessidade para Silas. Tão vital que ele estava ali, toda noite, às duas da manhã, quando ela começava a tocar. Alguns dias ela ensaiou por apenas algumas horas. Então, o silêncio tomou conta e Silas imaginou que ambos dormiam juntos, ainda que separados por uma parede. Em outras noites, ela tocou até bem depois do amanhecer e saiu apressada de casa minutos depois, para ir à aula ou ao trabalho.

Quando ela tocava, ele estava acordado, ouvindo. Quando ela dormia, ele dormia. Sem querer, havia passado a seguir a rotina dela e a cumpria como se fosse sua, chegando a remanejar suas obrigações comerciais e prioridades em torno dos horários em que ela tocava.

Silas sabia que não poderia fazer isso para sempre. Inevitavelmente surgiria algo que impediria que estivesse a poucos metros de distância quando ela liberasse a alma pela noite. Sempre havia algo que exigia sua atenção. A segurança de seus irmãos, especialmente a de Evangeline, eram prioridades absolutas. E, enquanto o mal existisse – e ele nunca seria erradicado de verdade – as pessoas com quem ele se preocupava sempre estariam em perigo. A ameaça para eles estava em todo lugar e vinha de todas as direções.

Nem ele nem seus irmãos eram santos. Silas sabia que havia uma linha estreita entre seu código de justiça autoimposto e o mal do qual procurava proteger seus companheiros. Às vezes, a linha parecia desaparecer por completo, e era nesses momentos que Silas ficava mais ciente do que nunca de que era apenas um monstro tão grande quanto os que ele caçava em busca de vingança. Não fazia nenhum sentido ele não ficar ao menos arrependido de extirpar tal vileza das ruas e da cidade que agora chamava de casa. Sabia o que era e qual era seu trabalho e encarava ambos com uma aceitação calma. O mundo era um lugar melhor sem homens como os Vanucci, uma família de criminosos que perpetrara tanta violência contra inocentes que até os alicerces de suas casas deviam gemer com o peso de tanto sangue.

Mulheres, crianças – aos olhos dos Vanucci, nada merecia consideração ou compaixão, como eles haviam demonstrado várias vezes. Poderia levar uma vida inteira, mas Silas estava determinado a fazer justiça com cada um deles, juntamente com aqueles que eram seus aliados. Sua justiça, aquela do tipo permanente. Ele seria juiz e jurado, e os condenaria à morte, o lugar em que todo o poder, conexões e dinheiro do mundo não tinham a menor influência ou importância. Após a morte, apenas os atos e as ações da pessoa ao longo da vida tinham qualquer mérito ou peso.

Esfregou a cabeça, cansado, uma fadiga pouco comum fazendo seus ossos doerem. Mesmo a mais bela canção de sofrimento que saía do apartamento ao lado e penetrava na noite não podia mais lhe oferecer conforto. Não quando ele havia trazido para a superfície tanto do que vivia enterrado a maior parte do tempo. Acabar com o mundo dos Vanucci não faria nem cosquinha nas ameaças ao que considerava seu. Sua família. Sempre haveria outros. O mal era generalizado, insidioso. Não havia cura para ele. Nenhuma maneira de destruí-lo para sempre. Os Vanucci não eram os únicos assassinos filhos da puta e violentos da cidade. Apenas eram os mais prevalentes na cabeça de Silas, pois ele buscava todo dia manter a salvo seus irmãos, Drake e Evangeline. Todos eram alvos. Os Vanucci estavam oferecendo uma recompensa por Drake *e* Evangeline. Tinham ficado furiosos quando Drake, em uma virada inesperada, dera apoio e força aos Luconi e colaborara com eles enquanto se preparavam para desmantelar a família Vanucci.

Mas Silas não se enganava. Era realista, cínico, frio, duro e insensível. Sabia que livrar-se dos Vanucci abriria o caminho para que mais grupos do crime organizado crescessem e prosperassem e, na verdade, estes se tornariam mais comuns do que nunca. Os Vanucci eram uns merdas, todos eles, mas pelo menos eram poderosos o suficiente para esmagar e expulsar qualquer outro que tentasse se estabelecer na cidade. As únicas outras facções com tanto poder quanto os Vanucci eram os Luconi e... Drake Donovan. E agora que Drake havia se aliado com os Luconi, os Vanucci estavam mais desesperados e imprevisíveis do que nunca.

Com um suspiro forte, fechou os olhos e buscou o bálsamo calmante daquilo que, tinha certeza, era o sofrimento de outra pessoa. Talvez ela estivesse de luto pela perda de algo querido e a música fosse uma válvula de escape para o sofrimento. Mas, para ele, a música tocava as partes mais profundas, mais sombrias de seu ser. Apenas por alguns minutos, ele encontrava a paz, ainda que aquela melodia sussurrasse amor e perda. Desejou, pela primeira vez, cair no sono com aquela música ainda ecoando em seus ouvidos, a presença dela no quarto, apesar da distância entre eles. Naquela noite, não se sentia tão sozinho. Porque ela estava ali, compartilhando seu sofrimento e seu dom, dando-lhe conforto, ainda que não soubesse disso.

Enquanto se deixava levar pelo sono, carregado pelo abraço quente de pura beleza, Silas conjecturou se Hayley sentia-se tão sozinha quanto ele, e se ela, como ele, não tinha nada além da música para confortá-la. E quando finalmente caiu no sono, sonhou com ela. Banhada pela luz da lua, tocando a mesma melodia repetidamente. Em seu sonho, Silas viu o brilho de lágrimas escorrendo dos olhos fechados de Hayley, descendo, silenciosas, por seu rosto. Então, uma vez que tudo era apenas sonho, ele foi até ela, atraído por sua dor e sofrimento, não conseguindo evitar de oferecer-lhe o mesmo conforto que ela lhe dava toda noite.

Ele a puxou nos braços e, com carinho, beijou cada lágrima. E a abraçou, sussurrando que ela não estava sozinha, até que Hayley finalmente dormiu.

7

– O McDuff, aquele idiota do caralho, tinha que foder com tudo – Giovanni Vanucci fervilhava, deixando seu temperamento pegar fogo. Bateu em sua mesa de mogno polido para enfatizar sua afirmação e, em seguida, fixou o olhar nos integrantes da família ali reunidos. Suas sentinelas, seus soldados leais, a seu dispor.

Não era incomum que Giovanni fizesse uma reunião familiar em sua casa de Connecticut, uma das muitas propriedades que possuía. Ali, longe da cidade e de qualquer possibilidade de sua vigilância, espiões e segredos serem expostos, era onde ele fazia as reuniões familiares, pois não havia chance de que algo vazasse de seu escritório, um cômodo no qual nem sua mulher e suas filhas ousavam entrar.

– Ele estragou meses de planejamento. Justamente quando estávamos prontos para avançar sobre os Luconi, ele sequestra a mulher de Drake Donovan e, de repente, o filho da puta está aliado a eles?

Sabia que seu rosto demonstrava toda a sua raiva, e provavelmente estava vermelho como uma beterraba, a julgar pela expressão preocupada de Gabriel, seu filho mais velho. Fez um esforço concentrado para se acalmar, para que sua pressão sanguínea não se elevasse perigosamente e não sofresse mais um acidente vascular cerebral. Os médicos haviam avisado que ele provavelmente não iria sobreviver a outro. Mas, independentemente da necessidade de recuperar sua compostura, raiva e uma sede de vingança esmagadora impregnaram todos os seus pensamentos.

Giovanni se virou para a única pessoa na sala com quem não tinha laços sanguíneos. Um homem que já havia provado ser fiel a ele e mostrava mais ambição e lealdade do que seus próprios filhos. Seus herdeiros sabiam que ele preferia o homem conhecido como Ghost e sequer tentavam esconder a raiva e o ressentimento por terem um estranho usurpando sua importância e seu papel na organização de seu pai.

Quando se dirigiu a Ghost, planejando esboçar seus planos e dar ordens, viu que dois de seus filhos lançavam olhares beligerantes na direção dele. E os lábios de Gabriel se apertaram e seus olhos ficaram frios e planos enquanto continuava a encarar o pai.

Não tinha como Ghost não ter notado a animosidade dirigida a ele, mas sua expressão nunca vacilava e ele parecia entediado e incomodado com os chiliques infantis dos filhos de Giovanni.

– Tem que haver um elo fraco na organização de Donovan – murmurou Giovanni. – Um de seus homens era um informante da polícia e desapareceu pouco depois que policiais invadiram a boate de Donovan. É muito arriscado ir atrás de sua mulher. Com ela prestes a dar à luz, é impossível furar a rede de segurança em volta dela. Precisamos encontrar outra fraqueza, outro buraco na segurança. Todos os seus homens têm pontos fracos. Nós apenas temos que descobri-los e aproveitá-los. Posso confiar em você para essa tarefa, Ghost?

Ghost assentiu rapidamente com a cabeça, não era um homem de muitas palavras. Quando ele falava, todos ouviam. Mesmo os filhos de Giovanni tinham muito medo dele para desafiá-lo abertamente.

Giovanni voltou-se então para os filhos, Gabriel, Jacques e Paulo. Sabia que, para que fossem ativos idôneos e confiáveis para a família, precisava dar a eles a oportunidade de se provarem. Só esperava que não fodessem com tudo.

– Quero vocês três cuidando disso. Não quero que nada passe sem observação. Todas as pistas devem ser investigadas. E o que encontrarem deve ser reportado a Ghost imediatamente.

Seus filhos não pareceram nem um pouco felizes com a ordem de se reportarem a alguém que não pertencia à família, mas entendiam as razões de seu pai para pedir-lhes que fizessem aquela tarefa. Era uma oportunidade de provarem-se dignos do nome que possuíam e a chance de crescer na organização que um dia assumiriam no lugar do pai.

O que eles não perceberam foi que, se falhassem, seu pai faria de tudo para que nunca assumissem o comando. Se não pudesse confiar aos filhos uma tarefa tão simples como aquela, como poderia deixar a administração e a proteção de toda a família nas mãos deles?

Giovanni acenou em um sinal claro para que todos saíssem, mas fez um gesto para que Ghost permanecesse. Quando todos se afastaram, Giovanni recostou-se na cadeira e passou a mão pelos cabelos.

– Estou contando com você – disse, cansado. – Tem que haver uma maneira de atacar Donovan e deixá-lo de joelhos. Sem o apoio dele, será mamão com açúcar desmontar e destruir os Luconi. Mas até que eu consiga tirar Donovan da jogada, minhas mãos estão atadas e a cada dia que passa, perco mais poder. Não vou ficar parado assistindo e permitir que esse canalha tome tudo o que eu e meu pai, meu avô e meu bisavô, e meu trisavô e tataravô trabalhamos nossas vidas inteiras para construir.

– Considere feito – o homem chamado Ghost disse em sua voz calma, seu rosto desprovido de qualquer emoção.

Giovanni estremeceu. Nunca admitiria, mas ele tinha tanto medo daquele homem quanto seus filhos, e suspeitava fortemente que possuía todas as razões para ter.

8

Hayley atravessou a porta de seu condomínio e se espreguiçou para tentar afastar um enorme bocejo. Era seu primeiro dia de folga do trabalho desde que havia se mudado, duas semanas antes, e ela precisava desesperadamente de uma soneca. Passava muitas noites ensaiando, adiando o sono porque um de seus dois empregos ia até tarde da noite e muitas vezes só chegava depois da uma da manhã, e começava a ensaiar perto das duas. Uma boa e longa soneca seria praticamente o céu. Depois, poderia cozinhar um jantar gostoso e, em seguida, começar o ensaio mais cedo, o que lhe daria algumas horas a mais de sono antes da primeira aula no dia seguinte.

Ao apertar o botão do elevador, as portas se abriram e uma mulher que parecia ter 30 e muitos anos – ou 40 e poucos – estava saindo. Ela parou quando viu Hayley e lançou um olhar de avaliação.

– Você deve ser nova aqui – ela disse, alegremente. – A gente nunca se viu. Meu nome é Patrícia e moro no quarto andar.

Hayley devolveu o sorriso e estendeu a mão para segurar o elevador.

– Meu nome é Hayley. Moro no último andar.

Os olhos da mulher se arregalaram, surpresos.

– Deve morar ao lado do proprietário, então. Uau. Que eu saiba, as unidades do último andar nunca foram alugadas antes. Dizem que o proprietário valoriza muito a sua privacidade.

Hayley também ficou chocada. Nunca havia visto seus vizinhos, mas, também, mantinha uma rotina com horários estranhos que não lhe dava muita chance de encontros. Mas não sabia que o proprietário morava no condomínio.

– Bem, me disseram que uma unidade no último andar estava em reforma – explicou Hayley. – Quando vim perguntar sobre vagas aqui, apenas uma unidade no subsolo estava disponível. Mas o administrador me ligou pouco depois e disse que o dono tinha acabado de ligar para informar que a unidade do último andar estava pronta para ser alugada. – Ela deu de ombros – Acho que estava no lugar certo e na hora certa.

A expressão da mulher era cética, mas ela não discutiu.

– Sabe em que apartamento ele mora? – Hayley quis saber. – Moro no do canto e nunca vi ninguém no último andar. Mas também não fico muito em casa.

– Acredito que é no apartamento do meio, mas não tenho certeza. Como eu disse, o proprietário é muito reservado. Não me lembro de tê-lo visto. – Ela franziu a testa. – Aliás, acredito que ninguém do prédio já o tenha visto.

Ponderando sobre aquela estranheza, Hayley deu um aceno amigável à mulher e, quando a porta se fechou, apertou o número de seu andar. Franziu o cenho quando o elevador subiu rapidamente até o último piso e saiu, olhando a porta do apartamento do meio. Chegou a parar do lado de fora, esforçando-se para ouvir algum som lá dentro, mas havia apenas silêncio. Nenhum ruído de televisão ou movimento. Sacudiu a cabeça e seguiu para seu apartamento, desejando apenas uma soneca e se aconchegar na cama luxuosa na qual mal se deitara desde que se foi feita a mudança.

Mas a culpa veio incomodá-la vinte minutos depois quando, fresca de um bom banho, ela se encolheu debaixo das cobertas. Hayley se revirou, xingando mentalmente o fato de que não conseguia apenas relaxar e dormir. Geralmente, se tivesse dificuldade para descansar, simplesmente tocava algumas melodias em seu violino para se sentir mais calma. Então, achava que conseguia dormir bem melhor. Mas o violino não era o que ocupava sua mente. Os pensamentos em seu vizinho, o proprietário que tinha sido tão gentil com ela, era o que a impedia de descansar. Ela lhe devia muita gratidão. Teria recebido os brownies que fizera para ele? Quando tentara entregá-los ao administrador e ele informou que era o proprietário quem merecia aquele agradecimento, não teve muito tempo de escrever uma mensagem tão sincera quanto gostaria. Talvez pudesse fazer outra coisa para ele e, desta vez, escrever uma mensagem mais pessoal. Poderia até levar direto no apartamento dele; afinal de contas, era melhor agradecer pessoalmente.

O aviso de Patrícia lhe veio à mente. O proprietário valorizava sua privacidade e nenhum dos inquilinos o vira até então? Soava bastante improvável. Mas Patrícia também tinha ficado chocada por ele ter concordado em alugar os apartamentos do último andar, ao lado do dele. Com o preço tão baixo que estava cobrando pelo aluguel, talvez estivesse precisando de uma renda a mais.

Agora que a ideia se enraizara, ela sabia que seria impossível dormir. Com um suspiro descontente, afastou-se da cama, lançando um último olhar de saudade para o confortável colchão. Era uma vez uma tarde relaxante.

Checou os mantimentos que tinha em casa, examinando mentalmente seu repertório de receitas e comparando-as com os suprimentos que tinha em mãos. A última coisa que queria era ter que ir ao supermercado que ficava a alguns quarteirões de distância. Levaria muito tempo.

Seus olhos se iluminaram ao ver uma lata de leite condensado e um pacote com pedaços de caramelo, lembrando que tinha comprado esses ingredientes quando teve desejo de fazer sua torta de caramelo. Havia apenas um pacote de massa e chantilly suficiente para fazer uma torta, então ela não podia errar.

Levaria algumas horas para o leite condensado ferver e se tornar o recheio de *fudge* que ela usava na torta, então começou fazendo isso, enchendo uma panela grande com água e colocando em fogo baixo para ferver. Depois de colocar a lata na água, pegou o restante dos ingredientes em sua pequena despensa e na geladeira, e colocou o cream cheese, o creme de leite integral, a baunilha, a massa de torta e os pedaços de caramelo no balcão. Percebendo que havia pouco que podia fazer até que o *fudge* terminasse o cozimento e esfriasse o suficiente para não derreter os pedaços de caramelo cobertos com chocolate, decidiu aproveitar para praticar com seu violino. Talvez em vez de ensaiar mais tarde, ela pudesse começar naquele momento. Então terminaria a torta e a levaria para o vizinho. Depois faria um jantar simples e dormiria cedo. A ideia de ter uma noite inteira de sono era muito atraente.

Depois de colocar o creme de leite de volta na geladeira, deixou o cream cheese de fora para chegar à temperatura ambiente. Em seguida, abriu a janela mais próxima da cadeira em que se sentava para ensaiar. Tirou o violino do estojo e passou os dedos com carinho sobre a madeira desgastada e desbotada, lágrimas queimando repentinamente como ácido em seus olhos.

– Ah, pai, tenho tanta saudade – ela engasgou.

Por um momento, apenas abraçou o violino envelhecido e curvou a cabeça, permitindo-se, pela primeira vez em muito tempo, chorar a perda do pai.

***

Silas entrou em seu apartamento sem fazer barulho, depois se virou e começou o ritual reconfortante e necessário de abrir e fechar as muitas trancas que protegiam a porta. Depois de ter certeza de que estava seguro, começou a certificar-se de que seu espaço – e o complexo – estivessem a salvo de qualquer ameaça. Era um hábito arraigado, tão necessário como respirar.

Quando ele sentou em sua cadeira, rodeado pelos monitores de segurança, um eco distante chamou sua atenção. Ficou imóvel, com os sentidos em alerta para tentar identificar a fonte. Os acordes abafados da mesma melodia assombrosa que ela havia tocado pela primeira vez noites atrás mal chegavam aos seus ouvidos, mas ele entendeu na mesma hora que ela estava em casa, tocando.

Em um gesto incomum, se afastou dos monitores sem ter completado a varredura das instalações, algo que nunca fazia, e correu para o quarto, até a janela, que abriu para permitir a entrada daquela bela música.

Antes de Hayley se mudar para o prédio, abrir uma janela em seu apartamento era algo que ele nunca cogitava. Era um risco em termos de segurança. Alguém poderia acessar seu domínio privado, e sua privacidade e seu espaço eram sagrados. Ninguém se atrevia a invadi-los. Havia outras centenas de riscos que Silas corria ao abrir a janela e fazer-se vulnerável, mas simplesmente não conseguiu resistir ao chamado do violino dela.

Fechadas, as janelas eram praticamente impenetráveis. Todas eram top de linha, à prova de balas e à prova de quebra. Seria preciso uma bomba de alta potência para estourar o vidro e dar acesso ao seu apartamento. E, no entanto, agora ele estava encostado na cabeceira da cama, uma brisa suave soprando dentro do quarto, concentrando-se em cada nota, o ruído estridente da cidade desaparecendo quando ele se focava apenas no som celestial carregado no vento por asas de anjo.

Balançou a cabeça, perguntando-se se estava finalmente perdendo o que restava de seu juízo. Não era, de maneira alguma, um homem poético, ainda que tivesse uma predileção por música clássica, comida e vinhos finos. Há muitos anos, havia prometido a si mesmo, quando desistira de todos os sonhos de ser uma criança normal e viver uma vida comum, que deixaria a sujeira e a pobreza para trás. Nunca mais passaria dias sem comer, revirando latas de lixo, com tanta fome que pouco importava o que colocava na boca, sendo perseguido por donos de lojas irritados, como se ele não passasse de um verme, que achavam que ele estava ali para causar problemas.

Sua autoestima tinha sido aniquilada muito antes de saber o que era ou o que significava ter uma autoestima. Nunca tivera a chance de ser um ser humano: havia sido tratado quase como um animal desde seu infeliz nascimento. Diabos... até mesmo os animais eram tratados com mais humanidade do que ele tinha sido.

Mas Silas fez um juramento de nunca mais ficar sem dinheiro e sem poder. E, por Deus, tinha mantido esse voto. Possuía mais dinheiro do que jamais gastaria em toda a vida, e ainda não tinha ninguém para quem deixar sua vasta riqueza. Havia estabelecido seu curso, escolhendo uma experiência solitária, contando apenas com a companhia dos homens que chamava de irmãos, homens que, como ele, tinham visto o lado mais sombrio da humanidade, homens que foram moldados e marcados por terem crescido em condições terríveis, nunca sabendo o que era ter alguém que ama ou se preocupa com eles. Drake era a exceção. Tivera a sorte de encontrar uma mulher – Evangeline – que aceitava a escuridão que vivia dentro dele, em todos eles. Não era fácil. Drake quase havia destruído – duas vezes – a mulher que acabou por salvá-lo da existência estéril em que Silas e o resto de seus irmãos viviam.

Isso nunca aconteceria a Silas. Carregava muita escuridão consigo. Muito mais do que Drake ou qualquer outro irmão. Seus demônios estavam vivos e eram fortes, ficando mais fortes a cada dia. Sua vida era muito perigosa para considerar permitir que alguém se aproximasse. Só sofreriam por sua causa e pelas escolhas que havia feito. Não se arrependia dessas escolhas, ou de ter decidido dedicar a vida exclusivamente à proteção de Drake e dos outros. Havia entregado sua fidelidade e lealdade a Drake gratuitamente, com a consciência de que Drake nunca o trairia. Mas isso era tudo que Silas tinha tempo para fazer, e ocupava sua vida. Cada minuto de seus dias – e noites – era preenchido por um único objetivo. Ele daria sua vida por qualquer um de seus irmãos e, agora, Evangeline – ou Angel, como Drake a chamava, tão apropriadamente.

Era provável que um dia ele realmente morresse por um ou mais dos homens a quem ele jurara lealdade, mas abraçava esse dever como abraçava qualquer outra coisa. Com uma aceitação tranquila e sem arrependimento. Drake possuía muitas razões para viver agora, tinha uma mulher que amava além da conta, e uma criança que chegaria em menos de dois meses. Pela primeira vez, a vida de Drake tinha um propósito e um significado além de seu grupo de irmãos e de acumular riqueza e poder. E Silas com certeza se sacrificaria para garantir que o chefe nunca perdesse o que chamava de seu: sem Evangeline e seu bebê, Drake não teria mais nenhuma razão para viver e seu império viraria pó. Enquanto estivesse vivo, Silas nunca permitiria que isso acontecesse. Drake precisava dele. Seus irmãos precisavam dele. Evangeline e seu bebê precisavam de sua proteção. E Evangeline era uma das poucas pessoas neste mundo a quem Silas dera, prontamente, sua consideração, carinho e apoio inabaláveis. Ela era a única pessoa que podia fazê-lo sorrir de verdade. Antes dela, não conseguia sequer se lembrar de ter sorrido para alguém, nem para si mesmo.

Um pensamento repentino e indesejável invadiu sua introspecção. Hayley conseguiria lhe dar uma razão para sorrir? Ele conseguiria estar na presença dela e *não* sorrir? Afastou aquela ideia ridícula, irritado além da conta por estar *obcecado* pra caralho com uma mulher que nem ao menos conhecia, e por seu dom musical noturno.

Tinha que se libertar dela. Tinha que sair quando ela estivesse ensaiando, ou temia perder o foco em um momento em que não podia se dar ao luxo de ter uma concentração menos do que absoluta.

No entanto, o simples pensamento de não ouvi-la todas as noites enquanto estava em sua cama era mais do que podia suportar. Só de pensar em correr, fugir, estar em outro lugar, sentia algo muito parecido com pânico em seu âmago, e ele não era um homem de entrar em pânico. Era frio, implacável e não tinha emoções, boas ou ruins, ao executar seus deveres. Emoções não tinham lugar em seu trabalho. Emoções tornavam as pessoas precipitadas e explosivas. Fazia com que cometessem erros, causava questionamentos e hesitação. E qualquer uma dessas possibilidades significava a diferença entre viver e morrer, matar ou ser morto, proteger aqueles que ele havia jurado proteger ou falhar com eles. Nunca poderia viver sabendo que havia falhado com as pessoas a quem prometera que nunca seriam machucadas.

Por quanto tempo havia ficado sentado, hipnotizado e confortado pelas notas de Hayley, Silas não sabia dizer. Ela era uma feiticeira, capaz de domar uma fera que nada ou ninguém poderia domar. Sabia do poder de seu dom? Ele estava tão perdido em seus pensamentos e na sensação estranha de *sentir* alguma coisa, apenas por um breve momento, de estar em completa paz, algo que ele não se lembrava de experimentar, que não percebeu que a música parou até que o silêncio tomou seu quarto, tirando dele a capacidade de sentir… alegria, contentamento e um breve descanso da fúria que ele sempre carregava, que fervia em sua pele constantemente.

Ele abaixou a cabeça, sentindo profundamente a perda, como se seu coração tivesse sido arrancado do corpo. Cerrou os punhos, com raiva de permitir que ela tivesse esse controle sobre ele. Sua música. Ainda que percebesse a inutilidade de culpá-la por algo que ela nem sabia que estava fazendo. Então, a constatação de que ele não possuía o menor poder sobre permitir ou não que ela fizesse qualquer coisa, causava nele um sentimento de desamparo e impotência, duas coisas que prometera nunca mais sentir novamente. Não importava a fúria ou a batalha cruel dentro de si, Silas foi forçado a reconhecer que não tinha habilidade para diminuir o poder que ela tinha sobre suas emoções, pensamentos e humor. E isso o fazia sentir-se mais desamparado e vulnerável – indefeso – do que já sentira desde que era criança.

Levantou-se abruptamente e voltou para a sala de estar, com ódio de si mesmo por não ter completado a varredura de segurança. Era um hábito que nunca falhava. Toda vez que voltava ao apartamento, conferia cada área onde suas câmeras mantinham uma vigilância constante. Tinha armadilhas dentro de seu apartamento, maneiras de saber se alguém estava ali dentro, e ainda assim esquecera tudo no momento em que ouviu o violino de Hayley.

Ele praguejou violentamente, enfurecido consigo mesmo por ser tão facilmente distraído. Distrações eram o que matava uma pessoa. Ele era o homem em quem Drake se apoiava para manter seguros Evangeline e a si mesmo, e Silas mal conseguia cuidar de sua própria segurança e manter-se a salvo. Tudo graças a sua nova vizinha, uma mulher para quem ele nunca deveria ter facilitado as coisas. Nunca deveria ter oferecido o apartamento ao lado do seu. Ainda estava perplexo com o impulso que tivera quando viu a angústia e o desespero no rosto dela. Era tão estranho a ele ceder a qualquer impulso e, no entanto, não só exigira que seu administrador lhe oferecesse o apartamento, como também lhe ordenara que seu motorista a levasse para casa. E ainda pagou ao empreiteiro uma obscena quantia para reconstruir as paredes e transformar em dois o que antes era um enorme apartamento que abrangia todo o piso superior. Tudo para que Hayley tivesse um lugar para morar.

Estúpido. Impulsivo. Irracional.

Todos os três eram uma receita para o desastre e atitudes às quais um homem como ele nunca deveria sucumbir – nunca tinha sucumbido... até aquele momento.

A única explicação plausível para seu comportamento incomum era que Hayley lembrava muito Evangeline, quando Evangeline passara por aquele momento sombrio em que Drake acreditara que ela o tinha traído e a expulsou de sua vida. Talvez não tivesse deixado esse incidente tão para trás como acreditava. Sim, essa tinha que ser a razão pela qual ele havia agido por impulso e se recusado a deixar partir uma jovem que parecia tão vulnerável e desesperada.

Verificou meticulosamente os indicadores que o informariam se alguém havia entrado em seu apartamento durante sua ausência. Após estudar cada um, três vezes seguidas, voltou aos monitores, perturbado e desconfortável pelo desvio em sua rotina. Primeiro, sempre trancava a porta. Depois, analisava as imagens de cada um dos monitores, rebobinando e observando até estar convencido de que não havia intrusos. E só então verificava suas armadilhas. Após uma adesão estrita à rotina que havia se tornado automática – até aquele momento – depois, e só depois, ele atendia às suas necessidades pessoais, mesmo assim, em determinada ordem. Até aquela merda de semana. Xingou violentamente, desabafando sua frustração pela perturbação, porque *qualquer* alteração em sua rotina o incomodava muito e ameaçava sua frágil sanidade.

Como resultado da mudança na ordem de suas tarefas, e porque sua ansiedade era enorme, ele mal conseguia respirar, muito menos se recompor. Rebobinou as filmagens de segurança uma vez, duas vezes e depois uma terceira vez, até que finalmente foi convencido de que ninguém tinha entrado em seu domínio privado. Ainda tenso, foi ao seu armário de bebidas e serviu um pouco para si, num esforço para acalmar seus pensamentos de revolta. Afundou-se na cadeira de couro voltada para os monitores e passou a mão por seus cabelos.

Precisava fazer algo sobre ela. Hayley não podia continuar tão perto. Estava levando-o à beira da insanidade. Era uma grande distração, uma que ele não podia ter. E, no entanto, a ideia de fazê-la partir e negar-se o bálsamo curativo de sua música fez com que ele se sentisse destituído. Solitário. Ele tinha sido sozinho durante toda a vida, mas isso nunca o incomodou. Abraçava a solidão e o isolamento. Ficava muito mais desconfortável na presença de pessoas do que sozinho. Ele *sabia* estar sozinho. Não sabia como *não* estar sozinho.

Para seu espanto, os sentimentos de vergonha e culpa de repente o atormentaram. Possuía bastante intimidade com a vergonha, tendo vivido com ela nos primeiros onze anos de sua vida. Desde então, se recusara a sentir vergonha por qualquer uma de suas ações. Mas culpa? Ficou admirado pois, por um breve momento, sentiu uma emoção que não era apenas estranha para ele. Era, sim, algo que nunca se imaginara capaz de sentir.

Reconheceu seu egoísmo, porém, e a vergonha e a culpa acompanhavam essa percepção. Pensou em se livrar de Hayley, retirá-la dali para que pudesse voltar para sua existência bem ordenada e disciplinada, mas não podia se privar daqueles poucos momentos roubados quando sua música lhe dava beleza e paz como nunca tivera. Se não fosse por isso, provavelmente faria com que seu administrador a recolocasse em outro lugar, dizendo que reparos eram necessários ali. Tendo testemunhado o desespero e a tristeza nos olhos dela, como ele poderia ser um canalha e expulsá-la quando ela, sem dúvida, lhe dera tanto? Sabia muito bem o quanto ela precisava do apartamento que ele tinha dado a ela. Tinha visto – inferno, ele *sentira* – sua alegria e gratidão por ter alugado o lugar. E, no entanto, se não fosse pelo que ela lhe dera, ele a colocaria na rua, sem lugar para ir e sem nenhuma maneira de protegê-la do mal que, sabia bem, estava em todo lugar. Silas realmente era o monstro que julgava ser.

Frustrado, jogou no chão o copo de uísque vazio. Ela o estava deixando louco e nem sequer se conheciam. Nas duas semanas que ela estava ali, ele sentira todo tipo de coisa que nunca havia permitido entrar em sua mente: egoísmo, vergonha e o pior, essa maldita culpa. Precisava fazer *alguma coisa*, ou ela o deixaria fraco, indefeso e ineficaz como o executor das pessoas que ele protegia. Como poderia se concentrar em seu objetivo principal quando seus pensamentos eram consumidos por uma mulher que nem sabia que ele existia?

Estava tão absorto em sua autoaversão que demorou a registrar as batidas na porta. Quando elas soaram de novo, levantou a cabeça e inflou as narinas, com raiva pela perturbação. Muito de sua rotina já havia sido destruída, e agora algum idiota estava batendo na sua porta? Se fosse seu administrador de novo, o mandaria embora. O homem sabia que nunca deveria incomodar Silas e, acima de tudo, nunca surgir em seu apartamento sem avisar.

Como jamais corria riscos, levantou-se e enfiou a arma no coldre do ombro que sempre usava. Então, guardou suas facas nos lugares certos em seu corpo. Totalmente armado, vestiu um casaco leve, mas manteve a frente aberta para que ele pudesse acessar as armas facilmente. Então, com uma inquietação crescente, foi até a porta. Mas quando olhou pelo olho mágico, o choque quase o fez cair para trás.

Hayley?

Que diabos ela estava fazendo ali? Como sabia onde ele morava?

Silas se forçou a acalmar a respiração e controlar sua pulsação acelerada. Talvez ela não soubesse quem vivia ali, talvez estivesse apenas querendo conhecer os vizinhos. Ou talvez tivesse um problema e precisasse de alguma ajuda.

Sua mente analisou as várias possibilidades com a velocidade de um computador. Ela parecia ser tão solitária quanto ele, porque nunca vira ninguém no apartamento dela. Hayley nunca saía, não parecia ter amigos, ou pelo menos ninguém a quem convidasse para uma visita. Mas também raramente estava em casa. Aliás, o que ela fazia em casa tão cedo hoje? Foi o pensamento de que ela precisava de ajuda, ou tinha um problema que fez Silas ir contra todos os seus instintos e começar a desbloquear a série de trancas. Fosse outra pessoa, ele simplesmente teria ignorado as batidas e deixado o sujeito achar que não havia ninguém em casa.

Quando ele chegou à ultima tranca, percebeu, para sua consternação, que suas mãos tremiam. Deu um passo para trás e respirou fundo para se recompor. Então, girou a maçaneta devagar e abriu a porta.

9

HAYLEY ENGOLIU SEU NERVOSISMO quando bateu na porta pela segunda vez. Decidiu que, se ninguém atendesse, simplesmente deixaria a torta com o cartão de agradecimento ali, e escreveria a recomendação de colocar o doce na geladeira no final da mensagem.

Estava quase se agachando para depositar a torta no chão quando ouviu o barulho das trancas. Levantou-se rapidamente, sua boca ficando seca. Passou a mão que estava livre na perna, secando o indesejado suor das palmas no jeans, e esperou ao ouvir mais trancas sendo abertas.

Hayley franziu a testa. Quantas trancas o proprietário tinha na porta? O prédio era ameaçado por algum perigo que ela desconhecia? Talvez ele fosse apenas paranoico. Achava que ele era um homem idoso, talvez até aposentado, e alugava os apartamentos para complementar sua pensão. Não poderia culpá-lo por querer sentir-se seguro.

Mas a porta finalmente abriu e o queixo de Hayley caiu quando ela viu o rosto de um homem que não era nem de longe idoso ou mesmo de meia-idade. Estremeceu com a frieza em seus olhos e o fato de que sua expressão era de irritação e surpresa, com certeza nem um pouco acolhedora. Naquele momento, entendeu que havia cometido um grande erro ao invadir sua privacidade. Sua irritação com a perturbação que ela aparentemente causara estava clara em seu rosto. Se seus pés não estivessem plantados de medo no chão, ela teria saído correndo.

Ele era jovem, ou pelo menos muito mais jovem do que ela tinha imaginado, um ancião idoso e aposentado. Ainda assim, uns dez anos mais velho do que ela, talvez mais. Era difícil precisar. Tinha uma aparência atemporal, mas, em um exame mais detido, dava para ver linhas em seu rosto que denotavam sofrimento e um homem velho para sua idade. Também era devastadoramente bonito. Alto, ombros muito largos, o peito enorme. Até suas coxas, contidas como estavam pelo jeans, eram grossas como troncos de árvores. Não parecia haver um centímetro de carne sobrando em qualquer parte dele, e sua camiseta fina com certeza teria entregado se tivesse.

O cabelo dele – talvez os fios do preto mais escuro que se lembrava de ter visto – eram uma moldura brilhante para os olhos verde-escuros que a avaliavam, até que ela se contorceu com o escrutínio. Hayley podia *sentir* seu olhar, uma corrente elétrica que a tomava, e então, quando finalmente olhou direto para ele, ficou aturdida. Sentiu o corpo inteiro tremer e um arrepio percorreu e dançou em cada centímetro de sua pele.

Era óbvio que ela estava perturbando-o, da mesma forma que era óbvio que não era bem-vinda. Foi tomada por um forte embaraço e, para sua vergonha, calor invadiu suas bochechas ao perceber que ele certamente poderia ver aquele rubor que a entregava.

– Ahn... de-desculpe incomodar – ela balbuciou, desajeitada. – Uma outra inquilina me contou que você morava aqui e eu queria agradecê-lo pessoalmente por me alugar o apartamento. Você não tem ideia de como eu estava desesperada por um lugar que pudesse pagar.

Ela estava balbuciando e sabia que deveria simplesmente empurrar a torta para ele, correr de volta para seu apartamento e nunca mais incomodá-lo de novo. Porém, permanecia imobilizada por aquele olhar penetrante. Sentia-se nua e vulnerável, como se ele pudesse ver dentro dela e espionasse todos os seus pensamentos. Quão louco era isso?

Céus... mas o homem era gostoso. Gostoso de dar água na boca. Em suas fantasias mais loucas, não que ela se deixasse levar por muitas, nunca poderia ter imaginado um espécime masculino tão perfeito. Os joelhos de Hayley ficaram fracos enquanto ela absorvia todos os traços do homem de pé tão rigidamente à sua frente e tentava gravá-los. Pelo menos teria uma fantasia para se entregar agora. Ele seria para sempre o modelo de todas as fantasias. Durante o resto de sua vida, qualquer outro homem pareceria sem sal perto daquele. Não havia comparação. Ela não se sentia tão tímida e estranha desde o início do ensino médio, e ali ela deveria ser uma urbanoide sofisticada abraçando a vida longe das montanhas do leste do Tennessee.

Correr. Fugir. Escapar. Antes que fizesse uma idiotice ainda maior, ela empurrou a torta para a frente e a sobrancelha do homem se arqueou, surpresa. Ele olhou com desconfiança para a torta que ela segurava e depois para ela, cautela ainda escondida nas piscinas muito verdes que pareciam tão cheias de sombras.

Ela soltou um suspiro exasperado e quase levantou as mãos para mostrar frustração ou que estava rendida. Qual dos dois, ainda não sabia ao certo.

– Espero que não ache que eu envenenei a torta. É apenas um agradecimento. Um agradecimento mais *personalizado*, agora que eu sei que foi você, e não o administrador, o responsável por eu alugar o apartamento ao lado.

Enquanto falava, Hayley tirou do bolso o pequeno cartão floral, fazendo uma careta ao pensar como era ridículo ter feito aquilo. Mas deveria ter ponderado sobre a loucura de suas ações antes de agir por impulso.

Então aconteceu a coisa mais incrível. A expressão do homem, na qual poderia jurar que conseguiria quebrar um tijolo e que tinha jeito de ser quase todo o tempo assim, vacilou e seus lábios se moveram para cima no que parecia um sorriso.

Graça substituiu a frieza naqueles olhos hipnotizantes, e tudo o que ela pôde fazer foi encará-lo, estupefata, e ver o sorriso, ainda que pequeno, transformar completamente o rosto dele. Uau, imagine como seria vê-lo dar um sorrisão de verdade.

Ele pegou a torta das mãos de Hayley e pareceu observá-la, ansioso. Quando a testa dela enrubesceu, confusa, a graça nos olhos de Silas se aprofundou e seu sorriso cresceu um pouco mais. Era bom que parasse agora pois, se sorrisse mais, ela seria incapaz de caminhar a curta distância de volta para seu apartamento. Aliás, se ela não respirasse em breve, caminhar seria a menor das suas preocupações.

– O cartão também é para mim? – ele perguntou, sua voz profunda ressoando do peito. Ela olhou para baixo, esquecida de que tinha retirado o cartão do bolso. Entregou para ele, a mão tremendo um pouco. Torceu para que ele não reparasse, embora o homem à sua frente parecesse ser do tipo que reparava em tudo.

– Por que isso? – ele perguntou suavemente, o mal humor de antes desaparecendo.

Ela relaxou um pouco.

– Meu nome é Hayley. Mas acho que sabe disso, a menos que, claro, seu administrador supervisione toda a documentação e tal.

Droga, ela estava gaguejando de novo, e nunca gaguejava. Era óbvio que ela precisava sair mais, misturar-se com as pessoas. Tinha se esquecido de como fazer algo tão simples quanto socializar.

– De qualquer forma – Hayley se apressou em completar, antes que ele pudesse responder. – Quis cozinhar algo para você como um agradecimento. E te dar um cartão, em vez de um bilhete, quero dizer. – Deus, ela era tão ruim nisso.

Os lábios dele se contraíram de maneira suspeita.

– Você já me agradeceu. Os brownies estavam deliciosos. Obrigado por fazê-los para mim.

– Eu sei, mas não sabia que você morava aqui, e também não tinha entendido que por sua causa eu tinha conseguido esse apartamento. Então apenas escrevi algumas palavras porque estava com pressa, mas pensei que era justo expressar mais minha gratidão, ou melhor, da maneira adequada.

Para segurar o gemido de consternação entre seus lábios que, de repente, estavam tão ocupados, ela gesticulou em direção à torta.

– Você precisa colocar na geladeira para que a cobertura fique firme. Se tentar comer agora, vai ser um pouco... bagunçado. Vai se espalhar por todos os lugares. É melhor deixá-la refrigerar durante a noite, mas se quiser comer um pouco hoje, de qualquer jeito, deixe esfriar por algumas horas pelo menos.

Os lábios dele se contraíram e ela podia jurar que ele estava tentando não rir. Então a expressão dele se transformou completamente e, apesar de Hayley não saber muito bem sobre o que ele estava pensando ou o que aquela expressão significava, ela sentiu-se... caçada e receosa e, ao mesmo tempo, elétrica. Também muito rapidamente, o rosto dele se suavizou e um brilho de calor entrou em seus olhos.

– Meu nome é Silas – ele disse em sua voz profunda. – Obrigado pela torta. Tenho certeza de que vou adorar. Sou fã de doces, mas raramente cedo à tentação.

Sim, ela certamente poderia imaginar que a dieta dele não continha muito açúcar. O homem estava bem em forma.

– Foi um prazer conhecê-lo, Silas – disse ela, sorrindo para ele.

Ele ficou quieto, de repente, fazendo Hayley parar de sorrir. Ela deu um passo atrás sem sequer perceber que tinha feito isso e por quê.

– Não tem nada a temer em mim, Hayley – ele disse, calmo. – Nunca vou te machucar.

Que coisa estranha de se dizer. Mas talvez tivesse mesmo ficado um pouco assustada por um momento. Mais estranha ainda foi que a maneira como ele disse aquilo fez com que ela acreditasse nele, absolutamente. O que fazia dela uma louca, já que não sabia nada sobre aquele homem.

– Você é muito talentosa.

Sua testa se franziu, confusa, com a súbita mudança de assunto.

– Como?

– Você toca violino. Posso te ouvir praticando à noite. Você é muito talentosa. Nunca ouvi nada tão bonito.

Ela corou, ficando cor de carmim.

– Me desculpe, não tinha ideia de que podia me ouvir. Nunca deveria ter aberto minha janela. Mas é que a noite, os sons da noite... são reconfortantes. Me ajudam a não me sentir tão sozinha.

Ela fechou os olhos de vergonha com o que tinha acabado de compartilhar com um completo estranho. Deus, ela precisava voltar para o apartamento dela para que se calasse e não fizesse mais papel de boba.

– Não vai acontecer de novo. Espero que me perdoe por perturbá-lo.

A expressão dele tornou-se feroz e ela quase deu mais um passo para trás, mas foi incapaz porque estava congelada no lugar. O que diabos ela tinha feito para aborrecê-lo?

– Não – ele disse, bruscamente. – Não falei isso porque estava me perturbando ou para fazer você parar. Não deveria ter dito nada. Gosto de te ouvir tocar. Isso... me acalma, tanto quanto os sons da cidade te acalmam. Da mesma forma, sua música não me deixa sentir solidão.

A confissão dele soou dolorida, como se compartilhar um pensamento tão íntimo fosse algo que nunca havia feito. Naquele momento, ela podia ver um espírito afim refletido em seus olhos. Tanta solidão e tanta dor. Tristeza. Até arrependimento.

– Por favor, deixe sua janela aberta enquanto toca – ele pediu, suave. – Se eu não quisesse ouvir, nunca teria aberto a minha.

O fato de que ele buscava conforto em sua música, que significava algo para ele, assim como para ela, assustou Hayley. Uma saída. Não apenas uma saída criativa, mas uma maneira de expressar as emoções que mantinha presas. Emoções que ela nunca poderia compartilhar com mais ninguém. Não *havia* mais ninguém.

– Então vou deixar a janela aberta quando tocar – ela prometeu, sua voz suave como a dele.

– Mas certifique-se de que vai fechá-la e trancá-la quando não estiver tocando – ele disse e, para ela, seu tom era quase de proteção.

Ela simplesmente acenou com a cabeça, e então, porque não podia mais suportar aquela situação embaraçosa e a poderosa compreensão que tinha dele, apontou para a torta.

– Precisa colocar na geladeira – disse, num sussurro. – E eu preciso voltar para o meu apartamento.

– Muito prazer em conhecê-la, Hayley – ele disse, presenteando-a mais uma vez com uma insinuação de sorriso. – Se precisar de algo, por favor, não hesite em me informar.

Ela assentiu, tentando encontrar palavras.

– Igualmente, Silas. E você já fez muito mais do que o necessário por mim. Obrigada. Nos vemos por aí.

Havia algo no olhar dele que fazia os pelos da nuca de Hayley arrepiarem.

Antes que perdesse a coragem de se afastar, ela se virou e quase correu de volta ao seu apartamento, consciente de que o olhar dele a seguiria até desaparecer. Bateu a porta com força e então a segurou, para que não fizesse muito barulho. Virou de costas para ela, pressionando o corpo contra a madeira, fechando os olhos enquanto tentava desesperadamente controlar as batidas aceleradas de seu coração.

10

Silas abriu sua geladeira, pegou a torta de Hayley e a colocou sobre o balcão. Tinha feito como ela orientara e deixara o doce descansar durante a noite, guardando o primeiro pedaço para o café da manhã. Quem o conhecia riria se soubesse que ele tinha comido uma sobremesa no café da manhã, pois raramente comia algo que não fosse considerado saudável. Levava seu corpo e o cuidado com ele muito a sério. Mas não conseguiu resistir à tentação de provar o presente que lhe fora dado.

Estava delicioso. Indecente de tão bom. Ainda melhor do que as coisas que Evangeline fazia para ele. Tinha esperado o dia todo até voltar, decidindo comer outro pedaço no quarto enquanto ouvia os acordes do violino de Hayley.

Cortou um pedaço pequeno, colocou em um prato, pegou um garfo e entrou em seu quarto, sabendo que Hayley começaria a ensaiar a qualquer momento, e ele não queria perder um único minuto. Como o seu, o horário dela era regrado. Ele sabia quando ela saía do apartamento e quando retornava, sabia seu horário de trabalho. Franziu a testa pensando que ela trabalhava demais e, juntamente com as aulas e o estudo, sobrava pouco tempo para dormir – se tinha algum tempo para isso. Vira a fadiga nos olhos dela, mas também tinha visto outra coisa que o incomodava. Sofrimento. Algo ou alguém lhe causava dor. Se soubesse quem ou o que era, destruiria. Ela merecia ser feliz e livre de preocupações. Era jovem e, no entanto, parecia carregar todo o peso do mundo sobre os ombros.

Entrou em seu quarto e se acomodou contra a cabeceira da cama, dando a primeira mordida na deliciosa torta de caramelo. Checou seu relógio, franzindo a testa porque já se passavam dez minutos do horário em que ela normalmente começava a tocar. Então, ele balançou a sua cabeça. Ela poderia ter ficado presa no trabalho, ou poderia estar fazendo outras coisas em casa. Era ridículo, aquela obsessão com ela e o fato de ele monitorar todos os seus movimentos.

Ele se esforçou para não se distrair mais com ela e terminou com sua fatia de torta, deixando o prato na mesa de cabeceira. Ainda assim, a impaciência começou a fervilhar e a tensão o tomou. Seu ritual noturno tinha se tornado uma necessidade. Uma necessidade que ele não conseguiria explicar.

Por um longo tempo, ficou sentado ali, perdido em seus pensamentos, examinando os eventos do dia, as preocupações que tinha sobre os Vanucci e a apreensão, pois acreditava que atacariam Drake ou Evangeline. O chefe havia triplicado sua segurança, chegando até a limitar suas saídas, porque ele vivia aterrorizado que algo pudesse acontecer com sua mulher e seu bebê. Todos os homens de Drake tinham o mesmo medo e eram extremamente diligentes em sua proteção.

Quando olhou para o relógio, soltou um palavrão, pois não havia percebido que tanto tempo se passara. Já estava bem além do horário em que Hayley costumava tocar. Sentiu pavor apertá-lo, mas o bloqueou. Estava sendo paranoico.

Mas não, Hayley era previsível. Nunca saía de seu horário. Nunca tinha deixado de tocar o violino à noite. Praguejando, ele se levantou e entrou na sala de estar, onde as câmeras de segurança estavam instaladas. Ele as rebobinou até uma e meia, procurando por um sinal de que Hayley havia voltado para casa.

Nada.

Ele estava exagerando. Ela poderia ter tido que trabalhar até mais tarde. Poderia estar na casa de um amigo. Ou talvez fosse dormir na casa de um namorado. Esse pensamento lhe provocou uma careta, mas Silas rapidamente descartou todas essas suposições.

Como Silas, Hayley parecia ser solitária. Até havia comentado que abria a janela porque os sons da cidade ajudavam a não se sentir sozinha. Ela nunca tinha levado ninguém ao apartamento, não parecia ter amigos, e ele conhecia sua agenda o suficiente para saber que não tinha tempo para qualquer tipo de vida social. Quando não estava na aula, trabalhava em dois empregos até tarde da noite e então voltava para casa para tocar seu violino, às vezes, ficava sem dormir e saía apressadamente para a aula no dia seguinte.

Seus instintos diziam que algo estava errado, e seus instintos nunca se enganavam. Ela estava atrasada demais, algo tinha acontecido. O medo, uma emoção alienígena para ele, agarrava-se e retorcia suas entranhas. Onde ela estava?

Ele conhecia o caminho que ela fazia vindo de seu trabalho de noite. Sabia todos os caminhos que ela fazia, porque a tinha seguido mais de uma vez.

Antes que percebesse, Silas estava de pé, armando-se com seu revólver e suas facas, indo apressado em direção à porta. Retraçaria o caminho dela, esperando encontrá-la. Viva.

Pegou o elevador expresso de uso pessoal e escorregou para a noite, seguindo o percurso do qual sabia que Hayley nunca se desviava.

***

Cansada, Hayley atravessou a calçada, desejando que não faltassem ainda dez quarteirões para chegar até em casa. Tinha sido um dia longo e frustrante. Primeiro, teve outro encontro desagradável com Christopher e, mais uma vez, ele agira como uma criança mimada e chorona, claramente acostumada a ter tudo o que queria. Exigira saber onde Hayley estava morando, como se tivesse direito a tal informação. Tinha saído da escola pisando duro e a expressão de raiva que contorcia suas bochechas preocupava Hayley, pois lhe dava a sensação de que quanto mais resistisse, mas persistente ele ficaria em suas investidas nojentas. Graças a esse encontro desagradável, ela não teve tempo de levar seu violino para casa e foi forçada a levá-lo ao trabalho. Já estava dez minutos atrasada, o que irritava ainda mais seu chefe, Dan, um canalha sanguessuga que achava que todas as mulheres que trabalhavam para ele eram sua propriedade, a ponto de chamá-las de "suas garotas". Como punição, Hayley teve que fazer sozinha toda a limpeza depois do fechamento, enquanto as outras foram para casa. Shelly, uma garota quase da idade de Hayley, tinha sido simpática e se oferecera para ficar e ajudar, mas Hayley disse a ela que fosse embora para não irritar Dan, ou ela seria a próxima na lista dele e com certeza sofreria alguma retaliação.

Ela fez tudo da maneira mais rápida e eficiente possível e conseguiu terminar com apenas meia hora de atraso. Resmungou e revirou os olhos quando passou seu cartão: sabia muito bem que não seria paga pelas horas extras, mas ao menos ela tinha terminado e podia ir embora.

Não gostava de chegar em casa tão tarde da noite, ou melhor, tão cedo na madrugada, depois da meia-noite. Mas de fato não tinha escolha. Não havia uma linha de metrô ou ônibus que passasse muito perto indo do trabalho para o seu apartamento. Embora a cidade nunca dormisse, ficava mais silenciosa, quase estranha, as sombras dos edifícios pareciam crescer tentando envolvê-la em seu abraço. Ela apertou o estojo do violino contra o peito e segurou firme a bolsa debaixo do braço, enquanto seu olhar ia o tempo todo da esquerda para a direita, procurando qualquer ameaça possível.

Geralmente, a caminhada para casa no escuro não a incomodava tanto. Não sabia ao certo por que estava tão insegura naquela noite. Mas também não tivera um dos dias mais fáceis: talvez sua paranoia fosse apenas consequência dos confrontos que tivera com aqueles dois idiotas.

Ficou mais relaxada quando percebeu que estava a cinco quarteirões de seu prédio, e acelerou o passo, apesar da fadiga que não parava de bater. Talvez renunciasse aos estudos da noite e dormisse as horas de sono de que tão desesperadamente necessitava. Estava tão imersa na fantasia de tirar o atraso do sono que não ouviu ninguém até que fosse tarde demais.

Braços fortes colocaram suas costas contra a parede de pedra de um dos prédios, fora da área iluminada pelos postes de luz. Quando Hayley começou a gritar, uma mão apertou sua boca – ela quis vomitar com o cheiro e o sabor horrível daquela palma imunda.

– Calada, cadela – o bandido rosnou em seu ouvido.

– Ohh, conseguimos uma das boas esta noite – disse um segundo homem, divertindo-se. O coração de Hayley se apertou quando viu que não era um, mas três homens que impediam a sua fuga. Tinha poucas chances contra um, menos ainda com três marginais.

Sua bolsa foi arrancada com brutalidade de seu ombro e um dos homens enfiou a mão dentro dela, raiva moldando sua expressão quando ele a virou de cabeça para baixo, jogando o conteúdo na rua.

– Cadê o dinheiro, piranha? – perguntou o homem cujo braço agora estava firmemente ao redor da garganta de Hayley, quase sufocando-a.

Lágrimas queimaram suas pálpebras.

– Não tenho nada – ela engasgou. – Pareço alguém que tem dinheiro?

– Uma coisinha doce como você? – disse o terceiro homem. – Se não tem dinheiro, então com certeza tem um amante velho rico.

– Vá para o inferno! – ela gritou.

A dor explodiu em seu rosto quando a pessoa que tinha puxado sua bolsa lhe deu um tapa com as costas da mão. Podia sentir sangue na boca no lugar em que seu lábio se partira. O líquido quente escorria de seu nariz sobre os lábios e seu queixo, até cair na rua.

– O que temos aqui? – disse o terceiro, sua voz acetinada, arrancando o violino de Hayley.

– Não, por favor – ela implorou. – É meu violino. Sou música. Preciso disso para tocar.

Ele abriu o estojo, bateu o violino contra a parede de pedra e riu quando o instrumento se estilhaçou. Lágrimas fluíram livremente e uma sensação de desamparo e pesar amargo dominaram Hayley. Aquele violino era tudo o que tinha de seu pai. Sem ele, não podia ir à escola. Não podia perseguir seu sonho. Não podia tocar a música que era parte tão importante de quem ela era.

Baixou sua cabeça, curvando-se ao ver as lágrimas salpicarem o chão, misturando-se com o sangue que escorria de sua boca e nariz.

– Não tenho mais nada – ela sussurrou. – Não tenho nada. Por favor, me deixem ir embora.

O homem apertou o abraço em volta do pescoço de Hayley até a visão dela ficar borrada e cheia de pontos escuros.

– Se não tem nada de valor para a gente, vamos ter que aproveitar de outras maneiras – ele disse, com uma voz doentia que fez um calafrio percorrer a espinha de Hayley.

A mão do homem foi do pescoço até os seios dela, acariciando-os grosseiramente através da fina camisa que ela usava. Impaciente com a barreira, ele rasgou a camisa e depois puxou o sutiã, deixando à mostra um seio para que tocasse e o outro para que seus amigos vissem.

– Inferno, se quer saber, isso é melhor que dinheiro. – O terceiro homem sorriu. – Faz muito tempo que não vejo uma bunda gostosa como essa. Quero ser o primeiro.

Hayley ficou enlouquecida, lutando freneticamente quando entendeu a insinuação daquelas palavras. Preferia morrer a deixá-los estuprá-la. Tentou gritar, mas quase desmaiou ao levar outro golpe.

Dois pares de mãos apalpavam-na com brutalidade, machucando sua pele sensível. Dedos beliscaram seus mamilos, torcendo-os dolorosamente e puxando até que ela gritou de dor. Mais uma vez, uma mão suja apertou sua boca, deixando-a em silêncio enquanto os outros dois homens começaram a rasgar suas roupas.

Quando abriram sua calça jeans, ela chutou e se contorceu, desesperada para se libertar. Um soco em suas costelas roubou todo o seu ar. A escuridão a envolveu e talvez ela tenha perdido a consciência por um instante, porque a próxima coisa que ouviu foi um som terrível de fúria. Como um animal selvagem atacando sua presa.

De repente, estava livre. Tinha caído no chão, suas pernas muito fracas para sustentá-la. Estava aconchegada lá, as pernas encolhidas contra o peito em uma posição defensiva à medida que urros de dor irrompiam e o som de punhos batendo em carne e ossos se quebrando chegavam até ela.

Através de sua visão embaçada, viu um homem derrubando um a um dos bandidos que a atacaram. Ele era intocável, acabando com eles sem fazer esforço. Deveria ter ficado aterrorizada com a forma como ele distribuía violência, como se fosse natural para ele. Mas se sentiu… segura.

Então, ele se virou, mostrando apenas o suficiente de seu perfil para que ela o reconhecesse. Seu queixo caiu em choque, e ela estremeceu com a dor que isso causou em seus lábios inchados.

Silas.

Ele tinha vindo para ela. Ele a salvara. Aqueles homens não iam mais machucá-la. Como ele sabia?

Ela fechou os olhos, as lágrimas saindo debaixo de suas pálpebras. Mãos carinhosas a tocaram hesitantes, buscando uma resposta.

– Hayley? Princesa, você está bem? Abra seus olhos, por favor.

O tom suplicante de Silas penetrou a névoa de dor que a segurava firmemente. Suas pálpebras se abriram e ela gemeu com o desconforto que o esforço causou. Ouvir a preocupação na voz dele forçou-a a reconhecer sua súplica, e gradualmente ela piscou até que o rosto dele estivesse no seu foco.

A expressão de Silas era, ao mesmo tempo, enlouquecida de raiva e cheia de alívio e de arrependimento. Ele a ajudou a se levantar.

– Meu violino – ela ofegou.

Ele se virou por um momento, seu olhar percorrendo a área ao redor deles. Quando se voltou para ela, havia pesar e tristeza em seus olhos.

– Desculpe, princesa.

As lágrimas inundaram os olhos de Hayley e ela não conseguiu mais segurar. Caiu em um choro desconsolado, os palavrões de Silas ecoando como se viessem de muito longe.

– Vai doer, princesa, me desculpe, mas preciso te levar para casa para que eu possa cuidar de você.

– O estojo – ela ofegou, antes que ele a segurasse completamente nos braços. – Também foi destruído? – Hayley mordeu o lábio para evitar dizer o motivo pelo qual o estojo era tão importante. Mas não parecia importar para Silas. Seu único foco era ela.

– Está aqui – ele disse, baixinho, pegando o estojo que, fora a alça quebrada, estava inteiro. – Seja corajosa, princesa. Vou te tirar daqui e depois cuidar de você para que não sinta mais dor.

Hayley estava muito entorpecida com a tristeza para prestar atenção à dor horrível que se espalhava através de suas costelas quando ele a levantou suavemente em seus braços. Ele a ergueu completamente e a ajeitou com cuidado, de maneira que sua cabeça ficasse aninhada em seu peito. Então, entrou na noite, seu passo rápido, o peso dela aparentemente insignificante enquanto suas longas passadas eliminavam a distância até o prédio.

11

Silas abriu caminho no apartamento dele, carregando seu precioso pacote. Deixou o estojo do violino no sofá, aninhou Hayley em seus braços e a levou para o quarto.

Ele tremia de fúria, quase fora de si. Nunca perdia o controle, mas encontrar aqueles filhos da puta abusando de Hayley na rua, ameaçando estuprá-la – e *teriam* estuprado se ele não tivesse chegado – tinha acabado com o controle que ele cuidadosamente construíra e no qual se apoiava com toda força desde que havia matado seus próprios pais. E, no entanto, ele ainda tinha o medo paralisante de que não tivesse chegado a tempo. E se um daqueles canalhas a estuprassem?

Com tanto cuidado quanto pôde, colocou Hayley na cama. Praguejou quando ela gritou de dor. Suas lágrimas acabavam com Silas, mas ele não tinha ideia de como fazê-las parar. Cada lágrima era uma adaga em seu coração, a ponto de ele esfregar o peito para tentar aliviar a dor. Dor que ia fundo, tão fundo que ele não tinha chance de tocar nela ou de removê-la.

Com carinho, ele afastou os cabelos úmidos do rosto dela, e estremeceu quando viu os hematomas terríveis que se formaram ali, e o sangue escorrendo do nariz e da boca. Queria voltar e matar todos aqueles homens. Inferno, eles podem já estar mortos. Em sua raiva, não tinha sido exatamente cuidadoso. Merda. Precisava ligar para seus irmãos e enviar uma equipe de limpeza para lá antes que fossem descobertos. Mas isso teria que esperar mais um pouco, enquanto ele cuidava de sua princesa.

– Hayley, preciso que me diga em que lugares se machucou. Onde está ferida. O que eles fizeram com você?

Sabia que em sua voz havia agonia e culpa. Deveria ter agido mais cedo. Sabia que algo estava errado quando ela não chegou em casa no horário de sempre, mas fingira que não era nada, dizendo a si mesmo que ela estava atrasada, que alguma coisa tinha acontecido no trabalho ou que ela estava na casa de algum amigo, quando sabia que nada disso era verdade. Ela nunca havia voltado para casa tão tarde e, se ele tivesse ouvido seus instintos, que nunca ignorava, teria chegado ali antes que aqueles imbecis a atacassem.

Ela abriu a boca em uma tentativa de falar, mas ofegou e fechou os olhos. Respirar também parecia ser uma tortura para ela.

– Minhas costelas – ela finalmente gritou. – Deus, Silas, dói respirar. Dói em todos os lugares.

O sangue de Silas congelou e na mesma hora ele abriu a blusa dela, revelando a pele já escurecida ao redor da caixa torácica.

Filhos da puta!

– Princesa, isso vai doer, querida. Mil desculpas, mas preciso ver se há algo quebrado. Porra, eu deveria ter chegado até você a tempo!

Os lábios de Hayley, ensanguentados, tremiam, mas ela assentiu bravamente e uma onda de orgulho tomou Silas. E, em seguida, para seu total espanto, antes que pudesse apalpar suas costelas, ela colocou a mão, trêmula, em seu maxilar.

– Não foi culpa sua, Silas – sussurrou. – Não vou deixar você se culpar. Como você poderia saber? Não sou responsabilidade sua. Graças a Deus, você apareceu. Se não tivesse aparecido, eles teriam me estuprado e provavelmente depois me matariam.

Lágrimas brotaram nos olhos de Hayley novamente e escorreram por seu rosto machucado. A raiva inundou as veias de Silas e ele queria esmurrar a parede, mas precisava cuidar de Hayley. Tinha que se acalmar para não assustá-la para sempre.

– Desculpe, princesa. Vou tentar ser gentil. Seja corajosa, menina doce.

Ela mordeu os lábios e depois assentiu.

Silas passou os dedos por cima de suas costelas feridas e golpeadas e xingou muito baixinho quando ela estremeceu e fechou os olhos, mantendo-se firme. Mas Hayley não deu nenhum gemido. Ele admirou sua força e resistência, sabendo que ela sentia uma dor enorme.

– Merda – ele xingou quando viu que pelo menos duas costelas estavam quebradas. Ela precisava de cuidados médicos, não apenas por causa das costelas, mas também pelas feridas em seu rosto. Era provável que tivesse fraturado o nariz e possivelmente a mandíbula também.

Já havia um inchaço significativo no nariz e na mandíbula. Mesmo tão ferida, ainda era a mulher mais bonita que ele já vira. Aqueles filhos da puta mereceram morrer por ousar tocar em algo que era dele. E ela era dele. Mesmo que não fosse possível no mundo real. Mas, para Silas, Hayley era dele, mesmo que nada nunca fosse acontecer.

– É muito ruim? – ela sussurrou, suas palavras mal articuladas pelos lábios inchados.

– Você quebrou costelas. Não tenho certeza da gravidade, mas vou ter que chamar um médico. Você não está em condições de ir ao hospital. Ele precisará examinar o nariz e a mandíbula para se certificar de que não há fraturas ali também.

– Está doendo – ela disse, baixinho.

Ele sabia que, para dizer isso, ela devia estar sentindo muita dor. Aquelas palavras partiram seu coração e aumentaram seu desejo de voltar e se certificar se de fato havia terminado o trabalho. Aqueles lixos não mereciam viver sequer para tocá-la quanto mais para feri-la.

Mas precisava se recompor. Ela era sua principal e única prioridade. Se os canalhas sobrevivessem, ele os rastrearia e vingaria sua princesa.

Quando começou a se referir a ela como sua princesa? Não era um homem propenso a carinhos. Evangeline tinha sido a primeira pessoa com quem ele usara um apelido carinhoso, mas não tinham muito significado e eram inofensivos. Ele a chamava de *boneca* e *querida*, mas todos os homens de Drake faziam isso e eles não eram nem um pouco sensíveis. Mas Hayley era diferente. Ela era... especial.

Deixe-me te dar algo para dor e depois ligo para o médico. Enquanto aguardamos, quero que descanse e deixe o remédio fazer efeito, evite inclusive se mexer até o médico chegar. Acha que consegue engolir umas pílulas, ou é melhor esmagá-las e dissolvê-las em pouco de água para você?

Ela lambeu os lábios ensanguentados, estremeceu e deu a ele um olhar de desculpa.

– Acho que não consigo engolir a pílula. Me desculpe.

Silas se inclinou, e os narizes dos dois quase se tocaram. A expressão no rosto dele era feroz.

– Não tem nada para se desculpar. Volto logo com o remédio e depois quero que descanse enquanto ligo para o médico.

Ela assentiu, cansada, as pálpebras já pesando. Ele correu para a cozinha e tirou do frasco duas das pílulas que costumava tomar para acabar com a enxaqueca que volta e meia o atormentava. Usando uma colher, esmagou cuidadosamente cada uma até que virassem pó, e despejou em um pequeno copo com água, mexendo até dissolver completamente.

Voltou para seu quarto onde Hayley estava deitada, sua expressão de exaustão total, seus traços marcados pela dor.

– Princesa – ele disse, com uma voz suave. – Preciso que beba isso e vou deixá-la descansar enquanto faço as ligações. Consegue fazer isso por mim?

Ela se agitou e quando suas pálpebras tremeram, ele conseguiu ver a dor apagando seus olhos, geralmente vibrantes e brilhantes. Ficava enfurecido por ela ter sido tão brutalmente atacada e por ele não estar lá para protegê-la.

Nunca mais. Ela estava sob sua proteção, ainda que não fizesse ideia disso.

Hayley lutou para se erguer, mas ele gentilmente fez com que ela parasse e segurou sua cabeça, levantando o suficiente para conseguir encaixar a borda do copo na boca dela.

– Beba tudo, minha doce garota. A dor vai melhorar. Eu prometo.

Devagar, ela tomou um gole, fazendo uma cara azeda ao engolir o remédio. Quando acabou, ele a baixou de volta e arrumou os travesseiros para deixá-la mais cômoda.

– Está confortável? – Então, ele praguejou. – Claro que não, mas qual é a melhor posição para tirar a pressão de suas costelas?

– Queria ficar deitada e nunca mais me mover – ela murmurou, seus olhos cheios de dor se fechando, exaustos.

Ele arrumou os travesseiros e cobertores, envolvendo-a de modo que estivesse o mais confortável possível.

– O remédio deve fazer efeito mais rápido, porque dissolvi na água. Aguente firme, princesa. Você vai começar a sentir alívio em alguns minutos.

– Graças a Deus – ela sussurrou. – Estou toda dolorida, Silas.

Ele teve que se esforçar para controlar a fúria absoluta que ameaçava explodir. Virou-se para sair do quarto e fazer suas ligações, mas a voz suave de Hayley o deteve.

– Silas?

Ele se virou na mesma hora.

– Precisa de algo, princesa?

Ela engoliu em seco, e seus olhos brilhavam com as lágrimas de novo.

– Obrigada por ter ido me ajudar. Por ter me salvado – ela sussurrou.

A sinceridade da gratidão dela aumentou a culpa de Silas.

– É culpa minha você ter sido atacada. Eu deveria ter chegado mais cedo – ele disse, bruscamente.

Ela olhou para ele em franca perplexidade.

– Mas, Silas, como você poderia saber? Não é culpa sua.

Ele se virou e saiu, sabendo muito bem que a culpa era dele.

A primeira ligação que fez foi para o médico de Drake, que tinha uma clínica no prédio do amigo. Ele exigiu que o médico parasse o que estivesse fazendo e viesse ao seu apartamento o mais rápido possível. Então ligou para Maddox, contou brevemente o que havia acontecido, disse que precisava de uma equipe de limpeza e lhe passou os detalhes e o endereço. Depois, disse que precisava que os outros homens viessem imediatamente ao seu apartamento, para garantir que nada assim acontecesse novamente. Maddox pareceu desconcertado porque Silas era um homem que nunca se exaltava, e Silas sabia que soava exagerado, mas Maddox não fez perguntas, apenas disse ao irmão que considerasse tudo o que pedira feito e que aqueles que não participassem da limpeza estariam na casa dele em breve, mas não questionou Silas. Não era assim que funcionava no grupo unido que tinham. Se um irmão ligava com um pedido ou uma demanda, não se faziam perguntas. Seu pedido simplesmente era atendido. Eles sempre vinham, sempre um ajudando o outro, preparados para fazer o que fosse necessário para colaborar.

Família.

Era no que Evangeline os tinha transformado. E Hayley era parte disso, mesmo que não tivesse ideia de que agora possuía uma família, ou que qualquer um deles morreria por ela. Assim como por Evangeline ou por qualquer irmão. Enquanto aguardava o médico chegar, Silas voltou para o quarto, esperando que Hayley tivesse sucumbido ao remédio. Para seu choque e consternação, ela estava soluçando como se seu coração tivesse se quebrado.

Ele voou em direção a ela e, com cuidado, se colocou na cama, ao lado dela, encaixando-a gentilmente em seus braços para não machucar suas costelas. Inferno, ele nem sequer havia limpado o sangue dela, mas não queria fazer nada até que o médico chegasse, por medo de machucá-la ou de piorar a situação.

– Princesa, o que foi? – ele disse com urgência. – Ainda está doendo? Precisa de mais medicação para dor?

Ela enterrou o rosto no peito de Silas, tremendo, suas lágrimas molhando a camisa dele.

– Era tudo que eu tinha dele – ela soluçou. – Meu Deus, Silas, o que vou fazer?

Ela apertou o rosto com mais força contra o peito dele, como se quisesse sufocar um grito. Mas ele a afastou, não querendo machucar ainda mais seu rosto ferido.

– Assim você parte meu coração, menina. Fale comigo. Diga-me por que está chorando. Farei qualquer coisa para consertar isso para você.

Parecia um pedido estúpido, mas ele sabia que aquilo não era por causa do ataque. Havia algo mais que a deixara arrasada e, se alguém a tivesse machucado, ele caçaria o canalha e o mataria sem remorso.

– Você não pode consertar isso – disse ela, devagar. – Desejo do fundo do coração que você pudesse, mas ninguém pode. Ninguém pode fazer meu sonho acontecer agora, já não posso cumprir o pedido que meu pai me fez em seu leito de morte.

Ela se desmanchou em mais uma rodada de soluços cortantes que fizeram o coração dele doer e compartilhar seu sofrimento.

– Fale sobre isso, Hayley – ele disse, gentilmente. – O médico só deve chegar daqui a dez ou quinze minutos. Me diga o que te machuca tanto. Além do óbvio.

– Destruíram meu violino – ela disse, engasgada, lágrimas escorrendo por seu rosto machucado e ensanguentado. – E agora não tenho *nada*. Nenhuma chance de alcançar meu sonho. Não posso pagar nem pelo violino mais barato e, apesar de poder pegar um emprestado para as aulas, eles têm uma política rígida no que concerne deixarmos a escola com instrumentos. Não poderei estudar em casa. Acabou. Tudo o que ele trabalhou tão duro para tornar possível para mim desapareceu, e é minha culpa.

– Ah, querida, não – protestou Silas. – Não pode se culpar pelo que aqueles marginais fizeram com você.

Hayley continuou, perdida em suas lembranças agridoces:

– Éramos só ele e eu depois que minha mãe morreu, e nós éramos pobres, desesperadamente pobres. Fazíamos de tudo para conseguir pagar as contas e ter comida na mesa. Ele trabalhava em longos turnos em uma fábrica de papel local. Se tinha oportunidade de fazer hora extra, ele estava no trabalho, economizando para me comprar um violino. Queria muito que eu seguisse meu sonho de tocar e me tornar uma mestre violinista, mas então ficou doente. Câncer. Eu queria sair da escola, conseguir um emprego para pagar nossas despesas e o cuidado de que ele precisava. Queria estar com ele para que não morresse sozinho. Não podia suportar essa ideia.

Hayley caiu no choro com um soluço e Silas deslizou para mais perto dela. Com carinho, passou sua mão nos cabelos dela, encostando cuidadosamente em seu peito o lado sem ferimentos do rosto dela.

– Mas ele não quis nem saber – disse ela, com tristeza. – Consegui uma bolsa de estudos parcial em uma prestigiosa escola de música em Manhattan, mas não queria deixá-lo e não tinha grana para bancar o custo de viver aqui, ainda mais pagando o restante da mensalidade. Porém, antes de morrer, meu pai me disse para eu não me preocupar, que ele tinha conseguido o dinheiro. Era tão importante para ele que eu fosse atrás dos meus sonhos. Acho que acabou se tornando o sonho dele também e eu acredito de verdade que ele aguentou enquanto pôde para ver que eu tinha cumprido minha promessa de me mudar para Nova York e me matricular, porque ele morreu logo depois que me mudei para cá, e eu não estava com ele – ela soluçou. – Meu pai morreu sozinho. Oh, Deus, deixei ele morrer sozinho, Silas. Nunca me perdoarei por isso.

– Shhh, querida – ele disse, passando os dedos pelos cabelos emaranhados em um esforço para confortá-la. – Você fez exatamente como seu pai pediu. Era o que ele queria, e esperou, segurou apenas o tempo suficiente para saber que você estaria bem. Você deu isso a ele. Paz. Ele não morreu sozinho, princesa. Ele morreu sabendo que sua filha iria alcançar seu sonho, que era o dele também.

Hayley ficou em silêncio por um longo tempo. Então, devagar, assentiu.

– Obrigada por isso, Silas. Acho que nunca tinha visto por esse lado.

Então as lágrimas embaçaram a visão de Hayley, e ela desviou o olhar, a dor consumindo-a mais uma vez. Mas ele viu outra coisa em seus olhos. Não era dor, tristeza ou arrependimento. Ele viu uma fúria desmedida. Ficou tão surpreso que só conseguia encará-la, em um silêncio espantado com aquela mudança abrupta em seu comportamento.

– Hayley? – ele perguntou, hesitante.

– Meu pai queria tanto que eu estivesse bem-cuidada, que não passasse necessidade. Queria que eu pudesse apenas me dedicar à escola, sem preocupações financeiras. Então, sem eu saber, fez um seguro de vida.

Suas palavras ganharam um tom amargo, ódio brilhando como *neon* nos olhos dela.

– Quando encontrei a papelada e entrei com o pedido, não consegui acreditar no preço exorbitante das mensalidades. Não consigo imaginar como ele conseguiu pagar aquilo, nem o que teve que fazer para conseguir o dinheiro, mas o pagamento teria sido suficiente para eu estudar e pagar minhas despesas sem precisar ter vários empregos.

Seu corpo inteiro ficou rígido, lágrimas fluindo em riachos sem fim por suas bochechas.

– Eu o odeio – ela sibilou. – Deus, eu o odeio tanto pelo que ele fez com meu pai. Comigo.

A testa de Silas se franziu. Ele estava confuso.

– Quem, querida? Do que está falando?

– Do corretor de seguros mentiroso, golpista e traiçoeiro que tirou proveito do desejo do meu pai de me dar condições para alcançar meu sonho. Ele cobrou uma mensalidade exorbitante e encheu o contrato com tantas condições confusas, exclusões e letras miúdas. As letras miúdas praticamente tornaram possível que eles não pagassem nada baseado em quase qualquer razão que conseguissem inventar. Foi um golpe. O vendedor era um golpista que sugou até o último centavo que meu pai tinha e depois se recusou a fazer o pagamento quando fiz o requerimento após a morte dele. É por isso que só consigo ir à escola em meio período e preciso ter dois empregos. Além de pegar qualquer bico que apareça. Odeio aquele homem – ela disse, sua voz se quebrando em um soluço. – Odeio pelo que ele fez com meu pai. Por ter dado a ele uma certeza falsa de que eu estaria bem-cuidada.

Uma raiva fria encheu Silas, sentado ali, ouvindo o relato de Hayley, se esforçando para fingir interesse e simpatia quando queria – e com certeza iria – caçar aquele canalha golpista e fazê-lo pagar. Não tinha a menor chance de ele deixar Hayley continuar trabalhando até cair, frequentando a escola apenas em meio período. Não com o talento que ela tinha.

Determinado a rastrear o canalha e garantir que ele devolvesse todo o dinheiro a ela, com juros pela dor que havia causado, por todas as semanas que precisara trabalhar até a exaustão, Silas forçou um tom casual e perguntou sobre o corretor.

No momento em que a batida na porta soou, ele tinha informações mais que suficientes para encontrar o imbecil de merda que pagaria muito caro por ter fodido com a vida de Hayley e de seu pai.

12

MADDOX, JUSTICE E ZANDER ENTRARAM sérios no apartamento de Silas, lançando olhares curiosos sobre o estado de exaltação em que o irmão se encontrava. Silas fez um gesto para que se sentassem nos sofás da sala. Então, pediu licença dizendo que precisava ver Hayley e ter certeza de que o médico faria um exame criterioso.

Ele entrou em seu quarto sem fazer barulho e viu o médico de confiança de Drake cortando a roupa de Hayley. Raiva preencheu Silas, assim como um forte sentimento de possessividade. Não importava que o médico fosse idoso, casado e um aliado leal. Silas não queria que ninguém visse o que considerava dele.

Hayley gemeu de dor quando o médico começou o exame, fazendo perguntas para tentar tirar o foco de sua suave sondagem. Então, o olhar de Hayley encontrou Silas parado na porta e alívio encheu seu rosto. Sua súplica silenciosa o atraiu para mais perto e ele se viu junto à sua cabeceira, inclinando-se para passar a mão na testa dela.

Ele se abaixou para pressionar os lábios no topo de sua cabeça.

– Vai ficar tudo bem agora, princesa. O médico cuidará de você.

– Você vai ficar? – ela perguntou, seu tom desesperado, os olhos arregalados de medo e incerteza.

– Ficarei um pouco na sala ao lado enquanto o médico finaliza seu exame. Preciso cuidar de algumas coisas, mas volto rápido, minha doce menina. Não vou te abandonar.

Ela pareceu relaxar, os olhos vidrados e opacos por causa da dor e dos efeitos do remédio que Silas lhe dera. Antes de fazer algo estúpido como se acomodar ao lado dela e permanecer ao seu lado, ele rapidamente saiu, sabendo que seus irmãos não tinham ideia de por que haviam sido chamados a seu apartamento, um lugar em que outros raramente entravam.

Sem preâmbulo e nenhuma explicação sobre quem era Hayley em sua vida ou como e por que ele sabia que estava em perigo, Silas rapidamente discorreu sobre o que acontecera naquela noite. Quando terminou, Maddox, Justice e Zander pareciam absolutamente mortais, suas expressões sombrias e cheias de raiva.

– Filhos da puta – Maddox xingou. – Espero que tenha matado esses marginais.

Silas deu de ombros.

– Minha principal preocupação era Hayley e seu bem-estar. Você chamou uma equipe de limpeza? Não fui exatamente... cuidadoso.

Como principal executor de Drake, fazia parte do trabalho de Silas ser sempre cuidadoso e minucioso. O fato de admitir abertamente que não tinha sido nenhuma dessas coisas naquela noite dizia a seus irmãos muito mais do que queria que eles soubessem.

– Thane, Jax e Hartley estão cuidando disso – disse Justice com severidade. – Mas acho que vou ligar e dizer a eles que terminem o trabalho e, em seguida, joguem os corpos no Hudson. Duvido que alguém vá sentir falta de uma escória como eles.

Silas apenas assentiu, então olhou para as únicas pessoas em quem confiava no mundo.

– Tenho um favor... pessoal... a pedir. Quero um homem com Hayley o tempo todo, quando eu não puder estar com ela e nem cuidar dela. Minha lealdade é para Drake e para cuidar da proteção de Evangeline. Não posso estar em dois lugares ao mesmo tempo, então preciso de alguém com ela quando eu não puder estar. Mantê-la fora da vista tanto quanto possível e deixar que a nossa conexão com ela siga desconhecida. Não posso correr o risco de fazer dela um alvo. Certifiquem-se de nunca fazer o mesmo caminho, nunca levá-la a nenhum dos lugares a que normalmente vamos. Ninguém pode saber sobre ela – ele disse com urgência, sabendo muito bem quais seriam as consequências se seus inimigos soubessem da existência dela. Ou de sua importância para... ele.

– Sem problema – disse Maddox, com naturalidade. – Vamos alternar. Quem não estiver escalado para ficar com Evangeline ficará com Hayley para que ambas estejam sob proteção todos os dias, o dia todo.

– Obrigado – disse Silas. – Não quero que o que aconteceu hoje à noite se repita. – Fez uma pausa antes de continuar, tomando uma decisão súbita e impulsiva ainda que tivesse sabido o que fazer no momento em que Hayley contara sobre suas aflições. Em um tom mais baixo, fez um pedido: – Vou precisar me ausentar por um dia ou dois no máximo, assim que souber que Hayley ficará bem. É imperativo que ela seja protegida enquanto eu estiver fora, e mantida em sigilo.

Zander levantou uma sobrancelha.

– Algo de que vá precisar de ajuda? Sabe que a gente faz tudo que puder.

– É um assunto pessoal – disse Silas, sua expressão se tornando mais sombria. – Embora vocês possam, sim, fazer algo que vai tornar meu trabalho mais fácil.

Seus irmãos olharam com expectativa para ele, esperando seu pedido.

– Preciso que encontrem o paradeiro do filho da puta desgraçado que fodeu Hayley, recusando-se a pagar a ela o seguro de vida de seu pai, pelo qual ele tinha cobrado um valor exorbitante. Por causa dele, ela está completamente dura, lutando para pagar as contas, fazendo a escola em meio período porque precisa ter vários empregos para conseguir comer e continuar perseguindo seu sonho.

Ele viu a pergunta nos olhos deles e respondeu antes que vocalizassem.

– Eu a coloquei no apartamento ao lado do meu. Aquele em que Evangeline ficou por alguns dias.

– Mas você não tinha transformado tudo em um grande apartamento? – perguntou Justice.

Silas assentiu.

– Ela não sabe nada sobre isso. Pedi ao meu administrador que oferecesse o lugar por um valor ridiculamente baixo de aluguel. Depois, fiz com que uma equipe reconstruísse as paredes e mobiliasse o apartamento para que ela pudesse se mudar. Caso contrário, ela teria ficado sem teto em questão de dias.

Maddox franziu o cenho e depois xingou.

– Porra. Ela passou o inferno, dá à expressão “abandonada à própria sorte” um novo significado.

– Exatamente por isso não consegui dar as costas para alguém tão obviamente em necessidade – concordou Silas.

– E não porque ela seria jovem, linda e solteira, não é? – perguntou Zander, seu tom cheio de malícia e esperança.

A expressão de Silas ficou gélida.

– Fique longe e não ouse tocar nela. Seu único trabalho é garantir que ninguém mais a machuque. Se algo acontecer a ela sob sua vigilância, acabo com você.

Zander pareceu se divertir com a ameaça de Silas. Trocou olhares com Maddox e Justice, que só deixou Silas ainda mais irritado. Ele era tão malditamente transparente? Inferno, tinha praticamente mijado nela para marcar seu território.

– Façam uma escala e me apresentem – disse Silas a Maddox. – Ficarei com Hayley no próximo dia ou dois, pelo menos, antes de ir atrás do filho da puta que sugou as economias do pai dela e se recusou a pagar o que era devido depois.

– Pode deixar – disse Maddox, levantando-se, consciente de que a reunião havia chegado ao fim.

Os três homens saíram tão silenciosamente quanto entraram, deixando Silas sozinho, mas com o médico e Hayley a apenas um cômodo de distância.

13

Silas encontrou o médico quando entrava no quarto. Abriu a boca para perguntar sobre a condição de Hayley, mas o homem sinalizou que saíssem dali e fossem para a sala. Relutante em deixá-la sozinha de novo, lançou mais um olhar na direção dela antes de finalmente ceder ao pedido do médico.

– Ela está descansando confortavelmente agora – o médico assegurou. – Apliquei nela uma injeção de remédio para dor. Deve dormir a noite toda. Deixei as seringas preparadas com essa medicação, bem como as prescrições feitas em seu nome para comprar outros medicamentos, rapidamente.

– Como ela está? O que houve com ela? – Silas perguntou, cortando o homem com impaciência.

O médico fez uma careta.

– A moça ficará bem, mas sofreu um trauma forte. Você estava correto em sua avaliação. Ela tem duas costelas quebradas, mas estão mais embaixo e não causam danos internos. Não acho que precisem ser imobilizadas, mas ela vai precisar descansar e ficar de repouso pelos próximos dias.

– Ela não vai se mexer – prometeu Silas.

– O rosto dela está ferido e inchado, mas parece pior do que é. Não há fratura no nariz ou no maxilar. Apenas manchas de sangue. Seu lábio está cortado e ela levou uma pancada forte no nariz. Mas se ainda doer amanhã, coloque gelo para reduzir o inchaço. Limpei todo o sangue e desinfetei os cortes e arranhões no rosto, nas mãos e nos joelhos.

– Ela vai conseguir tocar o violino?

– Não vejo por que não. Dê-lhe alguns dias para descansar e não vejo nenhum problema com ela continuar as lições. Mas sem exageros.

– Vou pessoalmente cuidar para que isso não aconteça – Silas disse com severidade.

– Se precisar de mim, não hesite em ligar – disse o médico. – Se não ligar antes, passo aqui depois de amanhã para ver como ela está progredindo e dar uma olhada nessas costelas. Se em qualquer momento ela apresentar dificuldade de respirar ou sua condição piorar, me ligue na mesma hora. Se não houver melhora ou ela tiver um agravamento da dor ou dos outros sintomas, você precisará levá-la à clínica para tirar um raio-X e outros exames.

– Muito obrigado, doutor – disse Silas, áspero.

O médico acenou com a cabeça e foi embora, deixando Silas livre para voltar ao quarto.

Para sua surpresa, Hayley estava acordada e deitada de lado, com os olhos brilhantes de lágrimas. Ele correu em direção a ela, sentando-se com cautela na beira da cama. Então tocou o lado não ferido de seu rosto.

– O que foi, menina doce? – ele perguntou.

O olhar de Hayley foi direto para o dele, e ele viu alívio em seus olhos cheios de umidade.

– Achei que tinha ido embora – ela disse. – Deus, fiquei com tanto medo. Por favor, não vá embora.

Ele ficou espantado com a resposta e desconcertado pela necessidade claramente delineada no rosto dela.

– Shhh, princesa. Eu disse que não estaria longe. Você ainda está com dor?

Ela balançou a cabeça lentamente. Então, sua expressão tornou-se suplicante.

– Por favor, fique comigo, Silas. Estou tão assustada. Não me deixe de novo.

– Não vou deixar você – ele disse calmamente. – Precisa descansar agora, Hayley. Você está muito machucada.

– Você poderia... você poderia... – Ela mordeu o lábio ferido e estremeceu.

Com carinho, ele puxou o lábio inchado dos dentes dela e passou o polegar sobre a pele rasgada.

– O que você quer, princesa? Precisa saber que farei qualquer coisa por você.

A preocupação encheu os olhos lindos de Hayley. E também o medo de... rejeição?

– Você poderia me abraçar? – ela sussurrou. – Enquanto eu durmo, para eu ter certeza de que ninguém vai me machucar? Sei que estou segura com você, Silas.

Ele ficou atordoado com a confiança que ela demonstrou. Deus, quando era o último homem em quem Hayley deveria confiar. Ele não tinha coração, nem alma, e pela primeira vez amaldiçoava esse fato pois, se os possuísse, eles seriam dela.

Nem percebera que ficara quieto até ver que Hayley estava desapontada, vergonha em todo seu rosto. Ela virou a cabeça, escondendo a humilhação no travesseiro.

– Me desculpe, eu não tinha o direito. Você já fez demais.

As palavras estavam banhadas em dor e cada uma era uma pequena adaga no coração que Silas jurava não possuir.

– Claro que vou abraçar você, menina doce – ele disse, não reconhecendo o timbre rouco de sua própria voz. – Mas não quero machucá-la.

– Você nunca me machucaria – ela disse.

Ele tirou os sapatos e, com pressa, tirou a camisa – que ainda estava manchada com o sangue dela – e deixou cair no chão. Então, tirou as calças e ficou só de cueca antes de entrar na cama ao lado dela, ajeitando-se com cuidado ao seu redor e puxando-a para seu abraço, sempre evitando ao máximo não causar mais dor.

Ela soltou um suspiro satisfeito, e antes que ele pudesse piscar, suas pálpebras se fecharam. Ela se aconchegou bem perto do corpo dele e descansou a cabeça em seu peito, quase como se quisesse ficar grudada. E então estava adormecida, sua respiração suave soprando na pele dele.

Deus do céu, ele não era nenhum santo, e ter Hayley ali, enrolada nele como se fosse seu gatinho de estimação, com certeza era uma passagem para o inferno. Não merecia aquilo... ela. Ter uma mulher tão perfeita, linda, doce e inocente em sua cama e em seus braços. Mas para o inferno que ele não ia aproveitar a noite proibida deles e se lembrar de cada momento para sempre.

14

Silas não despertou com nenhum de seus habituais despertadores. Ele raramente dormia profundamente e costumava acordar com facilidade, mas naquela manhã uma névoa encobriu sua mente, bem como um contentamento que ele não conseguia se lembrar de ter sentido antes. Isso o confundiu tanto que ele quase se levantou de uma vez, mas então percebeu o peso quente e doce do corpo dela contra o seu. *Hayley.* Com o máximo de cuidado possível, ele a moveu para o lado, de forma que pudesse examinar seu rosto mais de perto. Assim que fez isso, foi tomado pela fúria de novo. Todo o lado direito do rosto dela estava muito inchado e coberto por hematomas. Embora soubesse que aqueles filhos da puta já estavam provavelmente no fundo do rio, quis matá-los novamente. Mais devagar. Mais dolorosamente. Infligir neles todas as feridas que tinham deixado em sua princesa, dez vezes mais. Uma morte rápida tinha sido muito pouco para eles.

Silas recorreu ao controle, que era sua segunda natureza. Não queria se arriscar a acordar Hayley, pois o médico tinha recomendado descanso. Moveu-se lentamente de novo até ficar de pé junto à cama, sentindo uma perda inexplicável quando ela já não estava mais em seus braços. Não sabia direito de onde vinham aqueles sentimentos e estava indeciso sobre o que fazer a respeito. Prometera a ela que não iria embora, mas precisava resolver algumas coisas antes de ela acordar. Talvez ele devesse...

Silas sacudiu a cabeça, satisfeito e desgostoso consigo ao mesmo tempo. Nunca fora indeciso, mas estava quase girando em círculos com aqueles sentimentos pela menina perdida dormindo em sua cama. Determinação reduziu tanto a satisfação quanto o desgosto quando ele saiu de seu quarto para buscar algo para ela comer e pesquisar informações na internet. Considerou ir até o apartamento dela e trazer-lhe roupas limpas, mas decidiu que suas camisas seriam mais fáceis para ela vestir. Ignorou a parte em si que sentia satisfação com a ideia de vê-la coberta com coisas que lhe pertenciam, fazendo dela uma propriedade sua. Era uma ideia de que ele gostava até demais.

Verificou seus armários na cozinha e considerou o que ela gostaria de comer e o que seria mais fácil de comer sem causar dor. Por fim, optou por aveia e algumas frutas frescas, deixando os ingredientes separados até ela acordar. Então, foi para seus monitores e fez as varreduras repetidas das filmagens da noite anterior. Ninguém havia estado em seu andar depois que Maddox e os outros homens partiram, e ele relaxou um pouco mais.

Abrindo seu laptop, começou a busca por violinos, quais eram as melhores marcas e como poderiam ser entregues em seu prédio. O talento dela merecia o melhor, e ele estaria perdido se visse esse talento ser desperdiçado em algo sem qualidade.

***

Hayley abriu os olhos, e sentiu na mesma hora a falta do calor e conforto da presença de Silas. Soltou um gemido baixo quando tentou apenas se virar. Olhou para a janela do quarto, tentando juntar coragem para se mover. A julgar pela dor latejante que tomava seu corpo, aquilo seria excruciante, mas sua bexiga não dava muita escolha. Apertando os dentes e preparando-se para uma agonia inevitável, Hayley empurrou cuidadosamente os cobertores e tentou chegar na borda da cama. Fogo subiu por sua caixa torácica e ela tentou não gritar. Antes que pudesse piscar e secar as lágrimas dos olhos, Silas estava inclinado sobre ela.

– O que está fazendo? O médico disse que precisava descansar – ele disse, e tentou cobri-la de novo.

Embora suas palavras fossem afiadas, havia um claro tom de preocupação em sua voz.

Hayley fechou os olhos. Deus, ela poderia ser mais patética?

– Banheiro – ela sussurrou com vergonha. Ficar tão desamparada na frente de um homem lindo, especialmente depois de chorar tanto em cima dele na noite anterior, a deixava morta de vergonha. Pior, ela havia pedido que ele não saísse de perto. Não tinha deixado outra escolha a não ser dormir em sua cama com ela.

Aparentemente indiferente ao constrangimento dela, Silas gentilmente a pegou nos braços, seus olhos repletos de desculpas quando ela soltou um pequeno grito de dor. Ele a levou até a porta do banheiro e lentamente colocou-a de pé, segurando seu braço o tempo todo para ajudá-la a se equilibrar e não cair de cara no chão.

– Vai ficar bem sozinha ali dentro? – ele perguntou, preocupação escrita em seu rosto. – Eu posso...

– Não – ela se apressou em dizer. – Vou ficar bem. Obrigada – ela disse em um tom mais estável.

Sem parecer estar convencido, ele ainda deu um aceno de cabeça.

– Vou te esperar. Se precisar de algo é só chamar, ok, princesa?

Ela assentiu, depois abaixou a cabeça e entrou no banheiro tão rápido quanto o corpo dolorido permitiria. Depois de cuidar da questão mais urgente, lavou as mãos e respirou fundo enquanto contemplava seu dilema. Estava sozinha em um apartamento com um homem que mal conhecia, mas sentia-se totalmente segura, apesar de ter visto o lado violento dele quando ele chegou como um guerreiro vingador para salvá-la. Sabia que deveria informar a polícia sobre o que aqueles homens haviam feito com ela, mas estava preocupada com Silas. Ele os machucara; o estalo de ossos quebrados e o baque de carne encontrando carne foram bem audíveis. Se ela denunciasse aquilo, ele teria problemas? Não podia permitir que ele fosse preso por sua causa.

Ao abrir a porta, quase deu de cara com o peitoral dele. Um peito sólido e firme. Uau, ele tinha mesmo ficado esperando *ali*. Era um pouco desconcertante, e reconfortante, ela se permitiu admitir. *Sem falar que muito, muito... sexy*, pensou enquanto olhava aquele peitoral desnudo. Claro, ela tivera namorados no colégio, mas eram *meninos*. Silas era todo homem. Quando seu pai ficou doente, o pouco tempo que ela possuía para namorar se evaporara e ela não tinha tido tempo nem energia para se concentrar nisso. Agora, mesmo machucada e um pouco quebrada, achou que estava se concentrando bem. Quase suspirou. *Timing* certamente nunca foi um dos seus pontos fortes.

Mais uma vez, sem perguntar, ele a pegou no colo e a colocou de volta na cama. Depois de garantir seu conforto, deu um passo para trás, seu olhar afiado procurando qualquer sinal de dor.

– Vou trazer um café da manhã para você e a sua medicação. Dei outra injeção em você durante a noite, porque parecia que você estava sentindo dor, mas o efeito já deve estar passando. Quer outra dose agora ou gostaria de tentar oral?

Hayley sentiu um calor percorrer seu corpo com a palavra *oral*, e não conseguiu dizer nada.

– Hayley? Você está bem? – Ele se aproximou, e ela podia contar os cílios grossos em torno de seus profundos olhos verdes. – Se você ainda não consegue engolir o remédio, posso te dar outra injeção com o medicamento.

Na tentativa de se livrar de pensamentos completamente inadequados, ela se forçou a encontrar o olhar dele.

– Pode ser uma pílula, eu acho. E não há necessidade de se preocupar com o café da manhã. Posso ir para casa e fazer algo.

Um olhar inflexível se instalou no rosto dele.

– Não vai, não. Fique aí e volto em breve com sua comida e remédios. Não se mova. Sem dar outra palavra, ele se virou e se afastou. Hayley observou aquelas coxas grossas e sensuais levando-o para fora do quarto e se perguntou se havia perdido o juízo durante a noite.

***

Silas sentou-se na beira da cama, observou atentamente enquanto Hayley comia, devagar, a aveia, e tentou decifrar o estranho comportamento de antes. Se ele não estivesse por dentro de tudo, juraria que era desejo o que tinha visto nos olhos dela quando a levou de volta para a cama. Mas ele estava por dentro. Uma mulher inocente como Hayley não ia querer nada com um homem como ele. Ela era muito inteligente para isso. O que Silas vislumbrou provavelmente era gratidão e talvez um pouco de constrangimento, embora não houvesse razão para ela sentir nenhum dos dois. Não com ele. Nunca com ele. Se ele tivesse ouvido seus instintos e tivesse chegado mais cedo, Hayley não estaria naquela situação.

Assim que ela colocou a tigela quase vazia de lado, ele estendeu as pílulas que o médico havia prescrito. Obediente, ela engoliu com o que sobrava de seu suco de laranja. Fez-se um silêncio incômodo quando Silas a observava, tentando decidir o que fazer a seguir, já que tomá-la em seus braços e segurá-la agora que estava consciente estava fora de questão. Ela o encarava também, provavelmente imaginando quando conseguiria se livrar dele. Felizmente, a campainha tocou e Silas pediu licença para atender.

Depois de dizer a seu administrador para trazer a entrega, ele abriu todas as trancas com rapidez e esperou, impaciente, que ele chegasse. Hayley tinha sido tão forte, mas podia ver sombras persistentes em seus olhos. Ele esperava que o pacote que ia receber eliminasse ao menos algumas delas. O Sr. Carver pareceu surpreso ao vê-lo na porta e correu em sua direção, segurando o pacote com o mesmo cuidado que seguraria um recém-nascido. Silas pegou a entrega com ele e voltou para dentro de casa, fazendo o ritual de fechar todas as trancas. Uma vez que terminou, foi direto para o quarto, na esperança de ter feito a escolha correta.

Hayley ainda estava sentada onde ele a deixara, embora parecesse mais à vontade. Silas suspeitou que a medicação estava começando a fazer efeito e ficou feliz. Ela estava perdida em seus pensamentos, então, ele limpou a garganta para avisar que não estava mais sozinha. Ela piscou e lançou um sorriso doce na direção dele, antes de perceber o pacote em sua mão.

– O que é isso? – perguntou, confusa.

Ele foi até o outro lado da cama, colocou a caixa em cima do colchão e a abriu.

– Sei que não é o que o seu pai lhe deu, e sinto muito mesmo por isso. Mas não permitirei que seus sonhos não sejam realizados.

Ele estendeu o violino para Hayley, segurando com o maior cuidado.

Hayley o encarou em estado de choque. Lentamente, tirou o violino do estojo e o repousou sobre seu colo.

– Silas, e-eu não sei....

Ela passou os dedos delicados sobre a madeira, reverente.

– É lindo, mas não posso...

Enquanto se engasgava com as palavras, Hayley ergueu o rosto e Silas viu as lágrimas brilhando em seus olhos.

– Não posso aceitar.

A sobrancelha de Silas se enrugou, sua expressão cheia de confusão. Tinha entendido tudo errado? Porra, ele não deveria ter tentado fazer surpresa. Deveria ter deixado ela escolher o instrumento que desejava, em vez de querer acertar sozinho.

– Por que não aceita, princesa? Escolhi errado? Vou encomendar o que quiser. Só me diga qual é.

– É a coisa mais perfeita em que já toquei na vida – ela disse suavemente, ainda tateando as laterais devagar.

– Então, por que não aceita? – ele persistiu.

– Silas, é muito caro. Não consigo nem imaginar quanto isso custou.

Sinceridade brilhou nos olhos dela.

A sensação que ele se recusava a chamar de desapontamento se espalhou em seu peito. Ela não estava recusando seu presente e ele não tinha feito tudo errado.

Com carinho, ele colocou a mão na mandíbula machucada e inchada dela, tocando-a cheio de cautela para não lhe causar dor.

– Meu presente para você não é totalmente desinteressado. Não consigo descrever a paz que você me traz quando te ouço tocar. Você precisa compartilhar isso com o mundo. E alguns marginais não vão tirar isso de você – ele disse com ternura.

Ele viu sua indecisão súbita e descaradamente usou o doce e generoso coração de Hayley contra ela mesma.

– Por favor, não tire isso de mim. Dar isso a você me deixaria muito feliz, menina doce.

As lágrimas que haviam se reunido nos olhos dela deslizaram por suas bochechas. Hayley colocou com cuidado o violino de volta no seu estojo e fechou-o. Quando ergueu a cabeça, um sorriso de pura alegria brilhou em seu rosto machucado logo antes de ela se inclinar e abraçar o pescoço de Silas.

– Obrigada – ela sussurrou, seus lábios roçando no pescoço dele a cada palavra. Quando ela apertou o abraço, seus seios pressionaram o peito de Silas, e ele sentiu seu membro começar a endurecer.

Silas xingou seu corpo enquanto tentava controlar a necessidade de segurar o cabelo de Hayley e colar a boca dela na sua. Não era o que ela precisava ou queria, e ele era um canalha por reagir dessa maneira à sua gratidão. Ficou parado e, depois, com carinho e com firmeza, conduziu-a de volta ao seu lado da cama.

– Por nada, Hayley – ele disse, lutando para se controlar, com ódio do olhar ferido no rosto dela. – Você deve descansar agora, como o médico pediu.

Sem esperar a resposta dela, Silas se virou e praticamente fugiu do quarto e da tentação daqueles lábios doces e deliciosos.

15

Dois dias depois, Hayley se encolheu no sofá e assistiu a Silas trabalhar no computador. Ela não sabia muito bem o que estava fazendo, mas essa vinha sendo sua rotina desde que ele concordara que ela poderia finalmente sair da cama e se mover um pouco por ali. Chegara a dizer que poderia voltar para seu apartamento e que ficaria bem por lá, mas Silas não quis nem saber. Insistiu para Hayley ficar e ela não brigou para que ele mudasse de ideia. Após ele ter rejeitado seu beijo, estava certa de que Silas iria querer que ela fosse embora, mas estava errada. Para ser honesta, pelo menos consigo mesma, estava curtindo passar o tempo com ele. Embora Silas pudesse ser grosseiro e mandão, era também, de alguma forma, doce. E ela não podia negar que seu desejo por ele crescia a cada momento em que estavam juntos. Ficar no apartamento dele poderia não ser a coisa mais inteligente que já fizera, mas estava disposta a arriscar e ver aonde aquilo – seja lá o que *aquilo* fosse – ia dar.

– Tem certeza de que quer voltar para as aulas amanhã? – ele perguntou, áspero, continuando uma conversa que estavam tendo. – Acho que precisa esperar pelo menos mais alguns dias. Fique aqui até que esteja melhor.

A preocupação muito real em sua voz, junto com toda a proteção e atenção que ele vinha demonstrando desde que Hayley fora atacada, fizeram uma calmante onda de calor percorrer o corpo dela. Não queria mais nada a não ser ficar ali com Silas mais alguns dias, mas seus dedos estavam coçando para tocar seu violino novo e ela não queria ficar para trás nas aulas. Havia muita competição na academia, e perder muitos dias poderia significar perder também a sua bolsa de estudos.

– Não posso me dar ao luxo de ficar para trás. Além disso, tenho certeza de que já estou abusando da sua hospitalidade. – Ela enrugou o nariz e lançou um olhar pesaroso para ele. – Você não deve estar curtindo muito ser babá.

Silas girou sua cadeira e lançou um olhar de repreensão para Hayley.

– Você não é um inconveniente, princesa. Pode ficar aqui enquanto quiser. Na verdade, prefiro que fique. Fico mais tranquilo sabendo onde você está e que está segura e protegida. No entanto, preciso te dizer que *vou* sair esta noite e ficarei fora alguns dias. Pedi a alguns dos meus irmãos que cuidem de você até eu voltar e, agora que decidiu retornar às aulas, eles vão levá-la e buscá-la. – Silas ergueu a mão quando ela abriu a boca para argumentar. – Sua segurança não está aberta a discussões, princesa. Você foi atacada. E quando eu não puder estar aqui para protegê-la, meus irmãos estarão. Não vou deixar você com mais ninguém.

Era muito ridículo que ela se derretesse toda vez que ele a chamasse de *princesa*? E então, parte da euforia de Hayley se dissipou enquanto processava o que Silas tinha dito depois de chamá-la de princesa e antes de ser tão firme sobre ela ficar em seu apartamento. Ele não estaria lá, então, claro que ela não seria um incômodo para ele.

Precisava parar de ver coisas naquela situação em vez de apenas enxergar o que estava lá. Silas era um homem decente e um indivíduo atencioso. Teria agido daquela forma com qualquer pessoa. Tinha deixado claro que não se sentia atraído por Hayley quando ela tentou beijá-lo.

Ela suspirou e cedeu, consciente de que nunca ganharia uma discussão com ele.

– Aonde você vai? – ela perguntou levemente, esperando que sua voz não entregasse sua dor e seu desapontamento.

– Viagem de negócios – ele respondeu, breve, antes de voltar a prestar atenção no computador.

Ela não se ofendeu. Não precisava ser muito inteligente para perceber que Silas era extremamente reservado e cauteloso. Talvez cauteloso demais? Seu comportamento se assemelhava ao de alguém com paranoia profunda, com todas aquelas trancas e com uma rotina tão rígida. Mas tinha sido essa paranoia que a salvara. Então, naquele momento, ela estava grata por sua tendência ao TOC.

Seu olhar voltou para Silas quando o telefone dele tocou.

– Evangeline – ele atendeu, com a voz calorosa que, até então, Hayley só ouvira dirigida a ela. – Como está se sentindo? – Algum tempo se passou em silêncio enquanto a tal Evangeline aparentemente respondia. – Sim, nosso encontro está de pé. Até logo, querida.

Pareceu um soco no estômago. *Encontro*? Mesmo que ele não tivesse falado desse encontro, era claro que Silas sentia algo por aquela Evangeline. Toda sua linguagem corporal mudara no instante em que ele atendera a ligação. Tinha falado com ela com calor e afeição e sorriu enquanto conversavam. Silas raramente sorria para qualquer um, pelo menos tinha sido assim desde que o conhecera. Mas, evidentemente, ela não sabia nada sobre ele. Não era de admirar que tivesse ficado tão parado quando ela praticamente se atirou sobre ele.

E *querida*? Qualquer calor ou prazer com o apelido que ele inventara para ela desapareceu. Tinha achado que podia significar alguma coisa, pois ele não parecia ser o tipo de homem que usasse apelidos. Todo aquele tempo, ela tinha pensado que talvez fosse especial para ele.

Vergonha, mortificação e dor floresceram em seu peito. Ela o forçara a dormir com ela naquela primeira noite e, embora não tivessem falado sobre isso, Silas vinha dormindo ao seu lado desde então. Provavelmente para evitar que a pobre coitada da Hayley implorasse de novo. O que ele deveria pensar sobre ela? Ainda que tivesse insistido para que ficasse em seu apartamento até se curar, ela percebia agora que estava iludida, muito envolvida em suas fantasias. Precisava voltar para seu próprio apartamento antes de se humilhar ainda mais. E ela se humilharia. Estava muito atraída por ele para fingir que não estava e nunca se tornaria "a outra mulher".

Como quem não quer nada, pegou sua bolsa na cadeira na cabeceira da mesa.

– Acabei de me lembrar de que preciso lavar a roupa hoje ou não terei o que usar na escola amanhã. Preciso voltar para o meu apartamento e, como você vai viajar, não há necessidade de eu ficar aqui. Ficaria muito mais confortável na minha própria casa, de qualquer forma. Boa viagem e, mais uma vez, obrigada.

Ela deu um sorriso brilhante demais e foi em direção à porta. Tinha conseguido abrir três trancas quando sentiu o calor do corpo de Silas atrás do seu. Sentiu um arrepio na nunca e então as mãos quentes e fortes deslizaram sobre seus dois ombros. Ele virou Hayley, forçando-a a encará-lo.

– Princesa? Por que vai sair agora? – ele perguntou, tão perto que ela podia sentir as palavras retumbando em seu peito.

Ele mirava dentro dos olhos dela, um olhar confuso no rosto, quase como se pudesse ler todos os seus pensamentos – ou, pelo menos, estivesse tentando. Se tivesse alguma ideia do que estava na cabeça dela, provavelmente se apressaria em soltar Hayley para que ela *saísse* logo.

Ela deu o mesmo sorriso falso e colocou a mão no braço dele, apertando com carinho.

– Acabei de te dizer, bobo. Preciso lavar umas roupas ou não terei o que vestir. E, acredite, ir para a aula pelada não está na minha lista de prioridades.

Hayley conseguiu dizer aquilo em um tom leve, de provocação, mas não foi capaz de convencer nem a si mesma. A julgar pela expressão perplexa e sombria de Silas, ele também não estava acreditando naquela encenação.

Rezando para que ele não fizesse nada para não deixá-la ir, ou pior, continuasse a interrogá-la, abriu a última tranca e ele recuou para permitir que ela saísse. Com pressa, chegou ao corredor, tentando não correr e parecer ainda mais idiota. Procurou a chave na bolsa e destrancou a porta. Só olhou para trás uma vez, com um aceno alegre, e viu Silas de pé no corredor, observando-a com atenção.

16

NA MANHÃ SEGUINTE, HAYLEY RASTEJOU para fora da cama, recusando-se a reconhecer a dor e a rigidez que ainda a atormentavam. Ela se arrastou para o banheiro com uma careta, porque podia ver a expressão soberba de Silas gritando:

– Eu avisei.

Talvez ela tivesse ficado no apartamento dele por mais alguns dias, mas depois de ouvir a conversa dele com a sua "querida" e depois de ele avisar que viajaria a negócios, ela entendera a mensagem em alto e bom som.

Não podia fazer nada se essa mensagem a deixava muito deprimida.

– Droga – murmurou, quando olhou para o relógio.

Nada de retornar às aulas. Após lavar a roupa no dia anterior, depois de sair correndo do apartamento de Silas, ficara exausta e com muita dor. Tomou o remédio para conseguir dormir e, infelizmente para ela, o medicamento funcionara muito bem. Havia dormido demais e a aula já tinha começado.

Com um suspiro, salpicou o rosto com um pouco de água e, por um segundo, pensou em tomar banho, mas não tinha motivação para tanto. Além disso, não havia ninguém ali para vê-la. Depois de vestir sua calça de moletom mais macio e confortável, fez uma careta para suas possíveis escolhas de camisa. Seu olhar se desviou para a camisa de Silas em cima da cama.

Estava usando aquela camisa porque era toda de botão e não precisava se contorcer para vesti-la, além de ser bem maior que ela. Deveria ter devolvido a ele, mas aquela camisa era seu doce pecado.

Deu de ombros, pegou a camisa e sentiu o perfume de Silas. Um tremor leve percorreu seu corpo e ela se repreendeu por se torturar daquela forma.

Ao entrar na sala de estar, percebeu que a ideia de que ninguém estava ali para vê-la era errada. Com olhos arregalados e queixo caído, olhou fixamente para os três homens grandes e de aparência bastante intimidadora espalhados em sua sala de estar.

Suor emergiu em sua testa, e ela não conseguia respirar o suficiente. Começou a voltar para o quarto, seu olhar fixo naqueles homens. Seu peito apertou a ponto de doer e sua visão ficou embaçada ao ouvir seu próprio chiado encher o ar.

Um dos homens levantou os olhos, suas sobrancelhas se juntaram enquanto a estudava. Então, ele fez um gesto para os outros e disse:

– Ai, merda.

Antes que ela pudesse se virar para correr e se trancar no banheiro, uma mão forte agarrou seu ombro. Em pânico, ela girou, mas depois se dobrou quando a constrição em seu peito se tornou insuportável.

– Hayley, respire, querida. Precisa respirar – murmurou um dos homens em seu ouvido.

Como diabos eles sabiam seu nome?

– Porra, o Silas não falou da gente?

– Claro que não. Ela está tendo um ataque de pânico.

– Dã. E você não teria se estivesse no lugar dela? Ela foi atacada e quase estuprada na rua e, então, acorda e vê três brutamontes na sua sala de estar.

Aquela conversa bizarra estava realmente acontecendo?

Hayley olhou para eles com uma enorme perplexidade. Um dos homens segurou seu rosto, sua expressão se suavizando.

– Desculpe por assustá-la, querida. Achamos que Silas tinha avisado que a gente ficaria com você enquanto ele está fora.

– Vocês são os irmãos dele? – ela disse.

Os homens fizeram que sim com a cabeça.

Ela balançou a cabeça.

– Ele falou mesmo algo sobre vocês, mas quando achava que eu ficaria no apartamento dele mais alguns dias. Estou bem. De verdade. Não faz sentido incomodar vocês todos desse jeito. Eu tinha a intenção de voltar para a aula esta manhã, mas obviamente perdi a hora, o que significa que não farei nada hoje, exceto ficar em casa, tocando meu violino. Amanhã com certeza me levanto na hora e vou.

Os três homens fizeram que não com a cabeça.

– Não? – ela perguntou, perplexa com aquela reação.

– Não. Mas não para tudo que disse – falou aquele que tinha segurado seu rosto. – Apenas para a parte de ficar sozinha aqui no apartamento ou de voltar para as aulas sem a gente te levar. Só para deixar claro, caso sua intenção tenha sido dizer que irá sozinha para a escola amanhã.

– Quem são vocês de qualquer maneira? – perguntou Hayley. – E como entraram no meu apartamento?

– Silas nos deu uma chave. E estamos aqui para cuidar de você e pegar tudo o que quiser ou precisar. Meu nome é Maddox, a propósito.

Ele fez um sinal indicando os dois homens logo atrás dele.

– Esses dois idiotas são Thane e Jax. Não ficaremos com você o tempo todo. Vamos alternar com outra equipe. Mas antes vou te apresentar a eles, para que o susto dessa manhã não se repita.

– Te agradeço por isso – ela murmurou. – Vou fazer o café da manhã.

– Já está feito – disse Maddox, com um sorriso. – Sente-se no sofá enquanto vou pegar para você. Silas também deixou seus medicamentos, com instruções sobre quando e quais tomar.

O queixo de Hayley caiu de novo. Deus, ela parecia uma criança de 2 anos deixada com a babá com instruções detalhadas sobre quando alimentá-la, trocá-la e fazê-la arrotar!

Lançou um olhar desgostoso para Maddox.

– E por quanto tempo será assim, sabe me dizer?

Ele deu de ombros.

– Não sou eu quem decide. Até quando Silas mandar e nem um minuto antes.

Ela ergueu as mãos e foi em direção ao sofá.

– Estou tão feliz por ser uma adulta capaz de tomar minhas próprias decisões.

Thane e Jax riram, seus olhos iluminando-se com alegria.

– Então, quem vai ser o gato de plantão amanhã? – ela perguntou, direta, sentada confortavelmente. Pelo menos tão confortável como era capaz de ficar quando cada músculo de seu corpo estava rígido como uma prancha.

As sobrancelhas de Jax se ergueram.

– O gato de plantão?

Ela revirou os olhos.

– Ah, por favor. Como se não soubessem que são bonitos.

Thane sorriu.

– Sabemos, mas fique à vontade para nos lembrar sempre. Nunca rejeito elogios de uma mulher bonita.

– Isso não é mentira – disse Maddox, com satisfação.

– Apenas faça-nos um favor e não nos chame assim na frente de Silas – disse Jax, desconforto evidente em sua feição.

Hayley ergueu uma sobrancelha. Eles agiam como se Silas fosse ficar com ciúme ou coisa parecida. Ou talvez tenham tido a impressão errada. Sendo tão reservado e fechado, Silas talvez não compartilhasse alguns detalhes da vida pessoal com os homens com quem trabalhava. Detalhes como já ter uma namorada.

– Boa – disse Maddox, piscando.

– Bem? Então, quem será o gatão de amanhã que vai me levar para a escola como se eu fosse uma criança?

– Não pode nos culpar por querer que esteja segura – Thane disse, em reprovação. – Você foi atacada, Hayley. Poderia ter sido estuprada ou morta. Já é ruim o suficiente que aqueles idiotas tenham encostado em você.

Hayley olhou para Thane e depois para os outros com descrença.

– Então vocês simplesmente percorrem Manhattan sendo babás de mulheres que foram atacadas? Tem alguma ideia de como isso tudo é bizarro? Nunca os vi antes na minha vida e vocês simplesmente entram na minha casa e anunciam que vão passar o dia comigo e me levar para a escola amanhã. Sou a única pessoa sã aqui?

Maddox sorriu.

– Sanidade é discutível. E não, não percorremos a cidade protegendo mulheres que nunca vimos antes. Mas você não é apenas uma mulher.

Como se isso fizesse algum sentido para ela. Estava começando a pensar que havia ficado com mais sequelas do que pensara inicialmente, porque coisas assim nunca aconteciam. Especialmente para ela.

Maddox aproximou-se do sofá segurando uma bandeja cheia de comida. O cheiro era bom para caramba. Ela olhou com desconfiança e depois mirou Maddox de novo.

– Foi você que fez isso?

Todos os três homens começaram a rir.

– Ah, inferno, não. – Thane sorriu. – Não sabemos nem ferver água. Pegamos no caminho para cá. Espero que não se importe, mas a gente não sabia quanto tempo você levaria para acordar, então já comemos.

– Ah, bom, então talvez eu faça o jantar para vocês. É o mínimo que posso fazer por invadir assim sua rotina.

Thane limpou a garganta e depois sacudiu a cabeça.

– Não? – perguntou Hayley, exasperada de novo.

– Desculpe, boneca – disse Jax. – Nossas instruções foram garantir que você descanse e que não vá a lugar nenhum. Isso significa não ficar em pé na cozinha para cozinhar.

– Sabe como isso é ridículo? – ela perguntou, entre mordidas. – Não fui para a aula hoje, mas preciso trabalhar de noite. Na real, assim que terminar de comer preciso ligar para todos os meus chefes para ter certeza de que ainda tenho algum emprego.

O pensamento a deixou tão desanimada que tudo que conseguia fazer agora era ficar encarando o prato.

– Não diga nada – ela disse, em um sussurro, quando viu Maddox prestes a protestar. – Preciso trabalhar. É ruim o suficiente já ter perdido três dias. Nunca conseguirei pagar minhas contas, o aluguel ou a parte da mensalidade da escola que minha bolsa não cobre. Foram gentis em me dar boas condições de pagamento da mensalidade, mas se eu perder uma parcela, vão revogar minha bolsa de estudos e certamente não consigo pagar a mensalidade inteira.

Hayley estava quase chorando com aquela percepção. Naqueles dias em que ficara no apartamento de Silas, estava vivendo no mundo dos sonhos. Um mundo em que ela importava mais para ele do que qualquer outro vizinho. E nem havia pensado na possibilidade de perder um ou mais de seus empregos. Seus chefes não eram as pessoas mais compreensivas que existiam.

– Não chore – Jax disse, desesperadamente.

Se não estivesse tão chateada, Hayley teria achado graça dos olhares cheios de pânico daqueles três homens.

Thane mergulhou no sofá ao lado dela, gentilmente colocou o braço em volta de seus ombros e apertou.

– Silas cuidou de tudo isso, Hayley. Não precisa ficar triste. Juro que está tudo bem.

– Cuidou do quê? – perguntou Hayley.

– Ele falou com os seus chefes e com a escola no dia seguinte ao ataque. Você não estava em condições de trabalhar ou de estudar e Silas sabe o quanto isso é importante para você. A escola achou bom você tirar alguns dias para melhorar, e seus chefes disseram para ficar em casa o tempo que precisasse. Eles vão até pagar uma licença médica quando você voltar.

– O quê? Eles não dão nenhuma licença médica. A única licença que eles dão se está doente e não pode ir trabalhar é o tipo permanente de licença, e isso definitivamente não vem com um pagamento – disse Hayley, com acidez.

– Pelo visto, dão sim – Jax disse, suavemente. – Disseram a Silas que você poderia pegar seu salário no final da semana e que receberia o valor inteiro.

Ela olhou fixamente para os três homens, seu olhar cheio de desconfiança, mas eles nem se mexeram.

– O que significa que hoje você não vai deixar seu apartamento – disse Maddox com satisfação. – E se precisa voltar para a escola amanhã, tudo bem, mas vou bater o pé sobre seu trabalho. Você precisa de folga pelo menos hoje e amanhã, para descansar o máximo possível.

– Bater o pé? – Hayley imitou. – E desde quando você manda aqui?

– Querida, se acha que qualquer um de nós vai enfrentar Silas e contar para ele que não seguimos as instruções claras que ele nos passou sobre você, está doida. Silas não é um homem que alguém quer irritar – Thane disse, alegre.

Hayley ergueu as mãos.

– Tanto faz. Todos vocês terão que me ouvir ensaiar, então. Não que eu tenha outra coisa para fazer.

– Ficaremos honrados – disse Maddox. – Silas disse que você é muito boa.

Hayley corou. Por que não podia estar a fim de um desses caras? Eram bonitos com B maiúsculo e muito fofos quando paqueravam. Mas ela não sentia… nada. Um enorme, gigantesco vazio... nada. Podia apostar que eram solteiros, diferentemente de Silas. Parecia que, com Silas, finalmente havia começado a reparar nos homens como uma mulher repara em um homem, só para descobrir que ele estava fora do mercado.

O apetite de Hayley desapareceu e ela se inclinou para colocar o prato na mesa de café. Respirou bruscamente quando a dor atravessou seu abdômen.

– Cuidado aí, querida – Thane disse, amparando suas costas até o sofá. – É melhor ir devagar. Essas costelas precisam melhorar mais um pouco antes de voltarem ao normal. Talvez possa tirar uma soneca e tocar o violino mais tarde? Precisa se deitar cedo esta noite se planeja ir à aula amanhã.

Apesar do fato de que uma soneca era a última coisa que Hayley queria, ela se levantou com a ajuda de Thane e se arrastou como uma velhinha até o quarto. Pelo menos, poderia ficar sozinha com seus pensamentos e planejava ter um longo papo consigo mesma sobre se apaixonar pelo cara errado.

17

Para a surpresa de Hayley, Thane, Maddox e Jax não só permaneceram em sua sala de estar pelo restante da tarde, mas também passaram a noite ali, espalhados em seu pequeno sofá e no chão. Mas antes de todos darem boa noite e de Hayley ter sido mandada para cama para descansar, eles a incentivaram a tocar seu violino para eles. Com um pouco de hesitação e nervosismo, ela concordou. O que mais a deixou chocada foi ver nos olhos deles uma apreciação óbvia por seu talento.

Certo, ninguém deve ser julgado por sua aparência, mas, ainda assim, aqueles homens não se pareciam com fãs de música clássica. Estavam um ou dois degraus acima de malandros de rua. Além de serem mais sexy e durões. Pareciam ser do tipo que prefere heavy metal ou hard rock a Tchaikovsky ou Bach.

Quando eles aplaudiram sua última música, ela corou até a raiz do cabelo e olhou timidamente para eles enquanto se curvava para guardar o violino no estojo. Não conseguiu evitar e mais uma vez passou os dedos sobre a madeira brilhante, maravilhada pela centésima vez de que aquele instrumento a pertencia.

Devia ter custado a Silas uma pequena fortuna! Sabia muito bem como um violino era caro. Deus sabe que ela já passara tempo demais admirando e sonhando com instrumentos finos: ela olhava, mas nunca tocava. Nunca em sua vida havia imaginado que aquela perfeição poderia ser sua. O que exatamente Silas e seus parceiros faziam?

Silas com certeza não era o velho cavalheiro aposentado que ela imaginara ser o dono daquele prédio. E certamente, mesmo possuindo todo o edifício, não significava que ele podia gastar milhares de dólares em um capricho, para substituir seu violino quebrado, que custava uma pequena fração do preço daquele novo.

Estudou as roupas daqueles homens com uma expressão pensativa. Definitivamente, mais que um ou dois degraus acima dos malandros de rua. Nem entendia direito por que fizera essa comparação. As roupas deles eram impecáveis e muito caras. No começo, não notara que eram de grife porque aqueles homens não eram chamativos de um jeito certinho, como capa de revista. Eram todos rudes, com corpos grandes e músculos protuberantes, que apenas por acaso eram adornados com roupas muito caras e exclusivas de marcas a que ela não tinha acesso nem se quisesse comprar de segunda mão. E havia o fato de que Silas dissera que viajaria a negócios.

Depois que ela acordara de sua soneca, Jax saíra para buscar o jantar enquanto Thane e Maddox se revezavam para fazer perguntas. Uma delas era de onde Hayley era. Thane disse que havia notado seu sotaque do sul – como se fosse difícil de perceber – e disse que também era dessa região e que não tinha percebido o quanto tinha saudade de lá até a chegada de Evangeline.

Hayley ficou completamente rígida com aquela menção ao nome de Evangeline. Maddox disparou a Thane um olhar feroz de repreensão que Hayley fingiu não perceber, mas com certeza a deixou intrigada. Sabiam então de Evangeline? Aquilo ficava cada vez mais humilhante.

Quando ela perguntou de um jeito descontraído e bem inocente quem era Evangeline e se ela também era do sul, Thane tinha murmurado:

– Ninguém importante.

Enquanto isso, Maddox estava olhando para baixo.

Nunca em sua vida tivera tanta vontade de gritar: *mas que merda é essa?*

Por que tudo tinha que ser um enorme segredo com aqueles caras?

Foi um grande alívio quando entrou na sala de estar na manhã seguinte e encontrou um novo esquadrão de babás bonitões acampados. Deu um aceno tímido.

– Pelo visto, Maddox, Jax e Thane foram poupados do trabalho hoje. Ou, mais provável, talvez tenham sido poupados de maneira mais ampla, pois não terão que fazer o papel de babá o dia todo. Sou Hayley – anunciou, determinada a não reagir à presença deles, como tinha feito no dia anterior quando Maddox, Jax e Thane haviam lhe dado um baita susto.

– Zander – um dos homens retumbou ao se levantar.

Hayley observou como ele parecia subir e subir para sempre. Ave Maria, o homem era alto, sem contar o peito forte e os ombros largos. E pensar que tinha ficado com medo dos outros. Zander era meio assustador, mas de um jeito "graças a Deus, ele está do meu lado".

Para sua surpresa, Zander aproximou-se dela e inclinou seu queixo enquanto examinava seu rosto.

– Está melhorando – ele resmungou. – Os outros me disseram que estava muito ruim. Fico feliz em ver que está se recuperando tão bem. Você é uma guerreira.

A aprovação brilhava nos olhos dele e então, sem mais nenhuma palavra, ele se virou e voltou para onde tinha se esparramado no pequeno sofá dela. Está bem, então. Pelo visto, ele falava tão pouco quanto Silas.

– Sou Justice – um dos outros homens disse, de pé, sorrindo. Ele piscou para Hayley, deixando-a encantada na mesma hora.

– E eu sou Hartley – o terceiro entrou. – Mas não vou ficar por muito tempo, docinho. Só estou cobrindo Maddox por mais alguns minutos. Ele deve chegar no momento em que você sair para a escola.

Hayley franziu o cenho.

– Como assim ele virá de novo? Ele disse que vocês se alternariam.

Hartley deu de ombros.

– Silas foi firme em pedir que Maddox grudasse em você como cola. Então, a menos que role o caos em outro lugar, Maddox estará com você até que Silas volte.

O coração de Hayley se apertou mais. Não tivera nenhuma notícia de Silas, e se consolou dizendo a si mesma que duvidava que ele tinha falado com alguém. Ele também era... solitário e independente. Mas, claro, vinha falando com seus homens. Pelo menos, por tempo suficiente para lhes dar ordens.

Chega, supere. Não é como se tivesse alguma chance com ele, de qualquer forma.

Foi salva do escrutínio deles quando a porta se abriu e Maddox entrou rapidamente.

– Ah, bom, cheguei a tempo – disse ele.

Para sua surpresa, ele pegou os ombros dela e lhe deu um rápido abraço, seguido de um beijo afetuoso na testa.

– Estou saindo, então. Preciso correr e pegar Evangeline – disse Hartley.

Desta vez, não foi só Maddox que olhou para quem tinha tocado no nome de Evangeline. Justice e Zander também lançaram olhares glaciais a Hartley, o que fez o rosto dele se contorcer. O estômago de Hayley agitou-se com inveja, e ela nem conhecia a mulher. Isso não tinha nada a ver com ela! Mas todos pareciam proteger tanto Evangeline. Falavam dela com carinho no olhar. Bem, a menos que Hayley estivesse por perto. Então, eles se calavam como se estivessem protegendo o tesouro nacional ou algo do tipo.

Ela fingiu não ter nem ouvido Hartley dizer o nome de Evangeline. Em vez disso, ergueu uma sobrancelha e, com total inocência, perguntou:

– Por que estão todos olhando torto para o pobre Hartley? Uau, alguém não se levantou com o pé direito esta manhã.

Ela sacudiu a cabeça para dar mais ênfase e depois virou-se como se não esperasse uma resposta. Mas tinha esperança de que... Bom, não tinha muita esperança de nada pois teria ficado desapontada de novo com o silêncio no cômodo enquanto pegava o violino e a bolsa.

– Vamos? – ela disse. – Apenas queria registar o quanto tudo isso é estúpido. Não preciso de ninguém para me levar e me buscar na escola.

Maddox a ignorou, mas isso não era novidade, acontecia toda hora que ela falava ou fazia algo que não aprovavam.

– A que horas você sai da aula, Hayley? – perguntou Justice, encaixando-se completamente ao seu lado. Ficou impressionada com a facilidade com que os três homens a cercaram, fazendo isso parecer completamente natural e não planejado. Talvez a proteção pessoal fosse o negócio deles. Certamente faria sentido, com todas aquelas trancas na porta de Silas e suas muitas paranoias. Embora com Silas, aquilo parecesse mais... enraizado. Mais uma parte de quem ele era, e não o que ele fazia para viver. Todos os seus homens usavam o poder como uma segunda pele e, obviamente, costumavam estar no controle absoluto. Mas, com Silas, Hayley sentia que ia além de sua escolha profissional: era uma necessidade. Como comida, água e ar eram para todos os outros.

– Em geral, às 13h, mas às vezes acaba mais cedo. – Ela deu de ombros. – E, às vezes, mais tarde. Depende de quanto tempo ficamos para praticar.

– Certo. Então a que horas devemos estar lá para te pegar hoje? – Maddox interveio.

– Uau, quer dizer que não ficarão na escola? Você sabe, caso haja uma ameaça de bomba?

– Silas não disse que ela era tão engraçadinha – disse Zander, cheio de divertimento na voz. – Eu gosto dela.

Maddox revirou os olhos.

– É claro. E não, Hayley. Não vamos ficar o tempo todo. Temos algumas coisas que precisamos encerrar, mas estaremos de volta no máximo ao meio-dia e meia. Se por qualquer motivo precisar sair antes, quero que fique no prédio e ligue para um de nós. Já gravei todos os nossos números em seu celular. Use-os. E não vá para qualquer lugar sem a gente. Sacou?

Resistiu a revirar os olhos mais uma vez. Por pouco.

Em vez disso, ela bateu continência para ele, o que fez Zander cair na gargalhada de novo.

– Preciso avisar de qualquer saidinha a vocês? – perguntou enquanto entrava no banco de trás de um carro muito elegante e luxuoso.

Ah, céus, mas o couro estava coberto pelo aroma inebriante dos carros novos. Tinha que pertencer a Silas porque certamente nenhum de seus parceiros era tão doente por limpeza. Ela não podia ver uma única mancha de pó em qualquer lugar. Quase tinha medo de tocar qualquer coisa.

– Que tipo de saidinha? – perguntou Justice, com cautela.

– Supermercado a caminho de casa? Estou precisando de mantimentos.

Era mentira, mas, na verdade, não era. Tecnicamente precisava mesmo ir ao supermercado, mas não para fazer compras para casa. Não tinha a menor vocação para dona de casa e seu pai nunca se importara nem um pouco com isso. Ele sempre cozinhava, embora ela insistisse que ele a ensinasse algumas coisas e ela pudesse assumir a preparação de pelo menos algumas das refeições que compartilhavam à noite.

Mas por duas vezes tinha ouvido a conversa entre os homens de Silas, quando não perceberam que ela podia escutar, e eles não paravam de falar sobre como a comida da Evangeline era boa. Como era um manjar dos deuses, um presente divino. Argh. Hayley não aguentava mais. A maldita mulher, quem quer que fosse, era perfeita. Os homens reverenciaram-na e colocaram-na num pedestal.

E, pelo visto, Silas era seu namorado. Sorte a dele.

O sarcasmo de Hayley estava começando a atingir ela mesma. Deus, ela soava – e agia – como uma vaca ciumenta. Era uma emoção até então totalmente estranha para ela, que ficava perplexa com o poder dos sentimentos que Silas despertava dentro dela.

De novo, por que não podia se sentir atraída por nenhum de seus seis parceiros de negócios? Seis machos alfa, carinhosos e altivos. A maioria das mulheres mataria para ser cercada por tanta testosterona diariamente, e ainda assim ela estava amuada e mal-humorada como uma criança, porque o único homem por quem se sentia atraída obviamente não correspondia sua atração.

Não, ela podia não ser uma deusa na cozinha, mas havia pelo menos uma refeição que ela poderia fazer que sacudiria o mundo deles. Então, talvez parassem de sair para comprar comida toda noite. Aquilo a deixava culpada, ver que eles sempre pagavam por sua comida, pois ela não podia arcar com comer fora todo dia.

– Hayley? Você está conosco?

Ela deixou de lado aqueles pensamentos duros e fixou o olhar em Justice.

– Perguntei por que precisa de mantimentos – ele explicou, paciente.

– Porque não tenho nenhum e preciso deles para comer?

Ele suspirou e, então, cedeu.

– Tá bom. Passamos no supermercado no caminho de casa. Mas, se quiser, você pode me dizer o que quer e eu passo lá e compro antes de buscá-la de tarde.

Hayley considerou a oferta por um momento. Como demorava um pouco mesmo para preparar o prato em questão, seria bom que ela tivesse toda a tarde para embeber o peixe.

– Te mando a lista por mensagem – ela disse.

Ele grunhiu, como se estivesse surpreso de pela primeira vez ter ganhado uma discussão com Hayley. Como se ela tivesse alguma chance de ganhar quando eles tinham alguma ideia na cabeça.

18

Assim que Hayley começou a descer os degraus da escola, viu Maddox, Justice e Zander de pé ao lado de um carro estacionado em local proibido. Não que eles ligassem. Só um idiota para dizer na cara deles que precisavam sair dali. Antes que Hayley descesse o último degrau, Justice estava ao seu lado com a mão em seu cotovelo enquanto Zander pegava o violino.

– Sério, gente. É fofo vocês ficarem em cima de mim como estão, mas, de verdade, não é necessário. Fico me sentindo uma Barbie, totalmente desamparada, pela maneira como me tratam. Como se eu fosse quebrar ou algo assim.

– Você quebrou mesmo algo – grunhiu Maddox, ao se aproximarem do carro. – Ou esqueceu que aqueles canalhas quebraram suas costelas e fizeram de tudo para quebrar também cada ossinho do seu rosto?

– Ah, sim. Isso – ela murmurou. Então, olhou para ele. – Alguma vez já perdeu uma discussão ou conseguiu não dar a última palavra?

O sorriso orgulhoso de Maddox deu a resposta sem que ele precisasse dizer uma única palavra.

– Vocês podem ser bonitões, mas também são chatos para caramba – Hayley disse, baixinho.

Ela ouviu Justice e Zander engasgarem ao lado, enquanto Maddox apenas ria.

– Bonitões? Ela disse que somos bonitões? – Justice perguntou entre sibilos.

– Só não diga isso na frente de Silas. – Zander estremeceu.

– Por que isso de ficar me avisando para não elogiar vocês na frente do Silas? – ela perguntou, com exasperação. – Primeiro, ele não se importa com quem eu acho bonito ou não e, segundo, não é ele que decide quem eu acho ou não elogiável.

Os três homens a encararam com as bocas abertas e, então, começaram a rir até lágrimas caírem por suas bochechas.

– Ah, mano, essa merda vai ser bem interessante – Zander disse.

– Onde estão as minhas compras? – ela perguntou, lançando um olhar de dúvida para Justice.

– Levei tudo para o apartamento e guardei.

Ela assentiu e deslizou no carro. Com os braços cruzados sobre o peito, continuou a encará-los até o prédio onde morava.

Assim que todos entraram no apartamento, Hayley foi para a cozinha e checou os armários, certificando-se de que Justice havia comprado tudo o que estava na lista. Para sua surpresa, ele tinha sido muito preciso, tão preciso como ela tinha sido ao fazer a lista. Tinha trazido todos os itens, prestando atenção aos mínimos detalhes.

Ela preparou a marinada de leite, que traria mais sabor e um aroma gostoso ao peixe e, depois, colocou-o de volta na geladeira para ficar de molho por algumas horas. Então, tirou do armário tudo o que precisava para as batatas fritas, bolinhos e salada de repolho, incluindo molho tártaro caseiro.

Era tudo o que sabia fazer com suas habilidades culinárias, além dos doces. Nas sobremesas, ela mandava ver. Mas nas refeições de verdade? Não muito. Então ela e o pai tinham um acordo. Ele fazia o jantar e ela cuidava das sobremesas. Com exceção da receita secreta de peixe frito da sua avó, que estava na família há várias gerações. Nem o pai de Hayley conhecia a receita, por isso, ela precisou aprender por conta própria, e tinha conseguido aperfeiçoá-la. Seu pai pedia que fizesse aquele prato ao menos uma vez por semana. Os dois iam até pescar para pegar o próprio bagre. Embora Hayley nunca o limpasse. Essa era tarefa de seu pai.

Ela examinou os ingredientes e se decidiu por um bolo Mississippi Mud, absolutamente delicioso. Precisava se lembrar de perguntar se Thane estaria de volta na manhã seguinte para ela guardar um pedaço para ele dizer se estava ou não à altura do Mississippi.

Depois de colocar o bolo no forno, ela foi tomar banho e trocar de roupa. Tinha sido um dia mais úmido do que o habitual, mas a previsão para o dia seguinte era de chuva e mais chuva, daí a umidade densa que lhe lembrava muito a umidade constante no sul.

Passou pelos homens na sala, sorrindo quando eles ficaram perguntando o que ela estava cozinhando e soltando gemidos e comentários como "o que quer que seja está cheirando bem demais". Ela esperava que sim. Por mais infantil que fosse, apenas uma vez não queria ficar ouvindo alguém recitar todas as virtudes de Evangeline. E se a comida não desse certo e eles odiassem? Ela os expulsaria do apartamento e não importava o que Silas dissesse, nunca mais os deixaria voltar.

Satisfeita com seu plano de vingança, tomou um banho rápido, ansiosa para começar a jantar. Os nova-iorquinos sabidamente comiam o jantar mais tarde, mas ela estava acostumada a comer cedo. De onde ela vinha, 6 horas da tarde já era considerado tarde para jantar. Então ela e seu pai sempre comiam entre 5 horas e 5h30.

Estava contente porque, naquele dia, se movera com muito mais facilidade, sem a rigidez e o desconforto residuais com que vinha sofrendo desde a noite do assalto. Curiosamente, não tinha pesadelos. Na verdade, nem pensava naquela noite. Mas tinha ficado na casa de Silas nos primeiros dias. Dormindo na cama dele, em seus braços. Recusava-se a se sentir culpada, pois na época não sabia que ele tinha outra. Era um problema para a consciência dele, afinal Silas deveria ter contado que tinha alguém. E bem depois que ele partira em sua viagem de negócios, seus homens entravam e saíam toda hora, o que a mantinha ocupada e entretida. Perguntou-se se era por isso que Silas pedira que eles ficassem com ela – para que não ficasse totalmente sozinha para lidar com as consequências da violência que sofrera. Precisava ao menos valorizar isso: se fosse esse o plano, estava dando certo.

Ela lançou um sorriso para os três caras apoiados em seus móveis ridiculamente pequenos – mas aqueles homens eram ridiculamente grandes – assistindo a um jogo de baseball na televisão de tela grande em sua parede. A televisão tinha chamado a sua atenção quando ela se mudou, mas após conhecer Silas, fez todo sentido para ela que ele equipasse seus apartamentos com as coisas de que gostava.

– Vai demorar muito? – perguntou Justice com a voz chorosa. Ela sorriu.

– Ainda falta um tempinho. Estão com fome?

– A gente não estava até começar a sentir o cheiro do que está no forno – Maddox murmurou.

Ela deu outro sorriso sereno na direção dele e voltou para a cozinha, determinada a torturá-los ainda mais.

Três horas depois, os caras obviamente decidiram se revezar para entrar na cozinha e fazer a mesma pergunta, de novo e de novo. Quando a comida estará pronta? A cada quinze minutos. Em todas as vezes, ela apenas sorria e dizia:

– Em breve.

Com pressa, ela arrumou a pequena mesa de jantar que ficava entre a cozinha e a sala. Em seguida, examinou as cadeiras com desconfiança. Não pareciam suficientes para acomodar homens do tamanho de Maddox, Justice e Zander. Podia simplesmente deixar todos comerem na sala, como vinham fazendo nos últimos dias, mas fazer a refeição favorita de seu pai a deixara com saudades de casa e fez com que sentisse falta dele com mais intensidade do que nunca. Colocar a mesa para os outros lhe dava a ilusão dos jantares familiares que costumavam ter.

Enquanto arrumava a mesa, passou os dedos sobre os pratos, envelhecidos, mas ainda em perfeitas condições. Tinham pertencido à mãe e, antes dela, à avô de Hayley. Lágrimas se acumularam em seus olhos, mas ela as enxugou na mesma hora com o dorso da mão, ouvindo o som de um dos homens se aproximando.

– Hayley? – chamou Maddox, sua voz grave.

– Não vai demorar – ela respondeu, alegre. – Assim que acabar de arrumar a mesa, a comida estará pronta e poderemos nos servir.

– Querida, por que estava chorando? – ele perguntou com a voz gentil.

Para seu embaraço, aquele tom atencioso fez seu nariz se retrair e as lágrimas pesaram ainda mais em suas pálpebras.

– Não é nada – disse ela, hesitante, sem querer encará-lo. – Estava apenas pensando no meu... pai. Sinto muita falta dele. Sei que parece bobo colocar a mesa quando todos provavelmente estariam muito mais confortáveis na sala de estar, mas isso me faz lembrar minhas refeições com ele. Acho que a saudade está maior hoje à noite.

Para sua surpresa, se viu envolvida pelos braços enormes de Maddox enquanto ele a abraçava contra o peito, com cuidado para não machucar suas costelas. Ele não disse nada. Simplesmente ficou ali e a abraçou até que ela tivesse acabado de soluçar em sua camisa.

Envergonhada, ela se afastou, limpando os rastros de suas lágrimas.

– Acha que os outros vão se importar? – perguntou, olhando para a mesa.

– De jeito nenhum – disse Maddox, suavemente. – Vou chamá-los enquanto você traz a comida. Sem pressa, querida. Temos a noite toda e não queríamos estar em nenhum outro lugar.

Assim que Maddox se retirou, ela voltou para a cozinha para jogar água na cara e limpar os sinais do seu ataque de choro. Era vergonha suficiente ter sido flagrada por Maddox. De jeito nenhum deixaria que os outros a vissem chorando.

Feliz por ter recuperado a compostura, distribuiu a comida nas vasilhas, colocando-as, com habilidade, naquelas que combinavam com os pratos que herdara da mãe. Com certeza não era um jogo de jantar caro, mas havia muito amor em cada memória associada a ele.

Ao ouvir o barulho das cadeiras sendo arrastadas, levou a vasilha com o peixe primeiro e quase trombou com Maddox, Justice e Zander. Maddox pegou a vasilha da mão dela e fez um gesto para que se sentasse.

– A gente traz o resto – ofereceu Justice. – Você ficou de pé a tarde toda. O mínimo que podemos fazer é trazer a comida.

Ela sorriu, quase caindo nas lágrimas de novo, e se acomodou na cadeira que Maddox tinha puxado para ela. Segundos depois, Justice e Zander voltaram trazendo as outras vasilhas e todos se sentaram à mesa com ela.

O sorriso dela iluminou todo o cômodo enquanto observava aqueles homens discutindo e disputando a comida e reclamando de quem havia ganhado mais. Mas tinham tomado o cuidado de encher o prato da Hayley, dando-lhe um olhar severo quando ela protestou, rindo, dizendo que não aguentaria comer tanto.

– Está bom para caramba – Zander gemeu, em êxtase.

– É isso aí – disse Justice, a boca cheia de comida. – E merda, você viu a sobremesa? Deve ter sido com isso que ficou nos torturando o dia todo.

– Esta era a refeição favorita do meu pai – disse Hayley suavemente. – Muito obrigada por terem tornado isso especial para mim.

Maddox pegou a mão dela e a cobriu com a sua, apertando de leve.

– Obrigada por nos incluir, querida. Seu pai era um homem muito sortudo por ter uma filha como você.

Ela sorriu.

– Tive a sorte de crescer com muito amor.

Ela olhou para cada um dos homens com perguntas queimando a sua língua. Todos pareciam reservados, talvez não tanto quanto Silas, mas muito discretos também. E, ainda assim, tinham abraçado Hayley imediatamente.

– E vocês? – ela perguntou, baixinho. – Todos têm família aqui? São todos da região? Thane me disse que era do Mississippi, mas nunca disse o que o trouxe aqui.

As expressões deles se fecharam e o pulso dela se acelerou, em pânico. Que idiota completa ela era por arruinar o que poderia ter sido uma noite perfeita falando de assuntos que extrapolavam os negócios.

– A maioria de nós não tem família – disse Maddox, sua voz grave. – Temos apenas um ao outro. Estes são meus irmãos. Não de sangue, mas por escolha. Para mim, esse é o melhor jeito. Conhece o velho ditado de que pode escolher os amigos, mas não a família? Isso se aplica a nós, mas, no nosso caso, escolhemos nossa família, ou melhor, fazemos nossa própria família.

– Nenhum de nós teve uma infância muito maravilhosa – disse Zander, dando de ombros com indiferença.

Mas Hayley podia ver as sombras nos olhos dele e sabia que todos ainda carregavam demônios. Seu coração doía por eles, pelo que nunca tiveram.

– Não falamos muito sobre isso – Justice explicou. – Aprendemos a aceitar o passado e o deixamos onde ele pertence: no passado.

– O que quer que tenha sido, por pior que tenha sido, fez de vocês aquilo que são hoje – Hayley disse, com suavidade. – E vocês são muito especiais.

Os três homens a encararam com expressões peculiares em seus rostos. Como se nunca tivessem levado isso em conta. Eles, como Silas, não se consideravam bons homens? E o que afinal definia bons homens? A ausência de coisas ruins? Não, as pessoas boas tinham coisas ruins em si. Mas isso não as tornava apenas más. Nada poderia convencê-la de que Silas ou qualquer um de seus irmãos, como eles se chamavam, não eram o melhor tipo de homens.

– Vocês todos são o melhor tipo de homem – ela disse, falando seus pensamentos em voz alta. Então, sorriu agridoce. – Meu pai teria gostado muito de todos vocês. Vocês não me conhecem, não sou ninguém importante, e ainda assim deixaram tudo de lado para me ajudar a me recuperar depois daquela noite horrível. Tive tanto medo, mas então Silas chegou e, desde então, não fiquei mais sozinha. Nem pensei mais naquela noite, por causa de vocês todos.

Os três sacudiram a cabeça. Perplexa com o fato de eles não concordarem, Hayley franziu a testa e se esqueceu do que ia dizer depois.

– Não acham que são bons homens? – ela perguntou. – Estão enganados, vocês todos. E não vou ouvir ninguém dizendo que não são, ou, pelo amor de Deus, vou dar um soco em cada um.

Ela os encarava com firmeza, uma expressão de motim escurecendo seus traços. Então, quando eles caíram na risada, abriu a boca totalmente confusa. O que ela estava perdendo?

Claramente com pena, Justice piscou em direção a ela.

– Não estávamos dizendo que não somos bons homens, embora isso seja definitivamente discutível. Fizemos que não com a cabeça porque você disse que não é ninguém e não é importante.

Maddox e Zander franziram o cenho para ela, concordando com cabeça.

– Você é importante para Silas, logo, é também importante para nós. Ou, pelo menos, era assim no começo – disse Maddox, um sorriso deixando seus olhos calorosos. – Agora, você é muito importante para todos nós por nossas próprias razões, nenhuma das quais tem nada a ver com Silas.

Ela corou e inclinou a cabeça, brilhando interiormente com aquelas declarações. Mordeu o lábio, sufocando o desejo de contestar aquela afirmação de que era importante para Silas. Bem, talvez ela fosse importante como um vizinho ou ser humano, mas não como queria, como uma mulher.

– Acho que Silas não compartilha de todas essas opiniões – ela disse em um quase sussurro, sorrindo para que não parecesse que ficava chateada com aquilo.

Os homens apenas olharam para ela com as expressões mais estranhas em seus rostos. Então, Maddox caiu na risada e continuou rindo até que ela estivesse pronta para chutá-lo para debaixo da mesa.

– Estou vendendo ingressos para este show – disse Zander, com um sorriso satisfeito. – Também estou aceitando apostas sobre quanto tempo vai levar para Silas corrigir o modo de Hayley pensar.

19

Hayley guardou o violino e fechou o estojo antes de se levantar em direção ao pequeno auditório onde vinham ensaiando para o recital de primavera. Estava animada para tocar pela primeira vez na frente de uma plateia. Seria uma experiência nova, sem sombra de dúvida. No último ano, desde que iniciara seus estudos naquela pequena, mas prestigiosa escola, certamente participara de muitos recitais e performances, mas eram sempre em escala bem menor e nunca abertos ao público.

Mas aquela apresentação era a maior arrecadação da escola em todo o ano. Todos os anos, no final do semestre que antecedia o verão, alguns poucos estudantes eram escolhidos para se apresentarem no Carnegie Hall. Era uma honra ter sido escolhida e uma honra ainda maior poder fazer um solo. Hayley ficou chocada quando ela, uma aluna do primeiro ano, conseguiu os dois.

Mal podia esperar para compartilhar aquelas notícias emocionantes com Silas e os caras. Ok, talvez não com Silas, ele não se importaria muito com isso e até lá poderia nem se lembrar dela ou do relacionamento deles. Não que ele não fosse dar parabéns a ela e dizer como ela merecia aquilo. Silas apoiava bastante seu talento. Mas isso não significaria tanto quanto ela queria que significasse.

Suspirando devagar, ela levantou o estojo, quase sorrindo de prazer com os olhares de pura inveja dos outros estudantes. Tinham ficado impressionados no primeiro dia em que ela levara o novo violino para a escola, e um pouco invejosos demais. Bem, ela não podia culpá-los. No lugar deles, também teria inveja. Não era apenas um instrumento maravilhoso. O som era magia pura, capturando a essência de cada nota. Toda vez que Hayley tocava, ela se perdia na beleza de sua música, deixando-a fluir de dentro de sua alma para mundo enquanto seus dedos dançavam nas cordas, a outra mão deslizando o arco sobre o violino como se fizesse uma carícia.

Um barulho de trovão soou muito perto enquanto ela seguia o fluxo de estudantes pela porta e pelo longo corredor em direção à entrada da escola. Estremeceu, assustada pela altura do ruído. Então, ouviu o som do súbito aguaceiro caindo no telhado do prédio e fez uma careta de simpatia por aqueles que precisavam caminhar para casa ou para a estação de metrô.

Maddox e companhia estariam esperando na porta, estacionados em local proibido como sempre, e ela sorriu, apertando o passo. Estava ansiosa para vê-los e contar as emocionantes novidades. Talvez até tivesse coragem de convidá-los, embora não tivesse muita certeza. Não estava preparada para rejeição. Deus, ela era tão covarde. Mas ser rejeitada era um saco. Não tem outro jeito de encarar. Ela deveria saber: já havia passado por isso com Silas, e a rejeição dele fora muito mais embaraçosa do que se Maddox, Justice, Zander, Jax, Thane e Hartley recusassem seu convite.

Parou na entrada, observando a tromba d'água. Seu celular zumbiu e ela procurou o telefone na bolsa. Revirou os olhos quando leu a mensagem de Maddox.

Não saia.
Me dê um segundo e irei te pegar.

Como se um pouco de chuva pudesse machucá-la. Ainda assim, ela não discutiria, não com um violino tão caro que não queria molhar de jeito nenhum. Viu Maddox sair do carro e abrir um enorme guarda-chuva que facilmente protegeria os dois. Estava em pé, esperando a chegada dele, quando uma mão agarrou com força seu cotovelo, puxando-a.

Hayley soltou um grito assustado de dor que parou na hora que ficou cara-a-cara com o sombrio Christopher.

– Onde diabos você esteve? – ele perguntou. – Fui ao seu antigo apartamento, mas aqueles velhos idiotas não quiseram me dizer para onde tinha se mudado.

– Me solta, imbecil – ela sibilou. – Por que acha que eles não disseram? Talvez porque eu não queria que você soubesse. Já pensou nisso?

– Você está sendo ridícula – ele disse, chegando perto a ponto de seu corpo grudar no dela.

Ela deu um passo para trás e quase tropeçou no chão. Sentiu água gelada molhar suas costas inteiras e percebeu que, em sua pressa para se afastar de Christopher, saíra de dentro da escola para a chuva.

Christopher saiu também, sem recuar um centímetro. Estava furioso, com os olhos tão escuros de raiva que foi instintivo se encolher e colocar o estojo do violino entre os dois para tentar conter seu avanço.

– Sua vadia estúpida – ele disse. – Não entende quem eu sou? Ninguém diz não para mim. *Ninguém*!

– Sei exatamente quem e o que você é, idiota – gritou Hayley. – Nunca mais me toque de novo. Nem sequer fale comigo ou vou pedir uma ordem de restrição contra você. O que será que mamãe e papai pensariam de seu filhinho querido depois disso?

Ele levantou a mão para bater nela, mas uma mão muito maior segurou a dele de repente, interrompendo o tapa no ar. Christopher soltou um grito de surpresa e dor tão repentino quanto a chegada de Maddox. Ele fez Christopher ficar de joelhos, gritando de agonia enquanto, por trás, continuava a torcer seu pulso.

Maddox se debruçou sobre Christopher como um anjo vingador, com os cabelos escorridos, os olhos glaciais e tão intimidantes que, se Hayley não tivesse tanta certeza de que ele nunca a magoaria, já teria molhado as calças. A julgar pelo terror no rosto de Christopher, ele provavelmente já tinha.

– Afaste-se dela. Agora! – Maddox latiu, fúria em cada palavra. – Você não toca nela, não olha para ela, não fala com ela. Entendeu? Se te *vir* perto dela, se sequer *ouvir* que chegou a cem metros dela, vou quebrar todos os ossos da porra do seu corpo e despejar os restos no Hudson para os peixes comerem. Me entendeu, menino?

Os olhos de Christopher se arregalaram de medo e ele tentou falar sem sucesso por vários longos segundos antes de finalmente encontrar a voz.

– Si-sim, senhor – ele balbuciou, lágrimas escorrendo por suas bochechas, o rosto coroado de agonia.

– Deve uma desculpa à senhorita, menino – gritou Maddox.

– Si-sinto muito, H-Hayley.

Os olhos dele imploraram a ela que fizesse alguma coisa, qualquer coisa, para libertá-lo de Maddox. Mas ela simplesmente ficou ali, encarando com frieza aquele pirralho arrogante e insolente.

– Hayley, por favor! Faça ele parar!

Tudo o que Hayley conseguia pensar era no ataque de noites antes, quando rezara para que aqueles homens parassem. Quando tinha implorado que a liberassem e que não a machucassem. Se não fosse por Silas, teriam encontrado seu corpo depois que a estuprassem? E agora, e se Maddox não estivesse ali? Queria pensar que Christopher não se safaria se a atacasse no perímetro da escola em plena luz do dia, mas coisas assim aconteciam todos os dias. Lágrimas queimaram suas pálpebras e ela abraçou o estojo de seu violino, sem ligar para a chuva que caía sobre sua cabeça e encharcava seu corpo.

– Venha, querida, vamos para o carro. Deixe Maddox para limpar o lixo.

O sotaque sulista de Thane soou logo atrás dela e, com gratidão, ela se virou. Então, se jogou nos braços dele, quase deixando cair seu violino, mas Thane o pegou e o trocou de mão, para que pudesse envolvê-la com o braço livre. Por um minuto, apesar da chuva, ele apenas a abraçou, seus soluços misturando-se com a água. Então ele finalmente foi em direção ao carro, seu braço firme na cintura dela enquanto se aproximavam de um Jax enfurecido.

– Você está bem, boneca? – Jax perguntou, preocupado, abrindo a porta de trás para ela.

Hayley apenas assentiu e entrou no carro quente. Então olhou para baixo, preocupada.

– Estou deixando o banco ensopado – disse e começou a chorar de novo. A porta se abriu do outro lado e Thane entrou segurando uma toalha que aparentemente tirara do nada. Aqueles homens estavam sempre preparados para tudo?

Com cuidado, ele enxugou os cabelos de Hayley e limpou a água que escorria por seu rosto e dos seus olhos, os lábios apertados, a raiva brilhando no olhar.

– Onde está aquele cobertor, Jax? Já tirou do porta-malas?

Em resposta, um cobertor suave foi enrolado com cuidado ao redor dos ombros de Hayley. Thane fechou as pontas na frente dela e depois recostou-se no assento, passando o braço ao redor de Hayley, de modo que sua cabeça descansou contra o peito dele.

– Vamos para casa, porra – Thane rosnou. – Ela precisa de roupas secas. Aquele filho da puta pode levar uma surra depois.

Como se tivesse ouvido Thane, Maddox entrou no banco de trás de forma que Hayley ficasse entre os dois, enquanto Jax se sentou no banco do motorista. Um segundo mais tarde, estavam no trânsito e Hayley fechou os olhos com exaustão.

– Obrigada, Maddox – ela sussurrou. – Duvido que ele me incomodará de novo. Já estava virando um problema constante.

– Como é que é? – perguntou Maddox.

Os olhos de Hayley se abriram, alarmados, seu olhar na mesma hora pousando em Maddox.

– Esta não foi a primeira vez que teve problemas com ele?

Ela balançou a cabeça.

– E não nos contou por quê? – Jax perguntou, do banco da frente.

Ela olhou para eles, perplexa.

– Querida, se tem problemas com um imbecil como aquele, precisa nos contar. E não continuar frequentando a mesma escola que ele e aguentando merda – Thane rosnou.

– Vou fazer uma visitinha a ele mais tarde – murmurou Maddox.

– Não! – gritou Hayley. – Não quero que nenhum de vocês se dê mal por minha causa. Maddox, você deu um baita susto nele. Ele nunca mais vai me incomodar.

– Sim, bom, às vezes a mensagem precisa ser reforçada – disse Jax em tom sombrio.

– A gente não vai se dar mal, querida – Thane a acalmou. – Mas posso garantir que ele nunca mais vai te incomodar.

– Vamos te levar para casa – disse Maddox com uma voz calma. – Silas está de volta. Deixe que a gente se preocupe com esse imbecil assediando a moça.

O rosto de Hayley se desmanchou. A última coisa que precisava ouvir era que Silas estava de volta. Dos caras. Nem um telefonema ou mensagem dele desde que partira. Não poderia ter ele mesmo dito a ela quando retornaria? Se ainda não estivesse convencida de que ele não queria nada com ela, aquela teria sido a gota d'água.

Correndo pelas ruas da cidade, olhou melancolicamente pela janela, recusando-se a encarar qualquer um dos homens no carro. Poucos minutos depois, chegaram ao prédio de apartamentos de Silas e Jax estacionou em uma das vagas privativas em frente. Ajudaram Hayley a sair do carro e entraram apressados no prédio. Apesar de não estar tão forte quanto antes, a chuva ainda caía e era intensa.

No elevador, subiram no mesmo silêncio em que haviam mergulhado no interior do carro e, quando as portas se abriram, Silas estava em pé na porta do apartamento, com uma expressão severa no rosto.

– É bom ver você também – Hayley murmurou para si mesma.

– Algum de vocês já ouviu falar de um maldito guarda-chuva? – Silas disparou.

Hayley olhou fixamente para ele.

– Está chovendo, caso não tenha percebido. Certamente você não espera que eles controlem a Mãe Natureza. Vou me trocar.

Ela se voltou para os homens que tinham sido tão boa companhia nos últimos dias, triste pois não os veria novamente.

– Obrigada – ela disse, baixinho. – Por tudo. Vou me secar agora. Sentirei saudades de vocês.

Hayley se virou em direção ao apartamento dela, registrando o olhar espantado de Silas ao passar por ele sem dizer nada.

– Tem um minuto, Silas? – Maddox perguntou depois que a porta do apartamento de Hayley se fechou com uma forte batida.

Silas se virou para seus homens, a expressão fechada.

– Vou precisar de mais de um minuto para vocês me dizerem o que há de errado com Hayley.

– Não foi o melhor dia dela – Thane disse.

– Não é só esse o problema – disse Maddox.

Silas abriu a porta de seu apartamento e fez um gesto para que todos entrassem. Não gostara nem um pouco do olhar no rosto de Hayley. Ela só havia olhado para ele o suficiente para repreendê-lo. E o que diabos tinha sido aquele triste "sentirei falta de vocês" que ela quase não conseguiu falar? Havia um tom de encerramento naquelas palavras de que ele não gostava nem um pouco. Aquilo o assustava para caramba, especialmente com seus homens encarando-o com a expressão tão séria.

– Comecem a falar – Silas disse, assim que todos estavam lá dentro.

A expressão no rosto dele foi ficando cada vez mais fechada com o relato sobre o canalha que tinha assediado Hayley na escola.

– Espero que tenha dado uma lição nesse filho da puta.

– Ah, sim. Ele está assustado pra caralho. Mas pretendo ir vê-lo de novo esta noite – disse Maddox, calmamente. – Nossa prioridade era tirar Hayley da chuva e trazê-la para casa. Ela ficou muito abalada.

– Então, o que mais você ia falar? Disse que o problema não era só esse – disse Silas, com impaciência.

Os três homens trocaram olhares antes de voltar sua atenção para Silas.

– Você está a fim dela? – Maddox disse.

Silas ergueu a cabeça com surpresa. Então ficou nervoso com os homens que chamava de irmãos.

– Antes de dizer que não é da nossa conta, me deixe explicar por que ele fez essa pergunta – Thane disse, cruzando os braços sobre o peito com um gesto de desafio.

– Continue, então – Silas disparou.

– Hayley parece ter a impressão de que não significa qualquer coisa para você e que não gosta muito dela.

O queixo de Silas caiu, em choque. De todas as coisas que poderiam ter dito, aquela era última que esperava.

– Não gosto dela? – ele respondeu. – Não significa muito para mim? Que tipo de merda é essa? Quem colocou essa porcaria na cabeça dela?

– Você, irmão – Jax disse, com calma.

Silas olhou para eles, completamente desconcertado com aquela situação. Sua vida pessoal não era assunto para o grupo. Nunca. O que quer que fosse aquilo que sentia por Hayley ficava entre os dois, ela e ele, e não deveria ser compartilhado com mais ninguém.

– Olha, se preferir, aquela foi uma pergunta retórica – disse Maddox, com uma irritação visível. – O que estou tentando dizer é que essa jovem doce acha que não significa merda nenhuma para você. Agora, se não se importa com isso e não se preocupa em corrigir essa impressão que, acredito, seja errônea, tudo bem. Faça o que quiser. Mas não espere que a gente fique parado, vendo você acabar com ela. Mas, se você se preocupa com a Hayley, com o que ela pensa e com o fato de que está magoada por sua aparente indiferença, sugiro que levante a bunda daí e faça alguma coisa antes que ela decida que você não vale a dor de cabeça.

– É isso aí – disse Jax, antes de se virar para abrir a porta do apartamento.

– Falou e disse, isso aí – Thane concordou, ao sair também.

Porém, Maddox ficou para trás, sozinho com Silas no apartamento.

– Não cometa os mesmos erros que fizeram a gente encher o saco do Drake – advertiu Maddox com um tom sério. – Vimos o que aconteceu com Evangeline, como ela era legal, e nos irritava ver as merdas que Drake fazia com ela. Ele quase destruiu aquela mulher. E agora você tem uma joia que é tão preciosa, inocente e doce quanto aquela que você defendeu com tanta firmeza, mas é você que ela quer. Não outro de nós. Ninguém mais. Só você. Se não a deseja, saia fora e pare dar sinais do contrário. Deixe alguém dar a ela a felicidade que merece. Deus sabe que ela precisa disso, com a vida toda fodida que teve até agora. Mas, se for o oposto, vou avisar de novo: levanta a bunda daí e corrija o que quer que seja essa merda que Hayley tem na cabeça em relação a você. E, quando descobrir, me conte, para eu saber se vou poder chegar junto.

A raiva de Silas foi instantânea. Ele foi para cima de Maddox e o puxou pela camisa até que os irmãos ficassem cara a cara.

– Fique longe dela – Silas grunhiu. – Não toque nela. Nem sequer pense sobre ela de outro jeito que não como uma mulher sob sua proteção. Entendeu?

O canto da boca de Maddox se curvou e se inclinou para cima em um sorriso.

– Acho que isso responde aquela pergunta, não é?

Filho da puta. Não conseguia acreditar que tinha mordido a isca e caído naquela armadilha. Empurrou Maddox com desgosto e passou as mãos pelos cabelos.

– Merda. Ela merece muito mais do que eu jamais poderia dar a ela – disse, com voz rouca. Ergueu os olhos torturados para Maddox, a única pessoa que conhecia bem o passado de Silas. Um passado com que Maddox estava bem familiarizado, pois havia sobrevivido a circunstâncias muito semelhantes. – Sabe por que não posso tê-la, Maddox. Acha de verdade que ela merece um homem como eu? Um homem tão fodido que seus problemas têm problemas. Nunca serei bom para ela, para qualquer uma.

– Acho que é hora de se permitir um pouco – disse Maddox, em uma voz compreensiva e baixa. – Por que não deixar Hayley decidir o que ela merece? Deixe nas mãos dela. Algo me diz que ficará surpreso. Ela não é uma covarde e protege com ferocidade aqueles que ama. Algo me diz que ela te ama, ou que está cada vez mais apaixonada. Mas está tão convicta de que você não a quer que está bem triste. Ela não se sente *digna* de você, Silas. Pense nisso por um minuto em vez de ficar se torturando, achando que não é digno dela. Ela acha que não é boa o suficiente para *você*.

O queixo de Silas caiu, em choque.

– Não é digna? Não é boa o suficiente para mim? Por que diabos?

– Isso é bem louco se pensar no absurdo que é qualquer mulher achar que não é boa o suficiente para homens como você e eu – disse Maddox com um sorriso amargo.

Silas olhou nos olhos de Maddox e viu a mesma dor que sentia na parte mais profunda de sua alma murcha e sombria. Dor com que ambos conviviam, dia após dia, jurando a si mesmos deixar o passado para trás. Superá-lo, erguer-se sobre ele, abandoná-lo. E, no entanto, ele estava sempre lá. Pendurado neles, cobrindo tudo com sombras opacas e acinzentadas.

Silas fechou os olhos e praguejou. E se *nunca* conseguisse ser bom o suficiente para Hayley? Não seria melhor nem tentar nada com ela do que correr o risco e sofrer a dor terrível de deixá-la quando ela descobrir a que tipo de monstro entregaria seu corpo todas as noites? Como era justo com ela se ele oferecesse promessas falsas, promessas que não tinha ideia se poderia cumprir mesmo que quisesse desesperadamente?

– Não ferra com tudo como Drake quase fez – murmurou Maddox, em um tom duro. – Viu o que ele fez com Evangeline. Você odiava aquilo. Eu odiava aquilo. Não machuque Hayley como Drake machucou Evangeline, ou vai se odiar pelo resto da sua vida.

20

Hayley saiu do banho e embrulhou os cabelos em uma toalha para tirá-lo da cara. Estava cansada e triste demais para se preocupar em pentear o cabelo imediatamente. Pagaria mais tarde por isso, quando os fios ficassem todos frisados, mas não tinha ninguém para impressionar mesmo. Vestiu um shorts de ginástica curto e uma camiseta, sem se preocupar com um sutiã apesar de estar bem o suficiente para usar um sem desconforto. Certo, ela nunca se aventuraria para fora de seu apartamento com seus seios expostos daquele jeito. Mas, de novo, quem ia vê-la? Além disso, não tinha a energia mental ou física para fazer qualquer esforço para tapar "os meninos". Odiava ter seios grandes e tinha procurado em todo lugar um sutiã minimizador que realmente fizesse o que prometia e conseguisse manter as coisas sob controle. Não deixava suas costas sempre confortáveis, mas era melhor do que sacudir e balançar toda vez que caminhava.

Quando ouviu a campainha da porta principal do prédio soar no interfone de seu apartamento, soltou um palavrão. Quem diabos estaria tocando? Algum dos homens esquecera-se de algo? Certamente não seria Silas. Olhou para o monitor preto e branco que mostrava a entrada do prédio e conseguiu ver um homem, mas não o rosto dele. Devia então ser um dos caras mesmo. No painel de segurança, apertou o botão que destrancava a porta da frente e o deixou entrar. Franziu a testa enquanto vestia um roupão, arrependendo-se, de repente, de ter decidido não fazer nada naquele dia. Depois de ter certeza de que seu roupão estava bem fechado, foi até a porta. Chegou no instante em que alguém bateu. Em vez de abrir imediatamente, decidiu ser cuidadosa e, na ponta dos pés, olhou pelo olho mágico.

Seu queixo caiu, em choque, e raiva explodiu em suas veias como um lança chamas. Deixando de lado qualquer cautela, abriu a porta para encarar o verme pegajoso que tinha esfolado seu pai por milhares de dólares e depois se recusara a pagar o seguro de vida, citando uma cláusula obscura escrita em letras tão miúdas que só eram legíveis com uma lupa.

– O que diabos está fazendo aqui? – perguntou em um tom gelado que ela mesma não reconheceu. – Aliás, como sabia onde me encontrar? Faça um favor para nós dois e rasteje de volta para debaixo da sua pedra e fique lá até que alguém pise em você.

Foi então, através da névoa vermelha que embaçava sua visão, que Hayley finalmente percebeu o estado do corretor. Ela ergueu uma sobrancelha e deu a ele um sorriso zombador.

– Parece que alguém já pisou em você. Mais de uma vez, eu diria.

Era um eufemismo, para dizer o mínimo. O rosto dele estava estropiado. Seu nariz parecia ter sido achatado. Seus lábios estavam cortados e o sangue seco cobria os cantos de sua boca. Ficou parado, rígido como uma tábua, sua mão segurando um envelope. Tremia tanto que o papel parecia uma bandeira em sua mão. Hayley podia jurar que ouvia os joelhos batendo um no outro.

– Senhorita Winthrop – ele balbuciou. – Precisei vir pessoalmente. Era a única coisa justa e razoável a fazer. Devo uma explicação e uma desculpa. Por um erro de digitação, foram negados a você os benefícios que o seguro de vida do seu pai lhe garantia. Estou aqui para corrigir isso, bem como para lhe pedir as mais sinceras desculpas pelo seu sofrimento, aborrecimento e inconveniência. Adicionei aqui um montante por sua dor e sofrimento, bem como as despesas funerárias, também uma taxa de juros mais interessante ao valor, devida pelo tempo em que não foi pago a você.

– Quê? – Hayley grunhiu.

Ela olhou para o envelope como se fosse um inseto nojento prestes a pular nela. O corretor o estendeu com força, quase empurrando para as mãos dela. Suor espocava em sua testa e ela podia sentir o cheiro que vinha dele a vários metros de distância. Poderia jurar que ele estava completamente aterrorizado. O que esperava que ela fizesse? Pulasse sobre ele e lhe desse uma surra? Ele pesava pelo menos uns setenta quilos a mais do que ela, e não em músculos.

Ele acumulava na barriga todo seu excesso de peso. Se caísse sobre Hayley, era capaz de matá-la. Mas a ideia de dar uma surra naquele traseiro podre tinha seu apelo. Infelizmente, deveria se contentar com a fantasia: tinha pouca ou nenhuma chance de derrubá-lo. Um bom chute no saco sempre era uma opção...

Encarou o verme sem piscar e começou a abrir o envelope, advertindo-o com um olhar que era melhor ele não estar brincando. Porque se estivesse, ela esqueceria aqueles setenta quilos de diferença e se jogaria sobre ele. Não tinha a menor chance de ganhar a briga, mas com certeza poderia dar sua contribuição àquele impressionante número de hematomas que ele exibia.

Baixou os olhos somente o necessário para ler o cheque que tirou do envelope. Seus olhos se arregalaram ao ver o número de zeros ali. Ergueu de volta para o corretor o olhar atordoado.

– Como expliquei, acrescentei um pouco ao valor devido pela inconveniência e por sua dor e sofrimento, bem como os juros referentes ao tempo que ficou sem receber – ele gaguejou.

Ele estava a ponto de ficar ofegante e ela não conseguia pensar em nada para lhe dizer. *Obrigada?* Haha! *Vá para o inferno* parecia mais adequado. Supôs que deveria ser grata por ele ter corrigido o erro assim que foi descoberto, mas estava com dificuldade de acreditar naquela história.

– O que aconteceu com você? – ela perguntou, direta.

– Eu, er... bem, fui assaltado quando cheguei à cidade – ele disse, se afastando um pouco.

Hayley achava que aquele homem não poderia parecer mais amedrontado, mas estava enganada. Inferno, ele parecia que ia desmaiar em sua porta. O que deveria fazer com ele?

E então a ficha caiu. Percebeu assim que juntou as coisas. A noite em que fora atacada. Tinha contado toda a história, não só que seu pai havia lhe dado o violino, mas também como ele fora enganado pelo corretor de seguros. As perguntas que Silas tinha feito tão descontraidamente e, então, sua partida repentina para uma viagem de "negócios".

Ela quase riu alto. Não era de se admirar que o homem parecesse estar prestes a mijar na calça. Ela nem quis imaginar o quanto Silas tinha sido amedrontador para convencer aquele homem de seu "erro de digitação".

– Isso é o que acontece quando você se acostuma a foder as pessoas – ela disse suavemente, um tom de ameaça e nem uma gota de arrependimento. – Talvez se lembre do seu, er... *assalto* na próxima vez que pensar em enganar alguém.

Ele não disse nem mais uma palavra. Com os olhos arregalados, virou-se e saiu fugido pelo corredor, tão rápido quanto conseguiu. Nem quis esperar o elevador, desceu a escada e ela ouviu o som distante de seus passos nos degraus.

– Vai com Deus – murmurou Hayley.

Ela olhou para o cheque novamente, com certo medo de que fosse falso. Mas não, tudo parecia estar em ordem. O que significava…

Oh, Deus, ela precisava falar com Silas! Tinha deduzido que ele havia passado os últimos dias com Evangeline, sua mulher. Mas não. Ele tinha ido atrás do corretor de seguros para ela.

Ela se abraçou e olhou para o corredor, na direção da porta de Silas. Se estava errada sobre onde ele tinha passado os últimos dias, talvez também estivesse errada sobre outras coisas. Como o seu suposto relacionamento com outra mulher. De qualquer forma, ele merecia sua apreciação e sua gratidão. Especialmente depois do jeito como ela o tinha tratado.

Entrou rapidamente em seu apartamento para colocar o cheque em um local seguro, de modo que não o perdesse. No dia seguinte, a primeira coisa que faria era ir ao banco para depositá-lo. Depois, rezaria para que o cheque não voltasse e que o pagamento fosse efetivado.

Então, respirando fundo e firme, saiu de seu apartamento e caminhou devagar até a porta de Silas. Quando chegou, ficou um tempo juntando coragem para bater na porta.

***

Silas caminhava pela sala, agitado e praguejando enquanto, pela milésima vez, mudava de ideia depois que Maddox lhe dissera, em poucas palavras, como estava sendo um enorme e maldito hipócrita. O pior era que o amigo não estava errado. Silas era tudo aquilo de que Maddox o acusara e até mais.

O que ele deveria fazer com uma mulher como Hayley? Ela era simplesmente bonita demais, apaixonante demais… perfeita demais para alguém como ele. Quanto tempo ela levaria para perceber o terrível erro que cometera ao deixá-lo entrar em sua vida, e quanto tempo depois disso ela fugiria dele?

Falando nisso, quem podia garantir que ela concordaria com o tipo de relação que ele requeria? Ele parou de andar por um momento e soltou um gemido. Requeria? Aquilo o fazia soar frio e sem coração e, de novo, ele não estava errado. Era mais do que requerer. Era uma necessidade. Como comer e respirar para todos os outros. Controle não era algo que gostasse ou desejasse. Necessitava dele para conseguir sobreviver.

Mas nada que dissesse, nenhuma lógica que pudesse oferecer a si mesmo para permitir que Hayley pensasse no que queria e pudesse seguir em frente e esquecê-lo, poderia apagar a imagem dela se sentindo magoada, rejeitada e indigna dele! Indigna. Não conseguia entender aquilo. Nenhuma lógica que aplicasse a essa situação poderia fazê-lo esquecer as flechas certeiras de Maddox, Jax e Thane em seu coração. Ou o que costumava ser o seu coração.

Como Hayley poderia pensar que ele não a queria? Não a desejava a todo momento? Como poderia, em um milhão de anos, considerar-se indigna dele?

– Foda-se – Silas disse.

Foi em direção à porta, porque não ia deixar Hayley se sentir indigna de qualquer pessoa. Não tinha ideia do que fazer sobre eles ou se havia chance de ela aceitá-lo pelo que era, mas não podia se preocupar com isso naquele momento. Cruzaria aquela ponte quando chegasse lá.

Estava a poucos metros de sua porta quando a campainha tocou, provocando um arrepio de raiva em Silas. *Agora*? Podia ser qualquer momento, mas *agora*?

Pronto para quebrar o idiota que tinha decidido aparecer justo no exato momento em que tomara uma decisão sobre Hayley, Silas abriu a porta e deixou transparecer seu olhar mais arrepiante.

Hayley estava em sua porta, vestindo um roupão e... Deus, havia alguma coisa embaixo daquele tecido tão fino? Os olhos dele se arregalaram em trepidação, enquanto ela absorvia o mau humor óbvio de Silas e dava um passo atrás, na defensiva.

– Princesa? – ele conseguiu dizer.

– Claramente vim na hora errada – disse ela, apressadamente, virando-se enquanto falava, preparada para fugir.

– Não! Não! – ele disse, com uma voz mais calma.

Seu pulso batia tão forte e rápido que ele se sentiu tonto e aéreo. Ele, que nunca tinha desmaiado em toda a maldita vida, não importava o quanto tivesse sido espancado ou quanto rezasse para ficar fora do ar, estava prestes a cair epicamente de cara no chão, aos pés de Hayley.

– Por favor – ele pediu, suave. – Achei que era outra pessoa na porta. O que está fazendo aqui? Você está bem?

Ele estava suando, outra coisa inédita. Se continuasse assim, logo não teria mais emprego. Que belo executor isso faria dele, o único cara da organização de Drake que ninguém queria irritar ia começar a cair no chão toda hora, suando como um porco do caralho?

– Estou bem – ela disse, um sorriso leve curvou seus lábios lindos e cheios.

Ele fechou a porta atrás dela. No começo, pensou em fechar as trancas mais tarde, precisando, querendo, colocar seu foco inteiro em Hayley. Mas sua pele pinicou no instante em que se afastou sem realizar o seu ritual. Até suas mãos ficaram trêmulas e indisciplinadas.

– Vá em frente e feche-as, Silas – disse Hayley, com uma voz doce cheia de compreensão. – Posso esperar.

Ao voltar para a porta, ele fechou os olhos e depois fechou os lábios para evitar que seu gemido fosse audível. Indigna dele. Queria dar uma surra em si mesmo por tê-la tratado algum dia como se não fosse digna dele. E então precisava encontrar um jeito de convencer *ambos* de que *ele* era realmente digno dela.

Estava tão perturbado que perdeu a conta no meio e teve que começar do topo de novo. Quando terminou, tinha conseguido domar seus nervos o suficiente para encarar Hayley.

Ele se virou, olhando para ela na mesma hora e, para seu espanto, ela se atirou contra ele. Não teve escolha senão segurá-la, ou os dois acabariam no chão.

– O que é isso? – ele perguntou com perplexidade.

– Obrigada – ela sussurrou contra seu pescoço, sua respiração suave soprando quente na pele de Silas. – Você fica mais incrível a cada dia. Quando penso que não consegue superar a última coisa que fez por mim, de alguma forma você vai lá e me surpreende de novo.

– Pelo que está me agradecendo, princesa?

– Como se não soubesse – ela disse, divertindo-se, enquanto se afastava e saía de seu abraço.

Ele deu um passo em direção a ela, incomodado com a súbita distância entre eles.

– Acabo de receber a visita de um corretor nojento e enganador que conseguiu rastejar para fora de sua rocha e vir até Nova York para me entregar pessoalmente um cheque pelo valor total do benefício do meu pai mais uma quantia substancial em cima disso por coisas que ele chamou de inconveniência, sofrimento, dor e despesas funerárias.

Ela olhou para ele, seus olhos brilhando intensamente. Droga. Ela estava olhando para ele como se fosse um maldito herói. Ela não entendeu o que aconteceu com o cara? Não podia não ter reparado na cara dele, mas ainda assim agradecia?

– Uma viagem de negócios. Você certamente cuidou dos negócios. Apenas lamento também não ter tido a oportunidade de dar um soco nele– disse ela, com uma expressão triste. – Não consigo acreditar que você fez essa coisa absolutamente incrível e maravilhosa por *mim*.

Ele olhou para ela. Não conseguia evitar. Hayley o agradeceu em vez de condená-lo? Não via que ele era um monstro? Do que era capaz? Tinha passado toda a sua vida cercado de violência apenas para mergulhar nela quando adulto. Mas em seus termos. Sempre em seus termos.

Antes que ele pudesse questioná-la ou descobrir o que não estava entendendo, Hayley deu um passo em direção a ele, acabando com a distância entre os dois. Então ficou na ponta dos pés e passou os braços ao redor do pescoço de Silas. Ele não teve tempo de tomar a atitude certa e impedir o beijo. Queria demais aquilo.

Os lábios dela se encostaram nos dele com tanta suavidade que ele engoliu um gemido. Ela lambeu sua boca delicadamente, persuadindo-o a abrir-se para ela. Assim que cedeu e permitiu que seus lábios relaxassem, recuperou os sentidos e, com as mãos nos ombros de Hayley, a afastou.

Vergonha e humilhação invadiram os olhos dela, uma sombra opaca encobrindo cada porção da alegria e da ousadia que estavam ali minutos antes.

– Desculpe – ela sussurrou. – Entendi errado. De novo.

– O que você entendeu errado, princesa?

– Não me chame disso! – ela disse, bruscamente, mágoa em cada palavra. – Achei... Achei que você sentia também. O que há entre nós. Achei que me desejava tanto quanto eu desejo você. Desculpe. Nunca deveria ter colocado você nessa posição.

Ele soltou um gemido estrangulado.

– Não desejo você? Jesus Cristo, mulher. Se te desejasse mais, estaria perambulando por aí como um idiota, incapaz de formular uma frase coerente. Você não entende? Você merece muito mais do que eu. Não tenho nada a oferecer além da dor e da violência. E...

Ele fechou os olhos, recusando-se a expressar o restante.

– E o quê? – ela perguntou suavemente.

– Controle – ele disse sem rodeios. – Controle total e absoluto. E o que você não entende, minha linda menina, é que meu controle não se estenderia apenas para o quarto ou enquanto estiver fazendo sexo. Eu controlaria todos os aspectos da sua vida. Não tenho orgulho disso, mas é o que sou. Cedo ou tarde, eu te afastaria e não sei se consigo aguentar te perder depois de ter você.

– Quem disse que você vai me perder? – ela perguntou, gentil. – Age como se eu não soubesse disso, Silas. Tudo bem, a gente não se conhece há muito tempo, mas já percebi sua necessidade de controle. Vi você exercitar esse controle. Mesmo comigo. Poxa, o que acha que tenho feito nos últimos dias? Andei escoltada em todos os lugares por seus homens. Homens que você me obrigou a ter comigo. E eu reclamei? Protestei de alguma forma? Por que não se vê como eu vejo o homem a minha frente? Parece que você acha que é um veneno para mim, e sabe de uma coisa? É uma tremenda bobagem. Você é um homem do melhor tipo, Silas. Junto com meu pai, você é o melhor homem que já conheci na vida. Então, pare com as desculpas. Se não me quer, diga. E nunca mais vou me jogar em cima de você. Mas se me quer e está apenas com medo demais de me assustar e de me afastar, digo que é uma bobagem também. Que tal me perguntar o que *eu* quero? E não o que *você* pensa que eu quero ou preciso. Pergunte para *mim*, Silas.

– Você consegue dizer tudo isso depois de saber o que fiz com aquele desgraçado que roubou seu pai? Eu poderia ter matado o canalha se não precisasse garantir que ele te pagasse de volta. Ainda posso – murmurou ele.

– Tenho certeza de que há muitas outras pessoas que gostariam de fazer exatamente o que você fez – disse ela, seu nariz enrugado com aversão. – Se espera que julgue você, então acho que sou a mulher errada. Não me importo com os pecados horríveis que acha que cometeu. Sei a verdade e vejo a verdade toda vez que olho para você, e nada do que diz nunca me convencerá do contrário.

– Tenha certeza, princesa – ele disse com a voz rouca. – Tenha muita certeza. Porque uma vez que eu reivindicar você para mim e possuir seu corpo, *serei* o seu dono. Corpo, coração e alma. Tudo pertencerá a mim e você será minha para eu fazer o que quiser, a qualquer hora, em qualquer lugar, do jeito que eu quiser.

– Então me reivindique – ela murmurou e, de novo, ficou na ponta dos pés para tocar os lábios dele com os seus.

Com um grito selvagem, ele a levantou em seus braços e caminhou em direção ao quarto, seu sangue pegando fogo nas veias, queimando de dentro para fora.

21

O CORAÇÃO DE SILAS BATIA TÃO FORTE que tudo o que ele podia ouvir era o rugido de seu pulso em seus ouvidos. Colocou Hayley com carinho na cama e deu um passo atrás, sabendo que, se não tirasse alguns minutos para se recompor, tudo acabaria em questão de segundos. A vontade de reivindicar, marcar, possuir Hayley até que ela gritasse seu nome era uma necessidade viva dentro dele. Mais forte do que qualquer outra compulsão que sentira, e sua vida era cheia de compulsões.

Ele se inclinou e roçou os lábios sobre os dela.

– Preciso fechar tudo, verificar os monitores e ativar o sistema de segurança. Quando voltar, quero você nua e ajoelhada no meio da cama. Quero seu cabelo solto, mas sem tampar os seios. Quero ver os mamilos que agora pertencem a mim. Quero poder ver essa bocetinha gostosa que agora também me pertence. Entendeu?

Ela engoliu em seco e assentiu com a cabeça, desejo e necessidade brilhando em seus olhos. Ele a beijou uma última vez e saiu. Entrou na sala de estar e mecanicamente fez seu ritual de ativação de segurança para a noite. Mantinha alarmes em todos os pontos vulneráveis e câmeras que não apenas cobriam todo o quarteirão, mas o lado oposto da rua e um raio de seis quarteirões em todos os lados do prédio.

Depois que Evangeline foi sequestrada a poucos passos da entrada do edifício e do que havia acontecido com ela, para Silas nada era exagero ou paranoia extrema. Se aconteceu com Evangeline, poderia acontecer com Hayley. Seu sangue congelou e, por um momento, ele não conseguiu respirar com a imagem de Hayley, assustada, sozinha. Não, ela permaneceria naquele prédio, onde poderia saber sua localização o tempo todo. E agora que ela se dera para ele, não usaria mais seu próprio apartamento. De agora em diante Hayley ficaria na cama, no apartamento de Silas. Talvez ele devesse fazer de novo a reforma para transformar o quinto andar inteiro em um único apartamento.

Decidindo que tinha dado tempo suficiente a Hayley, ele se virou e caminhou em direção ao quarto, uma sensação de vitória diferente de qualquer coisa que já tivesse experimentado borbulhando em suas veias. Ela era corajosa. Precisava admitir isso. Tinha visto o pior dele, não uma, mas duas vezes. Sabia coisas sobre Silas que ele não gostaria que qualquer pessoa soubesse. Especialmente alguém que não era um dos seus irmãos ou Evangeline.

Mas ela não o condenava. Na verdade, ficava bem brava se ele sequer tentasse dizer que era um monstro. E quanto a ela saber essas coisas sobre ele, provava primeiro que ele confiava nela. Talvez isso o tornasse tão estúpido feito uma porta e um crédulo do caralho, mas Hayley era muito leal e amorosa para trair qualquer pessoa que confiava nela. Não sem uma boa razão. Segundo que ela era sua agora, o que fazia dela, por extensão, também de seus irmãos. Eles a protegeriam como faziam com Evangeline. Ele não poderia esconder todos os seus segredos dela quando ela estava lhe dando tudo em troca. Sua confiança. Seu corpo. Seu coração.

Silas ficava honrado e um pouco espantado com o que via nos olhos de Hayley toda vez que percebia o olhar dela sobre si. Nunca imaginara uma mulher como aquela olhando para um homem como ele com aqueles olhos suaves, um sorriso ainda mais suave e tanto calor e compreensão que o fazia querer banhar-se naquilo.

Sexo. Bem, o sexo é sexo. Um passatempo para soprar um pouco de vapor. Nada mais. Nada menos. Na verdade, ele raramente se entregava ao sexo, e quando o fazia, certificava-se de que a mulher sabia exatamente onde estava entrando. E também se certificava de que ela recebesse um belo agradecimento.

Parou na entrada do quarto e, estupefato, olhou para a imagem de Hayley, ajoelhada em sua cama, de frente para a porta. Tão linda que tirava seu fôlego. Nunca vira nada mais bonito e puro. Absolutamente magnífico. E ela o queria.

Sexo? Tocar Hayley, deslizar para dentro de seu corpo uma vez e outra, dificilmente poderia ser comparado a algo tão mundano quanto sexo. Seria um insulto a ela pensar diferente. E ainda assim ele não conseguia usar as palavras que a maioria das pessoas usa para chamar aquilo. Fazer amor. Quando o sexo estava envolvido, nunca vira nada que chegasse perto de amor. Tinha aprendido cedo, da maneira mais difícil, que sexo era sujo, repugnante, degradante e vergonhoso.

Era um adulto agora, podia enxergar o passado pelos olhos de um adulto e saber, em seu coração, que as experiências que tivera eram aberrações. Na maioria das vezes, conseguia se separar desses sentimentos e não deixá-los interferir no presente. Mas às vezes não conseguia, e aí o sexo não era uma opção. Ainda que não quisesse que fosse assim. Seu corpo simplesmente não colaborava se estivesse preso à mente de uma criança, traumatizado pelo conhecimento da infância.

O olhar de Hayley encontrou o dele e ela sorriu na mesma hora. Seu rosto inteiro se acendeu e até mesmo seus olhos brilhavam suavemente na penumbra. Levantou o rosto, de maneira que seu pescoço se arqueou para frente e seus cabelos caíram sobre suas costas em ondas sedosas. Seus peitos se empinaram, os picos tesos e enrugados. A boca dele se encheu de água só de olhar para eles, querendo experimentá-los.

– Você é tão linda – Silas disse com a voz rouca.

Ela abaixou a cabeça, tímida, um tom rosado corando suas bochechas.

– Você também – ela sussurrou.

Ele contornou a cama devagar, passando a mão sobre o edredom enquanto chegava mais perto de Hayley. Queria ficar à distância de um braço. Olhou para baixo, sua respiração entrecortada ao ver a carne rosa, delicada, visível através do monte de pelos escuros entre as pernas dela. Lentamente, colocou a mão sobre a coxa dela e então, ainda com vagar e delicadeza, correu para baixo, entre as pernas, para a carne úmida e trêmula.

Ela gemeu suavemente, mas não se moveu.

– Boa menina – Silas elogiou. – Essa é minha boa menina. Perfeito. Não se mova. Vou apenas te tocar.

Ele deslizou o dedo mais para dentro das pregas exuberantes dela, primeiro indo para cima, rolando no nó tenso aninhado sob o capuz de sua boceta. Brincou um pouco por ali, observando como todo corpo dela estava rígido e suas respirações saíam em sopros esporádicos. Sorrindo, deixou os dedos irem para mais baixo, para a pequena abertura dela, e fez um círculo ali em volta. Ela fechou os olhos, ainda sem se mover, e ele percebeu como devia estar difícil, porque cada músculo no corpo dela estava tenso. A última coisa que queria era que ela se sentisse desconfortável. Mesmo desejando que aquilo durasse o máximo possível e que pudesse brincar com ela a noite toda antes de lhe dar o prazer maior, nem ele nem ela durariam tanto tempo. Não daquela vez. Haveria muito tempo depois, quando sua fome inicial tivesse sido saciada.

Retirou os dedos e ela gemeu, em protesto. Lentamente, desabotoou a camisa, observando os olhos dela seguirem cada movimento de suas mãos quando ele tirou a camisa e a colocou na cadeira no canto. Desabotoou as calças e baixou o zíper que cobria sua ereção dura feito pedra, e pôde ver pelo movimento na garganta de Hayley que ela engoliu em seco. Tão nu quanto ela, voltou para a cama e esperou que seus olhos se elevassem para encontrar os dele. Demorou um bom tempo. Quando ele finalmente tinha a atenção dela onde queria, perguntou:

– Sabe o que vai fazer agora?

Hayley balançou a cabeça, hesitante. Mais uma vez, Silas viu a incerteza nos olhos dela. Ele percebeu que as questões dela não eram sobre os dois, mas sobre si mesma, e achou aquilo inaceitável. Nunca vira uma mulher mais bonita que aquela de joelhos em sua cama esperando ser possuída, e, antes que a noite terminasse, ela saberia exatamente como era maravilhosa. Hayley ficaria de cabeça erguida, orgulhosa, quando ele olhasse para o seu belo corpo nu. Ela saberia que, ainda que ele tivesse o controle absoluto, ela tinha todo o poder sobre ele.

– Você *quer* saber o que vai fazer agora? – Silas perguntou com uma voz rouca que ele mesmo não reconheceu. Quando tinha sido tão gentil com qualquer mulher que estivesse prestes a reivindicar? Mas também, nunca havia considerado o que fez com suas parceiras como reivindicar. Nunca quisera. Quando Hayley concordou, devagar, ele continuou: – Vai aceitar tudo que eu te der.

Silas subiu na cama ao lado de Hayley e os olhos dela brilharam. Ele começou com os cabelos, passando os dedos pelos fios sedosos, encostando em seus mamilos de propósito a cada movimento.

– Maravilhoso – ele murmurou. – Como a seda mais fina.

Os dedos dele subiram pelos braços dela, continuando os movimentos até que um arrepio cobrisse seu corpo. Pegou o cabelo dela e o jogou sobre o ombro, deixando suas costas descobertas. Não aguentava mais esperar para prová-la. Pousou os lábios em seu pescoço e viajou até a espinha. Lá, foi lambendo até chegar na curva perfeita de suas nádegas. Quando deu uma mordidinha em uma delas, Hayley deixou um gemido escapar. Silas sorriu com suprema satisfação com aquela reação. Ela era perfeita.

As mãos de Silas continuaram em seu caminho e ele provou cada centímetro de carne ao alcance. Hayley já estava se contorcendo, ofegante, no momento em que ele colocou o peito sobre suas costas, a parte interior das coxas dele pressionando a parte exterior das coxas dela, e seu pau confortavelmente acomodado no meio daquela bunda gostosa. Tirou as mãos dos seios que estava acariciando e a colocou na boceta. Não podia esperar mais para reivindicá-la. Estava molhada de desejo e ele usou essa viscosidade para fazer círculos ao redor de seu clitóris. Os gemidos dela se transformaram em gritos e todo seu corpo se contraiu e estremeceu. Então, Hayley se recostou contra o peito dele, demonstrando para além das palavras a confiança que depositava nele. Ele a segurou e continuou a acariciar com os dedos dentro e fora de seu corredor macio, enquanto, com a outra mão, esfregava seu clitóris.

– Silas!

Ela se contorceu nos braços dele, a cabeça se apoiando em seu ombro. Ele roçou os lábios ao longo da parte inferior de sua mandíbula e depois afundou os dentes na carne embaixo da orelha.

O orgasmo tomou todo o corpo de Hayley. Ela sacudiu, tremendo e se contorcendo contra o peito dele que, durante todo o tempo, a segurava com firmeza, suas costas acomodadas nele enquanto sentia cada tremor que atravessava seu corpo.

Minha.

Ele queria rugir. Ele queria marcar, tomar, possuir Hayley de tal forma que ninguém jamais pudesse questionar a quem ela pertencia. Era primitivo, absolutamente neandertal e não muito moderno da parte dele, mas foda-se o moderno. Hayley despertava instintos que ele nem sabia que possuía. Nunca ficara tão desesperado para colocar seu selo em uma mulher. Nunca esteve tão determinado que o mundo soubesse quem pertencia a ele. Podia não ser muito visionário, querendo bater no peito como um macaco, grunhindo sobre possuir sua mulher e como ela pertencia completamente a ele de todas as maneiras possíveis. Mas nunca haveria mulher mais mimada, cuidada e apreciada do que aquela preciosidade que se desmanchava em seus braços e gritava seu nome. Desde a primeira vez em que colocara os olhos sobre Hayley, ela tinha poder absoluto sobre ele. Ele precisava de controle, mas o poder supremo era dela, porque ele faria qualquer coisa para fazê-la feliz, para fazê-la se sentir amada e estimada. Não havia nada que não faria por aquela mulher.

Fechou os olhos quando ela se desmontou em cima dele com o peito arfando. Seu pênis estava prestes a explodir. Estar aninhado na fenda daquela bunda era tentação demais para a rainha de todas as ereções, que era o que ele tinha naquele momento. Se ele não a colocasse em posição em breve, estaria fodendo-a por trás dali a dois segundos.

Incapaz de esperar mais, ele a virou, colocou uma camisinha com pressa, separou suas coxas e se enterrou fundo naquele seu calor apertado e pulsante. Ela gritou novamente, desta vez com dor, e Silas congelou. Lágrimas inundaram seus olhos e o desconforto ficou evidente em sua expressão. *Porra.* Ele deveria saber. Toda aquela inocência ia até a alma. Maldito seja, nem sequer perguntou a ela! *Nunca* se perdoaria por isso. Tinha enfiado nela com toda a destreza e a paciência de um colegial em sua primeira vez.

– Puta merda, Hayley, me desculpe, princesa – ele disse. – Sou um idiota. Meu Deus.

Ele beijou as lágrimas no rosto dela, não suportava vê-las brilhando naquela pele. Lágrimas e dor que ele tinha causado, quando havia jurado não fazer isso. Filho da puta!

– Relaxe, princesa. Estou com você. A dor vai passar em breve e vou fazer você se sentir bem. Vou compensar você. Juro que vou.

Ela mordiscou o lábio inferior, seu olhar cheio de dúvida, e assentiu com hesitação.

Ele a beijou, sugando os lábios que ela tinha acabado de mordiscar, e acalmou a pele machucada com a língua. Então, foi beijando do pescoço até o peito e lambeu o mamilo várias vezes.

Sorriu quando sugou com força o mamilo e ela imediatamente banhou seu pau com seu mel. Sua princesa gostava que brincassem com seus lindos mamilos.

Enfiando uma mão entre o corpo dela e o seu, Silas acariciou seu clitóris suavemente, até sentir que ela se contraía em torno de seu pau em um aperto que quase o fez gozar. Quando ela começou instintivamente a levantar os quadris em um esforço para encaixá-lo, ele entendeu que ela tinha encontrado seu ritmo e a dor estava se transformando em uma necessidade urgente.

Tirou o pau de dentro dela até que apenas a cabeça continuasse aninhada em seu doce calor. Continuou acariciando seu clitóris até que sua respiração ficasse mais forte, e ela começasse a se contorcer sem parar por baixo dele.

– Pronta, princesa? – ele perguntou, gentil.

Ele olhou para os olhos de Hayley que brilhavam de necessidade enquanto ela falava pela primeira vez desde que lhe dera o controle.

– Sim – ela sussurrou.

Tanta confiança naquela palavra. Seu tronco doía tanto que chegava a incomodar. Era a única palavra de que precisava. Mas ainda assim, queria ter certeza de que ela sabia que ele nunca iria machucá-la. Morreria antes de machucá-la novamente.

– Prometa que vai pedir para parar se eu fizer qualquer coisa que te machuque.

Ela sorriu e assentiu.

Silas deslizou de volta para dentro dela, fechando os olhos diante da sensação inebriante de ser tão apertado por aquela carne de mulher. Deu estocadas suaves e lambeu seus próprios dedos antes de colocá-los de volta no clitóris. O corpo de Hayley se curvou inteiro debaixo dele e seus músculos travaram. Ele gemeu enquanto ela o apertava, cobrindo-o com seu mel sedoso. Tão apertado. Tão gostoso. Ela já estava perto do segundo orgasmo. Ele tinha se preocupado que, por causa da maneira como enfiara na primeira vez, não fosse conseguir fazê-la gozar de novo. Certamente, não tão cedo.

Ele aumentou o ritmo, tomado pela sensação de urgência para que os dois gozassem juntos. As pálpebras dela vibraram e depois descansaram nas bochechas enquanto fechava os olhos. As mãos dela deslizaram sobre seus ombros, suas unhas escavando profundamente quando ela ficou mais tensa.

– Goze comigo, menina linda – ele pediu. – Agora. Juntos.

Ele começou a meter com força, profundamente, seus quadris batendo freneticamente contra a bunda dela. Na mesma hora em que o grito dela se fez ouvir em seu ouvido, Silas soltou seu próprio grito e enfiou o mais fundo possível. Ele se deitou sobre o corpo de Hayley, sentindo os braços dela envolverem seu corpo, e suas mãos acariciarem suas costas.

– Linda demais – Silas sussurrou contra o peito dela. – Nunca vi nada mais lindo do que você.

Ficou dentro dela o quanto pôde antes de se retirar devagar e descartar o preservativo no banheiro. Lá, molhou um pano com água morna e o levou de volta para a cama. Hayley ainda estava esparramada como ele a deixara, mas, quando viu sua intenção, tentou fechar as pernas.

– Eu mesma posso fazer isso – ela sussurrou, com um rubor nas bochechas.

Silas segurou seu joelho com firmeza e afastou suas pernas.

– Já se esqueceu de para quem você se entregou? Isso é meu. Você inteira pertence a mim. É minha para eu tocar, minha para eu te dar prazer, minha para eu cuidar.

Os olhos de Hayley brilharam com uma lágrima repentina quando ela olhou nos olhos dele.

– Sua – ela sussurrou de volta, rendida.

Com cuidado, ele passou o pano pelos lábios inchados da intimidade dela e estremeceu quando o tecido se sujou de sangue. Depois de se desfazer do tecido, ele voltou para a cama e puxou Hayley contra seu peito, sem querer deixar nenhum espaço entre eles. Suas mãos não ficavam quietas. Tocar nela era uma necessidade tão grande quanto o controle.

Passando a mão para cima e para baixo nas costas de Hayley, ele viu o olhar satisfeito em seu rosto.

– Por que não me disse que era virgem, princesa?

Ela enterrou o rosto mais fundo no peito dele e suspirou.

– Fiquei com medo – ela disse, em um sussurro que ele quase não ouviu. – Você já estava tão relutante. Achei que se soubesse que eu era virgem, não iria me querer. Seria apenas mais uma razão para você me rejeitar.

Silas pegou seus cabelos e, com carinho, puxou Hayley para ver seu rosto.

– Não querer você? Isso nunca foi problema, amor, e sua virgindade não teria mudado isso.

– Por que um homem com sua experiência ia querer alguém como eu, que não tem ideia do que está fazendo? – ela perguntou. – Para mim, uma virgem inexperiente e ignorante seria a última coisa que um homem com a sua idade e experiência ia querer.

O leve eco de amargura que ouviu na voz dela o surpreendeu.

– Olhe para mim, Hayley – ele ordenou. – Não, não para o meu queixo. Quero contato visual. – Quando os olhos dela, infelizes, finalmente encontraram os dele, ele continuou: – O que você me deu esta noite foi o presente mais precioso que alguém me entregou, e para sempre vou valorizá-lo. Tem alguma ideia de como estou emocionado porque nenhum outro homem nunca te tocou nem reivindicou você? Significa tudo para mim ter sido o seu primeiro, que você tenha me dado esse presente e confiado em mim com isso. A ideia de poder te ensinar tudo o que você quer e precisa saber? Que eu te ensine o que me agrada enquanto me ensina o que te agrada? Jesus, mulher. Sou o próprio neandertal, mas essa situação vai me levar de volta a algumas gerações na escala evolutiva.

Ela riu suavemente e o abraçou com o braço que estava sobre seu abdômen.

Silas passou a mão pelos cabelos dela e esperou um pouco antes de dirigir o olhar dela para si novamente.

– Meu único arrependimento é ter te machucado – ele disse, com dor. – Se tivesse me contado, isso nunca teria acontecido. Então, prometa-me que, no futuro, não vai me esconder nada. Especialmente algo que possa fazer com que eu machuque você, ainda que sem querer. Eu poderia ter tornado muito mais gostoso para você, princesa.

Ela se abaixou e beijou a boca dele.

– Prometo, Silas. Mas se melhorar um pouco, não sei se sobrevivo. Oi? Você me deu dois orgasmos. Como isso pode ser ruim?

Ele riu e a puxou, de forma que seu corpo ficou esparramado sobre o dele.

– Vai ficar melhor ainda, gatinha. Você pode até achar que não, mas confie em mim. Este é apenas o começo de tudo o que tenho para te ensinar.

22

Hayley brilhava de felicidade. Era impossível não notar a mudança em si mesma. Ela só tinha que olhar no espelho para ver o sorriso suave, o brilho quente nos olhos. Agora estava sempre sorrindo. Sem parar, há uma semana.

Silas enfiou a cabeça no banheiro onde ela estava. Olhou para o reflexo de Hayley, enquanto ela viajava em seus pensamentos. Ela olhou bem rápido para ele e tentou fazer parecer que estava fazendo algo além de encarar a si mesma e ter vertigens de emoção ao pensar sobre como aquele homem a fazia feliz.

– Vou descer para pegar o carro. Me dê cinco minutos antes de me encontrar lá embaixo. Vou levá-la até a escola hoje e buscá-la depois, para que a gente possa passar a tarde juntos, como planejamos.

Ela soprou para ele um beijo no espelho, imediatamente iluminada pela lembrança de Silas sobre a programação dos dois. Tinham passado a maior parte da semana na cama. Quando não estava na aula, Hayley estava de costas ou de joelhos. Ela e Silas tinham batizado cada móvel daquele apartamento e, uma vez que ela lhe dissera que começara a tomar pílula na manhã seguinte à sua primeira vez juntos, ele ficara insaciável, obcecado pelo poder de entrar dentro dela sempre que quisesse.

Não que ela se importasse. Estava feliz. Silas parecia muito feliz. E fazê-lo feliz a deixava ainda mais exultante. Então tudo estava... perfeito.

Checou o relógio e procurou pelo estojo do violino e pela bolsa. Quando conseguiu reunir tudo, seus cinco minutos já tinham acabado. Foi até a porta, cuidando para fechar todas as trancas. Então, usou o elevador expresso de uso exclusivo e foi direto para a entrada do prédio.

Silas estava estacionado em frente e, assim que ela saiu, ele se apressou para pegar o estojo das mãos dela, com o celular no ouvido. Nada incomum, ele passava muito tempo ao telefone. Ele a acomodou no banco do passageiro e colocou o violino atrás antes de retornar para o lado do motorista. Quando se sentou na direção, evidentemente encerrou o telefonema e colocou o celular no assento ao seu lado.

Hayley olhou-o com curiosidade enquanto ele dirigia. Era raro ver Silas ou qualquer outro de seus homens dirigindo. Geralmente, tinham um motorista – a não ser quando estavam cuidando dela, o que não deixava espaço para um condutor adicional e um dos homens tinha que dirigir. O que exatamente eles faziam? Ela pescava informações aqui e ali, nenhuma delas dizia muito, mas conhecia Silas e o tipo de homem que ele era. Alguns a chamariam de idiota, ingênua e crédula por sua fé inabalável naquele homem, mas sabia de uma coisa: Silas e seus homens eram bons. Nada faria Hayley pensar de outra forma.

– Então, o que exatamente você e seus irmãos fazem? – Hayley arriscou. – Alguma coisa a ver com segurança?

Silas riu.

– De certa forma, sim, e certamente consigo entender por que você tem essa impressão. Dependemos de uma segurança muito boa. Eu dependo. Sempre há ameaças e riscos não só para Drake, mas para todos nós. É meu trabalho garantir que nada aconteça a nenhum de nós.

A sobrancelha dela se contraiu, em dúvida.

– Você diz isso como se Drake corresse mais perigo. Quem é ele exatamente?

Silas pareceu refletir sobre a pergunta, seus lábios apertados, pensativos.

– Eu trabalho para Drake. Na verdade, todos nós trabalhamos para ele. Mas não é como se ele fosse nosso chefe. É difícil de explicar. Não somos uma empresa nem trabalhamos em um negócio comum. Acho que a melhor maneira de explicar é dizer que trabalho com Drake. Trabalho com todos os meus irmãos. Não tem essa de quem tem o pau maior, não tem competitividade. Temos um trabalho a fazer e o fazemos – ele disse e deu de ombros. – Meu trabalho é garantir que ninguém machuque a Drake ou a nenhum dos meus irmãos.

– Como exatamente você consegue fazer isso? – ela perguntou, hesitante. – Você mata ou machuca pessoas?

Percebeu como aquilo soava estúpido. Como uma burra, mascando chicletes, com os olhos arregalados, dizendo: *Sério? Quer dizer, você tipo, faz as pessoas sangrarem?* Ela queria se bater e se esconder pelo resto do dia. A feição de Silas ficou impassível e, de repente, ele fez uma cara que ela não conhecia. Nunca olhara para ela daquela forma. Hayley não conseguia ler o que ele estava pensando ou dizendo. Merda! Quando ela vacilava, vacilava de verdade.

– Somente aqueles que merecem – Silas finalmente murmurou.

– Bem, se eles tentam te machucar ou te matar, eles merecem mesmo – disse Hayley.

Um lampejo de sorriso curvou os lábios dele e a máscara caiu, permitindo que ela visse seu Silas de novo. Ele tocou a mão dela, e ela entrelaçou seus dedos nos dele com força.

– Quem era ao telefone? Era Maddox dizendo que o mundo está acabando e você terá que ser o super-herói do dia? – ela provocou, querendo fazê-lo rir novamente.

Em vez de rir, os lábios dele fizeram uma linha sombria e ele se endureceu.

– Pois é. Falando nisso, infelizmente vamos ter que mudar nossos planos, princesa. Maddox vai te buscar na escola e te levar para casa. Preciso passar o dia com Evangeline. Me desculpe. Vou compensar você, juro.

Hayley precisou de todo seu autocontrole para evitar que seu queixo caísse e deixasse a mágoa transparecer em seu rosto. Depois de ter entendido tudo errado, já que Silas não estivera com Evangeline quando viajou, havia deduzido que ele obviamente não tinha nada com ela. Especialmente agora que Hayley estava em sua cama todas as noites. Nem sequer tinha considerado tal possibilidade desde que descobrira o quanto ela estava errada sobre a natureza de sua viagem de negócios. Aliás, aquela era a primeira vez que Hayley ouvia o nome de Evangeline depois de seu último surto de ciúme e insegurança. Inferno, nem pensara nela. Tinha esquecido que ela existia. E agora Silas teria que passar o dia com ela? Ficar com aquela mulher era mais importante para ele do que seus planos com Hayley?

Sentiu o estômago revirar, ainda que estivesse se recriminando por mais uma vez tirar conclusões, afinal tinha errado sobre a viagem de negócios de Silas.

Mas estava errada sobre todo o resto?

– Quem é Evangeline? – perguntou, direta. – Ouvi você e os caras falarem dela, mas ninguém nunca disse quem é ela.

Ou o que ela significava para todos eles. Ou só para *Silas*.

Seu estômago se revirou com mais força quando o rosto de Silas se suavizou com o evidente carinho que a mera menção do nome de Evangeline evocava. Silas, que tão raramente amolecia por qualquer um. Aquele era um Silas pelo qual Hayley esperava, pelo qual tinha lutado. Desesperava-se para que ele, algum dia, ficasse assim por sua causa.

– É a mulher de Drake. Achei que sabia. Vai gostar dela. É uma querida. Todos os caras comem na mão dela. E ela cozinha como ninguém.

Para piorar a situação, Silas soltou um *gemido* de prazer.

– Toda vez que ela cozinha, a gente come até passar mal. É uma loucura – ele acrescentou, com uma risada.

A esposa de Drake. Tá bom. E ela tinha que se sentir melhor com isso, mesmo vendo que Silas claramente sentia um enorme carinho e só Deus sabe mais o quê por ela? Ciúme é uma merda. Evangeline provavelmente era uma pessoa maravilhosa. Sem dúvida, todos os irmãos de Silas gostavam dela para caramba. Não, eles a amavam. Era óbvio. Sim, a mulher de Drake provavelmente também era linda. E, pelo visto, fazia toda a população masculina de escrava com seus conhecimentos culinários. Mas a verdade nua e crua era que Hayley não queria nunca conhecer aquela mulher. Especialmente se isso significasse precisar ver todos os outros homens babando por ela a noite toda. Um dia inteiro, uma noite ou um evento qualquer para jogar na cara de Hayley que ela não estava à altura? Após um começo tão promissor para aquele dia, ela já estava dando tudo por perdido. Enquanto Silas estivesse fora, passando o dia com a epítome da perfeição, Hayley havia ficado relegada a ser cuidada pelo coitado do irmão no fim da fila, aquele que teria de buscá-la na escola.

Deus, dava para ser mais embaraçoso? Sentia-se como uma menininha do jardim de infância sendo pega no ponto de ônibus por um irmão mais velho irritado.

Engoliu em seco, fazendo o máximo para manter a compostura e não deixar Silas perceber o desapontamento e o pânico em seu rosto, ou ouvi-lo em sua voz.

– Vai passar o dia todo com ela, então – ela disse, com leveza.

Daria tudo para poder limpar a garganta, mas deixou a mão no colo, determinada a não deixar Silas ver a insegurança que a consumia.

Ele olhou de soslaio para ela.

– Sim. Desculpe, princesa. Não é o meu dia de almoçar com ela, mas houve um imprevisto e ela tem prioridade sobre todos, incluindo Drake, então não tenho escolha.

Hayley assentiu e depois fixou o olhar pela janela, com o cuidado de manter sua expressão neutra.

Não é o meu dia de almoçar com ela.

Dia de almoçar? Então eles almoçam com frequência? Obviamente sim. De repente, Hayley estava pensando nos momentos que passara com Silas, procurando uma janela em que ele poderia ter estado com Evangeline e não com ela. Quase não conseguiu suprimir uma baforada de ar que soltaria em frustração. Três dias por semana suas aulas iam além do horário de almoço. Era o que ele estava fazendo enquanto ela estava na escola? Encontrando-se com Evangeline?

Prioridade sobre *todos?* O que diabos isso significava?

Significa que ela é mais importante do que você, idiota.

Significava que Evangeline sempre teria prioridade sobre Hayley. Conseguiria viver como segunda na lista de prioridades do homem que amava com todo o coração? Aliás, era mesmo a segunda? Ou terceira?

Não. De jeito nenhum. Mas que escolha tinha? Nunca seria dessas mulheres que dão ultimatos. Ou *ela* ou *eu*. Ela ou eu. Sim, sim. Sempre acabava muito bem para todos os envolvidos. Só que não. Também havia o fato de que era covarde demais para ficar ali parada observando como Silas *não* a escolhia.

E, bem, no fundo, Hayley sabia que Silas nunca a escolheria se precisasse se decidir entre ela e seus irmãos. Ou Evangeline. Então precisava decidir se poderia aceitar isso, viver com isso. E, se não pudesse, precisava sair fora antes de ser completamente destruída. Antes que sua confiança e autoestima fossem reduzidas a nada, antes de se *tornar* nada.

Soltou um suspiro de alívio quando pararam em frente à escola. Hayley abriu a porta, preparada para sair, quando Silas pegou sua mão. Ela se recostou de volta e revirou os olhos.

– Não tem necessidade de entrar. Além disso, você vai chegar atrasado para o seu dia com a Evangeline – ela disse, sua voz se quebrando um pouco.

– Tem toda necessidade – ele disse. – Esqueceu que aquele merda que não consegue aceitar um não ainda frequenta essa escola também?

Ela suspirou com exasperação.

– Como se ele fosse mexer comigo de novo depois que Maddox acabou com ele.

Então, antes que ele pudesse pressioná-la, ela soltou a mão dele e saiu rapidamente do carro, abriu a porta de trás e pegou seu violino. Conseguiu dar um adeus alegre, apressando-se em direção à escola antes que Silas decidisse sair e puni-la por sua desobediência flagrante em frente a toda a cidade.

***

Ela estava atrasada, tendo deixado a escola quinze minutos depois do horário em que a aula costumava terminar. Mas não conseguiu se apressar, nem se desculpar pelo atraso. Eles nem sequer deveriam ficar responsáveis por ela hoje.

E então um pensamento indesejado e todo errado veio à mente. Não, não errado, apenas ruim. Porque era importante. Se a princípio Silas não estava escalado para ficar com Evangeline naquele dia, mas um imprevisto tinha criado a *necessidade* de alguém estar com ela, por que não podia ser um dos *três* homens que tinham ido buscar Hayley? A não ser que Silas fizesse questão de se oferecer para aquele serviço.

E daí que ela era a mulher de Drake? Gostar da mulher de outro homem não era nada novo ou incomum. E daí que Silas trabalhava com e para Drake? De novo, nada de incomum se apaixonar pela mulher de um irmão também.

Aquilo era mais que ruim. Não queria dormir em uma cama onde Silas fantasiava secretamente sobre outra mulher. Oh Deus. Colocou a mão no estômago, que se revirava. Estava imaginando Evangeline quando faziam amor?

– Pare de histeria, Hayley – ela murmurou com desgosto. – Viajando demais?

O problema não era ela chegar a uma conclusão, ainda que fosse precipitada. O problema era que deveria ter viajado muito mais antes de achar que tinha entendido tudo errado no começo e ir logo pulando na cama com Silas. Um homem que tinha deixado claro onde ela estava em sua lista de prioridades.

Quando entrou no hall circular com três corredores que se ramificavam em diferentes direções, não pode deixar de sorrir. Maddox, Thane e Justice estavam lá, brincando e parecendo completamente fora de lugar.

Como se estivesse sentindo seu olhar, Maddox ergueu os olhos para ela na mesma hora e deu um sorriso largo.

Quando ela se aproximou, ele a abraçou forte e quase quebrou suas costelas novamente. Deu um beijo desajeitado em seu nariz e, em seguida, posicionou Evangeline entre ele e Thane.

– Como está, querida? – Thane perguntou, passando o braço em seus ombros e apertando.

– Bem. E vocês?

Ela nem precisou forçar um sorriso. Por mais que estivesse sofrendo, ver três de suas pessoas favoritas no mundo era definitivamente a cura para a tristeza de "sentir pena de mim mesma".

– Pronta para ir para casa? – perguntou Justice, abrindo a porta para ela.

– Sim, mas será que podemos parar no supermercado no caminho?

Eles viram o sorriso malicioso de Hayley e Maddox gemeu.

– Sério? Vai nos torturar fazendo a gente te levar para comprar todas as coisas para fazer a melhor comida que já comi quando todos sabemos que Silas não deixou a caverna dele em uma semana e as chances de sobrar alguma coisa para gente é quase nula?

– Tenho boas razões para acreditar que Silas não estará lá – ela disse, a voz ainda mais atrevida.

Thane e Justice entreolharam-se, suas expressões subitamente sérias. Até Maddox parecia perplexo.

– Se ele não vai estar lá, então por que não pediu que a gente ficasse com você depois da escola? – perguntou Maddox. – Como assim?

– Diferentemente do que vocês acreditam, não preciso de babá, muito menos de uma horda de babás.

– Onde diabos ele está? – Maddox insistiu.

– Ele teve um compromisso urgente que não podia perder. Prioridade máxima, de acordo com ele – Hayley disse, com uma ligeira torção de amargura nos lábios. – E aí, galera, qual o problema? Vamos comprar comida ou não?

Os três mais uma vez trocaram olhares e Justice deu de ombros.

– Vamos fazer compras com ela.

– Ah, e vocês todos estão convidados para o jantar – ela anunciou, quando chegavam ao carro. – Quer dizer, se também não tiverem um compromisso urgente que é prioridade máxima.

– Minha principal prioridade é me alimentar – disse Thane.

– Amém – disse Justice, com fervor.

– Nunca digo não à uma mulher linda cozinhando – disse Maddox, brincando.

– Falou a mulher que nunca diz não à oportunidade de cozinhar para os bonitões que estão de babá para ela.

Todos começaram a rir e, com valentia, Hayley tentou afastar todos os pensamentos sobre Silas e o dia que ele estava tendo.

23

Silas inseriu uma chave diferente em cada tranca, indo do topo ao chão. Soltou um longo suspiro quando a última se abriu e entrou em seu apartamento. Não tinha feito outra coisa naquele dia além de pensar em Hayley. Estava com saudade. Tinha estado distraído, e *nunca* se distraía de seu objetivo principal. Evangeline estava superpreocupada achando que algo estava errado. E a última coisa que ela precisava era de ainda mais preocupação e estresse no final da gravidez.

Sentiu culpa. Tinha dispensado Hayley depois que Drake ligara para pedir que ficasse com Evangeline. Poderia ter perguntado a Maddox ou a qualquer um dos outros caras, mas como Drake havia ligado para ele, se sentiu obrigado a atender. Porém não poderia continuar fazendo essas cagadas com a Hayley. Não era justo quando ela era a pessoa mais altruísta que conhecia e nunca pedia nada para ele.

Sua lealdade absoluta sempre tinha sido devotada a Drake, ao resto de seus irmãos e, por extensão, a qualquer um que pertencesse a eles. Pela primeira vez, questionou suas prioridades. E justo naquele momento, quando o risco e o perigo para Drake, sua mulher e filho, e para seus irmãos eram máximos, ele não poderia se dar ao luxo de se distrair.

Franziu o cenho ao ouvir vozes masculinas e a de Hayley sobre a deles. Um arrepio percorreu suas costas e, então, saiu do momento de euforia para se concentrar em quem diabos estava em seu apartamento, com a *sua* mulher, fazendo-a rir.

Ele estava quase na cozinha quando Hayley, com um monte de pratos, atravessou a passagem até a mesa de jantar. Só o viu depois de colocá-los na mesa e se virar para voltar à cozinha.

Ela parou abruptamente, e seu sorriso iluminou todo o seu rosto enquanto absorvia a presença de Silas ali. Um calor percorreu o peito dele alcançando regiões congeladas com camadas e camadas de gelo. Lugares em que nunca havia calor antes. Deus, ela sempre se iluminaria por ele? Só por ele?

– Você chegou – ela sussurrou, lançando-se nos braços de Silas.

Ele a abraçou e apertou forte contra o peito, enterrando o rosto em seus cabelos. Por um longo tempo, simplesmente a manteve ali, inalando seu cheiro e saboreando a sensação de seu corpo quente e frágil contra o dele.

– Dia bom? – ela perguntou quando ele a colocou de volta no chão. Ele assentiu.

– E o seu?

Ela enrugou o nariz.

– Nada de novo. Ensaiando para o recital. Mas atrasei quinze minutos para sair e para compensar os meninos, resolvi fazer um jantar para eles. Não sabia se você chegaria a tempo.

Ele olhou para a mesa, surpreso ao ver tantos lugares arrumados. Quando voltou o olhar para Hayley, ela olhava ansiosa para ele.

– Convidei Maddox, Justice e Thane para ficarem para o jantar. Tudo bem?

Ele colocou o dedo nos lábios dela, uma vibração peculiar em seu estômago.

– Você convidando meus irmãos para comer sempre será tudo bem, princesa. Eles precisam disso. Eu preciso disso. Só não tinha ideia de que você cozinhava.

Ela apertou os olhos.

– Posso não ser tão boa quanto *algumas* pessoas, mas me viro na cozinha. Você nunca *perguntou*. Os meninos conhecem esse prato porque o experimentaram quando você estava fora, em sua viagem de *negócios*.

Ela tinha cozinhado para seus irmãos enquanto ele estava fora? Talvez eles ficarem o dia todo na cola dela não tinha sido uma boa ideia. Ela era jovem, linda e tão amorosa, atenciosa e efervescente que quem no mundo não ficaria encantado por ela em questão de segundos? Só um homem capado poderia olhar para ela e não ficar cheio de ideias. Ideias que poderiam causar um assassinato. Por Silas.

Ele levantou as mãos, rendido.

– Ei, sempre disse que você era uma mulher de muitos talentos. Muitos, muitos talentos – ele murmurou enquanto se aproximava dela novamente. – Não tenho dúvidas de que ficarei maravilhado.

Os olhos de Hayley brilharam com malícia.

– Pode apostar que sim.

Ela se virou em direção à cozinha e ele deu um tapinha na bunda dela. Ela deu uma piscadela sobre os ombros e depois se ocupou com o que faltava para o jantar.

– Hora da sopa! – Hayley berrou da cozinha.

Silas sorriu para a sua safadinha e para como ela tinha conseguido fazer aqueles homens obedecê-la. Inferno, ele também. Já admitia que até podia ter o controle no relacionamento, mas todo o poder estava com ela.

Bem, pelo menos até depois do jantar. Aquela safadinha ainda precisava ser punida por seu comportamento mais cedo, embora ele tivesse quase certeza de que ela ia gostar do castigo tanto quando ele. Quase resmungou pensando que poderia machucá-la. Cortaria o braço direito antes de permitir que alguém a machucasse ou causasse danos físicos a ela.

Ao ouvir seus irmãos se dirigirem à mesa, Silas enfiou a cabeça na cozinha.

– Precisa de ajuda, princesa? Não deveria carregar tantas vasilhas pesadas ao mesmo tempo.

Ela se virou, seus braços carregados com as vasilhas em questão e deu-lhe outro sorriso que o fez derreter na mesma hora.

– Estas são as últimas – ela disse. – Vá até lá e sente-se com os outros. Eu já vou. Ignorando o convite, ele pegou as duas vasilhas mais pesadas, sem ligar para a revirada de olhos que ela deu. Aquilo renderia outro castigo quando os outros fossem embora.

Sentiu com prazer o cheiro quando seu olhar vagou pelas vasilhas cheias de comida.

– O cheiro é maravilhoso, princesa. Não posso esperar para provar. Deve ter levado horas para preparar.

Ele franziu a testa um pouco ao dizer aquilo. Então, olhou de volta para ela.

– Não ache que não valorizo você ter cozinhado uma refeição tão maravilhosa para mim e meus irmãos, mas seu dia já é muito longo com as aulas e o ensaio extra. Não há necessidade de ficar em pé a noite toda, quando qualquer um de nós poderia comprar algo para a gente comer.

Ela deu um sorriso suave e, desta vez, não revirou os olhos.

– Você é tão bom para mim, Silas. Mas, na verdade, está é a única refeição completa que faço razoavelmente bem. Por isso, não cozinho com frequência. Sendo sincera, a última vez em que preparei essa refeição sem ser quando você estava viajando, foi para o meu pai, antes de ele morrer. Sou mais do tipo que improvisa e faz qualquer coisa com que o tem à mão.

O coração dele se contorceu com a súbita onda de dor nos olhos dela à menção do pai, e seu cenho se franziu antes que pudesse evitar a imagem de que Hayley tinha precisado se virar com quase nada antes de ir morar com ele.

– Você nunca mais vai passar necessidade – ele jurou.

Aquele pensamento o deixava enjoado, e ele precisou cortar aquelas imagens antes que o tremor em seus dedos o fizessem deixar cair no chão todo o jantar que ela tinha preparado. Ali estava uma mulher que merecia muito mais do que a vida vinha lhe dando. Era tão amorosa e generosa e a vida não perdia oportunidade de cagar em sua cabeça. Essa merda ia acabar. Ele se certificaria de que ela tivesse sempre condições de viver bem e de ser livre. Ainda que fosse sem ele.

– Silas – ela disse, com suavidade. – Todos estão à mesa e não quero que a comida esfrie.

– Certo – ele disse, virando-se em direção à mesa na mesma hora.

Durante toda a refeição, Silas ficou quieto demais até para os seus padrões, ouvindo apenas parcialmente a conversa ao seu redor. Estava totalmente dividido por seus sentimentos em relação a Hayley e suas motivações. Lógica e instinto guiavam todos os seus pensamentos e ações, e sua relação com aquela mulher desafiava ambos. Era assim que Drake se sentia sobre Evangeline? Era por isso que Drake tinha sido um completo e absoluto desastre desde o momento em que a conhecera? E a razão pela qual tantas vezes ele fizera uma bagunça total?

Ao reagir tão impulsivamente com Hayley, não tinha questionado suas razões ou mesmo o que queria a curto ou longo prazo com ela. Como poderia ser justo com ela se ele não soubesse para onde ia, o que havia entre eles e por quanto tempo ia durar? Estava tão mergulhado em seus pensamentos que se afogava, e era uma sensação completamente única em sua vida adulta. Um sentimento de desamparo que não sentia desde que era criança, vivendo sob a autoridade e o controle de pais abusivos.

Por quanto tempo ela se contentaria em dar sem receber na mesma medida? Deixou cair seus talheres e passou as mãos no colo, cerrando os punhos, para não deixar transparecer que tremiam violentamente. Podia sentir o suor em sua testa e pescoço, e rezou para que ninguém percebesse.

Demorou um tempo para que se desse conta de que demonstrava os primeiros sinais de um ataque de pânico, outra coisa que não experimentara desde a infância, quando era uma criança encolhida em um esconderijo, torcendo com toda a força para não ser encontrado naquela noite.

E mesmo com toda culpa e incerteza que sentia em torno do próprio egoísmo em relação à Hayley, a simples ideia de não tê-la fazia o pânico se intensificar ainda mais. Sequer podia suportar esse pensamento.

Maldito seria se pensasse, mais maldito ainda se não.

Que caralho de situação para se estar. Nunca, nem em um milhão de anos, imaginara ter que lidar com um dilema assim. Por centenas de razões, havia jurado que nunca teria um relacionamento. E, no entanto, não tinha pensado em nenhuma dessas centenas de razões antes de mergulhar de cabeça com tanta imprudência na primeira coisa cuja simples menção teria feito ele rir apenas alguns meses atrás.

Pelo menos agora conseguia enxergar o comportamento psicótico e incomum de Drake com Evangeline com um olhar mais objetivo. Conseguia até mesmo sentir compaixão onde antes julgara que Drake estava perdendo a cabeça e que havia agido de maneira repreensível e imperdoável com Evangeline várias vezes.

Silas piscou quando percebeu que Maddox estava falando algo para ele. Aparentemente, muitas vezes, a julgar pela preocupação de Hayley e da expressão de reprimenda no rosto de seus irmãos.

– Terra para Silas. Alguém em casa? – perguntou Maddox, com exasperação.

– Quê? – Silas perguntou com irritação.

Maddox balançou a cabeça.

– Estava dizendo como é delicioso esse jantar que Hayley fez para a gente. Não acha?

Porra. Não apenas tinha se desconectado de todos ali, perdido em seu mundo, como também, pelo visto, não tinha pegado a deixa para cobrir Hayley com os elogios que merecia.

Pegou a mão dela e a levou até a boca para dar um beijo naquela pele suave como seda.

– Estava absolutamente maravilhoso, princesa. Melhor refeição que já comi.

Ela corou, mas foi de prazer e felicidade com aquele elogio, brilhando com calor em seus olhos. Silas sentiu um aperto no estômago. Faria o que fosse necessário para que ela o olhasse assim todos os dias.

– Torci para que sobrasse alguma coisa – disse Thane, rabugento, examinando as vasilhas vazias.

– Já estava com água na boca pelo almoço de amanhã. É mil vezes melhor do que o *delivery* que tenho na geladeira.

Os olhos de Hayley brilharam, travessos, mas seu sorriso era inocente. Se ela tivesse alguma ideia de seu efeito sobre Silas e que ele lhe daria qualquer coisa que quisesse, provavelmente sorriria muito mais.

– Acho que guardei o suficiente para você levar para casa.

Thane comemorou, dando um soquinho no ar.

– Você é minha nova garota favorita, Hayley. Seu desejo será sempre uma ordem.

– Sai para lá – rosnou Silas. – Qualquer desejo que ela tenha não será realizado por você.

Maddox e Justice fizeram um beicinho para ela e Silas encarou os dois com desgosto.

Hayley revirou os olhos e depois riu.

– Fiz o suficiente para todos vocês levarem um pouco para casa. Por que acham que demorou o dobro do tempo do que na primeira vez?

Aquilo fez Silas fechar a cara ainda mais.

– Não deveria ter ficado em pé na cozinha a tarde toda. Já está fazendo muito esforço nos ensaios para o recital.

Ela soltou um suspiro de exasperação.

– Você esquece que não faz tanto tempo eu estava trabalhando em dois empregos e ainda aceitava qualquer bico que pudesse. Acredite, ficar algumas horas na cozinha é bem menos cansativo do que passar o tempo todo em pé em um bar lotado que atende clientes bêbados até as duas da manhã.

Os lábios de Silas se apertaram com a lembrança de como Hayley havia trabalhado duro.

– Estou feliz que não esteja mais trabalhando por tanto tempo – ele disse, bruscamente. – Estava acabando consigo mesma.

– Sim, bem, não preciso mais. Graças a um *erro de digitação* encontrado e corrigido – ela disse, a cara impassível, mas seus olhos brilharam, achando graça da piada interna dos dois.

O maxilar de Silas travou com a simples lembrança do homem que tanto dano tinha causado à sua princesa.

Sua atenção foi desviada quando seus irmãos começaram a se levantar da mesa, pegando os pratos para levarem à cozinha.

– Você se superou, baby – disse Justice, soltando um gemido exagerado. – É hora de sairmos daqui. Já ocupamos demais seu tempo e, como disse Silas, você não deveria ter passado toda a tarde em um fogão quente depois dos ensaios na escola.

Foram em fila até a cozinha, insistindo que Hayley permanecesse sentada enquanto limpavam a mesa. Quando terminaram, deram beijos na cabeça dela e se despediram. Hayley sorriu e acenou. Silas foi logo atrás e, quando saíram, fechou as trancas da porta.

Quando se voltou para Hayley, mal conseguiu expressar sua ordem, tamanha a excitação e a necessidade que já o tomavam.

– Vá para o quarto e tire toda a roupa. Quero sua barriga na cama, pés plantados no chão. Não se mexa. Espere por mim. Estarei lá assim que terminar de limpar a cozinha.

– Ah, mas…

Ele arqueou uma sobrancelha que a fez calar na mesma hora.

– Faça o que eu disse – ele falou, com uma voz perigosamente suave.

Ela estremeceu e seus braços ficaram arrepiados. Sem mais uma palavra, levantou-se da mesa e correu para o quarto. Só então Silas se permitiu sorrir, pensando no que planejava para a sua princesa.

24

HAYLEY LUTAVA COM SEU NERVOSISMO e sua excitação enquanto cumpria com rapidez a ordem de Silas. Embora tivesse dito com suavidade, não havia nada de suave em seus olhos ou expressão. Havia uma luz feroz em seu olhar e sua feição era rígida e determinada. Parecia quase… selvagem. Ela estremeceu com a lembrança e esfregou as palmas das mãos para cima e para baixo nos braços, tentando se aquecer antes de se acomodar na cama.

A intensidade fervilhante de Silas deveria assustar Hayley, mas não conseguia se preocupar com o homem para o qual se entregara completamente. Em seu coração, tinha certeza de que ele nunca a machucaria. Não vinha sendo nada além de um protetor feroz, ao mesmo tempo em que fazia com que ela se sentisse muito apreciada e querida. Que mulher não se derreteria por ter um homem como Silas tão concentrado em todas as suas necessidades e no seu conforto?

Ela mordeu o lábio. O que era então aquilo nos olhos de Silas naquela noite e por que ela tinha a forte sensação de que em breve veria um outro lado dele? Não era tola de pensar que sabia tudo sobre um homem com mais segredos e sombras do que toda a sua cidade natal. Ela provavelmente continuaria a se surpreender e encontraria algo novo nele por vinte anos, se tivesse a sorte de ainda estar na vida dele.

Arregalou os olhos ao se dar conta do que acabara de assumir. Permanência. Uma vida com Silas. Ela queria revirar os olhos para si mesma e murmurar bem alto: *dã*! Por que a ideia de querer estar com ele dali a vinte, quarenta, sessenta anos, a surpreendia? Estava tão envolvida com ele que nem pensava em sair dali. Silas era tudo o que sempre quis em um homem. A única questão que tinha era… Evangeline e como e onde exatamente ela se encaixava na vida dele e por que a esposa de outro homem tinha absoluta prioridade sobre a importância e o papel de Hayley na vida de Silas. Isso a deixava indecisa e insegura, e nenhum dos dois sentimentos eram acolhedores e reconfortantes.

Se Silas realmente gostava dela da mesma forma que ela gostava dele, não colocaria constantemente as necessidades de outra mulher – uma mulher *casada* – acima das de Hayley. Ela não ocuparia uma posição tão baixa na lista das prioridades de Silas, ficando no máximo em quarto lugar, se não mais abaixo. Sabia que a lealdade dele era devotada a Drake, Evangeline e seus irmãos acima de todos os outros – e essas eram apenas as pessoas de quem sabia. E aquelas que ainda não conhecia, que lugar ocupavam?

Talvez Hayley fosse apenas um passatempo. Uma fonte passageira de entretenimento e de sexo. Conveniente. Talvez ele não tivesse qualquer intenção de ficar com ela por mais tempo e, se fosse o caso, era uma tola por ter lhe colocado em primeiro lugar, por lhe dar sua absoluta lealdade, obediência e submissão.

Não duvidava que Silas fosse um bom homem. Ele não era um babaca, pelo menos, não de propósito. Nunca havia dado a Hayley nenhuma indicação de que não a valorizava, e sempre cuidava de seus interesses e a protegia de qualquer ameaça. Mas se ela não tivesse seu coração, se não tivesse seu compromisso absoluto, o que tinha de verdade?

Silas possuía cada parte dela, corpo, mente e alma. Poderia dizer o mesmo sobre ele? E queria de verdade saber a resposta para essa pergunta? Às vezes, a verdade doía. Cortava tão profundamente quanto a lâmina mais afiada e, por vezes, a ignorância era felicidade. Pelo menos, se ela não soubesse a verdade, poderia continuar a criar sua própria realidade e seguir ignorando os verdadeiros sentimentos de Silas por ela.

Fechou os olhos, com raiva por estar estragando o que prometia ser uma noite excitante e prazerosa. Independentemente dos planos de Silas e de sua feição impassível, ela sabia que ele cuidaria dela e colocaria seu prazer antes do dele. Sabia de uma coisa: essa era a única verdade indiscutível no relacionamento dos dois.

Se ao menos pudesse parar de analisar e de focar em cada aspecto da personalidade de Silas. Se parasse de deixar suas inseguranças e medos invadirem tudo e conseguisse simplesmente relaxar e viver o momento, seria muito mais feliz. Não podia prever o dia seguinte, a semana seguinte, o mês seguinte ou os próximos cinco anos. Mas podia apreciar cada minuto em que estivesse junto com ele, não importava o que o futuro guardasse, ela se seguraria ali, para saborear e apreciar cada momento dos dois. A única coisa que podia controlar era o aqui e agora. Nada mais. Então, por que se torturar com os "*e se*" e "*talvez*"?

Sentiu-se levemente melhor depois do sermão que dera em seus próprios medos e inseguranças. Relaxou e preferiu se focar no que Silas tinha planejado e no que faria com ela naquela noite.

Só de pensar, sentiu um rubor quente sobre todo o corpo e um formigamento subiu por suas pernas para o tronco e as raízes dos cabelos. Seus dedos, esticados e abertos no colchão ao lado de sua cabeça, cavaram-se na cama e se enrolaram, apertando o luxuoso tecido do edredom.

Seu corpo estava repentinamente inquieto e um gemido baixo percorreu seus lábios quando ela lutou contra o desejo de se contorcer e deslizar uma mão entre as pernas para atacar seu clitóris, já bastante sensível. Lutou contra a tentação, sabendo que Silas não ficaria satisfeito, e agradá-lo a deixava feliz. Ela adorava a aprovação que aquecia seu olhar quando ela obedecia a sua ordem voluntariamente. Soava como se Hayley fosse uma criança desesperada para agradar ou receber a aprovação de um pai ou outro adulto. Sem dúvida, outras pessoas podiam considerá-la carente e patética, mas não dava a mínima sobre o que ninguém, exceto Silas, achava dela. Fazê-lo feliz – querer fazê-lo feliz – era algo que fazia por si tanto quanto por ele. E se alguma coisa a satisfazia e preenchia os buracos em seu coração, aquilo era tudo o que importava. Não devia explicações a ninguém, nem precisava justificar suas atitudes a ninguém a não ser ela mesma

Tomou ar bruscamente e ficou completamente imóvel, relaxando os dedos quando registrou a presença de Silas no quarto. Seu pulso se acelerou e ela sentiu uma vibração na barriga que viajou para as muitas zonas erógenas no ápice de suas coxas. Sua vagina se contraiu com expectativa, faminta pelo que estava por vir.

Quase se encolheu quando a mão enorme de Silas cobriu uma de suas nádegas, fazendo-lhe uma carícia.

– Essa é a minha menina boa – ele disse, num sussurro, aprovação em cada palavra. – Você é minha menina boa demais. Muito obediente e atenta às minhas instruções.

Ela corou de prazer, calor aquecendo suas veias com aqueles elogios.

– No entanto, você não foi muito obediente e atenta aos meus desejos hoje mais cedo. Minha princesa deve ser punida por uma desobediência tão descarada e voluntária. Não vou tolerar que ignore questões relativas à sua segurança pessoal.

Os olhos dela se arregalaram com aquela reprimenda inesperada. *O quê?* Quase não conseguiu segurar um chocado *o quê?* verbal, mas mordeu o lábio a tempo. Sua mente disparou, perplexa, tentando entender o que ele queria dizer. Ela tinha ignorado questões relativas à sua segurança pessoal?

– Pior do que ter desconsiderado meus desejos – ele continuou enquanto acariciava a bochecha carnuda da bunda dela – é ter se colocado em risco, pondo-se em perigo e impedindo que eu pudesse protegê-la caso houvesse necessidade. E isso, minha linda menina, é algo que nunca permitirei. Sua segurança, seu bem-estar, não é apenas importante. É *tudo*. Esta é uma área em que não tolerarei contrariedades, e você *vai* me obedecer toda vez que estivermos tratando do seu bem-estar. Está entendido?

– Si-sim – sussurrou Hayley.

Entendimento finalmente registrado. Ele havia ficado com raiva por ela não ter esperado que ele a acompanhasse até o prédio da escola. Hayley nem tinha pensando nisso, sua cabeça tão consumida por outras preocupações desde então. Parte de seu coração amoleceu com a aspereza severa que não disfarçava a preocupação muito real na voz dele.

– Sim, o quê? – ele perguntou

– Sim, Silas.

– Prometa.

– Prometo, Silas.

– Agora, como castigo, permanecerá nesta exata posição, com a diferença que vou amarrar suas mãos nas costas. Você receberá vinte chicotadas de *flogger* e, depois de cada uma, vai me agradecer por castigá-la e por mantê-la segura. Entendido?

Atordoada, Hayley tentou responder, mas nada saiu. Quando finalmente foi capaz de formular alguma coisa, a frase saiu entrecortada e quase inaudível:

– Entendido, Silas.

– Repita minhas instruções para que eu saiba que entendeu.

– Depois de cada chicotada, devo agradecê-lo por me punir e me manter em segurança – ela disse, sua respiração presa na garganta.

Sua mão percorreu a espinha dela, primeiro para cima e então para baixo, em uma carícia que contradizia diretamente a dureza de seu tom.

– Essa é a minha princesa – ele elogiou.

A mão dele deixou o corpo de Hayley, e ela quase gritou, protestando. Sons abafados, e então ele estava de volta. Pegou uma das mãos dela e, gentilmente, a conduziu para a parte inferior de suas costas antes de pegar a outra e posicionar os pulsos um em cima do outro. Começou a enrolar a corda em torno deles, tomando cuidado para não apertar demais ou raspar a sua pele.

Não tinha dado a primeira chicotada e ela já estava violentamente excitada, todo o seu corpo teso, ansioso, seus mamilos rijos, seu clitóris formigando com a expectativa. Ela fechou os olhos, afundando os dentes no lábio. Ah, Deus, ela nunca aguentaria as vinte chicotadas que ele havia sentenciado.

Ele a foderia quando tivesse terminado, ou adiar o prazer dela seria parte do castigo? Ficou molhada pensando em Silas abrindo suas pernas, seus braços ainda amarrados, metendo forte e fundo várias vezes em seu corpo sedento.

Desta vez, o gemido escapou de seus lábios e ela se contorceu inquieta na tentativa de aliviar a necessidade ardente que a tomava, implacável.

Silas se afastou de novo, e Hayley fez um esforçou para ouvir qualquer som que ele fazia, tentando rastrear seus movimentos e antecipar a primeira chicotada.

O primeiro golpe veio do nada, pegando-a de surpresa. Fogo se acendeu na nádega carnuda que ele atingiu e percorreu a pele dela, transformando-se rapidamente em um prazer quente que cantarolava por suas veias, banhando seu corpo inteiro no rescaldo eufórico da dor inicial.

Nunca tinha experimentado nada que se comparasse com a sensação do chicote em sua nádega nua. Quando se lembrou de agradecer a ele por puni-la e mantê-la em segurança – quase se esquecendo depois da chicotada inicial – estava praticamente sem sentidos com a urgência, o prazer e a névoa de euforia que se acomodavam sobre ela como uma nuvem espessa.

Silas parou quando chegou na metade do caminho, e ela quase gritou, desapontada, sufocando seus apelos para que não parasse. Ele afagou e acariciou cada centímetro de carne que marcara com o *flogger* e, em seguida, inclinou-se para cobrir a mesma área com beijos.

Hayley soltou um suspiro baixo e de contentamento doce, perguntando-se como algo tão gostoso poderia ser chamado de punição.

Quando ele descolou os lábios da carne de Hayley, ela ficou tensa na expectativa do próximo golpe, arqueando as nádegas ansiosa, como se implorasse pelo beijo do *flogger*.

– Minha bela e doce menina – murmurou Silas, com óbvia aprovação. – Tão perfeita. Tão obediente. Tenho muita sorte.

Lágrimas pinicaram os cantos de seus olhos quando aquelas palavras preciosas se infiltravam em sua alma. Silas não era um homem de demonstrar muito. Vinha observando como ele agia com os outros. Tranquilo, calado. E bastante reservado. E, no entanto, com ela, ele era muito mais aberto. Afetuoso. Receptivo. A possibilidade de poder ver um lado que tão poucos conheciam lhe dava uma satisfação maior do que qualquer outra que já sentira.

Pulou quando recebeu a chicotada seguinte, embora esperasse por ela a qualquer momento. Foi mais forte do que as dez primeiras e ela teve que lutar contra a sensação inicial de queimadura antes da felicidade exótica que chegava, enfim, no seu encalço. Silas intensificou seus esforços nas chicotadas remanescentes e, com cada movimento subsequente de seu pulso, a intensidade crescia até que Hayley desconhecesse qualquer pensamento ou razão. Só conseguia sentir. Experimentar. Entregar-se completamente a onda após onda de um prazer requintado e avassalador.

Ela estava ofegante quando a última chicotada foi administrada, e seu agradecimento saiu em um sussurro quase inaudível. Mais uma vez, Silas inclinou-se para baixo. Porém, agora pressionava os lábios na parte inferior das costas dela, logo abaixo de onde os pulsos estavam amarrados. Era como uma bênção. Cheia de louvor, admiração e aprovação. Ela tinha agradado a ele e isso a enchia de um prazer indescritível.

Ter proporcionado pelo menos um pouco de felicidade e satisfação para um homem que conhecera pouco disso em sua vida sombria e obscura dava a Hayley uma sensação de paz que não sentia desde que era apenas uma garotinha sem preocupações, exceto a próxima brincadeira. Antes da doença de seu pai e de observá-lo acabar aos poucos, tornando-se apenas a casca do homem que costumava ser. Talvez tivesse dado a Silas algo que ele raramente experimentava, mas ele também devolvera a ela algo que havia muito lhe faltava. Proteção. Afeto. Sentir-se necessária. Amada...

Ela piscou rápido com a última palavra circulando por sua mente, brilhando intensamente. Ah, sim, ela o amava. Ela o amava desde o começo, disso tinha certeza. Por que mais teria reagido a ele como reagiu? Por que mais teria lhe dado algo que nunca daria a outro homem? Sua submissão absoluta. Seu controle. Seu corpo, seu coração, sua própria alma.

Devagar e com muito cuidado, Silas afrouxou a corda em torno das mãos dela e levou cada um dos pulsos até a boca, beijando cada centímetro que tinha sido tocado pela corda. Aquele homem lindo e grande era tão bom para Hayley e era todo dela. Ou talvez não fosse.

Bloqueou na mesma hora esse pensamento, firme na intenção de não deixar nada atrapalhar o momento. Não pensaria em Evangeline – ou no que ela significava para Silas. Não naquela noite. Não conseguia acreditar que ele podia ser daquela forma. Era muito honesto e contundente, sempre dizia o que estava em sua mente, e ela não podia conceber que ele seria capaz de traí-la de um jeito tão terrível. Tinha que estar errada. Não havia outra explicação.

Soltando as mãos dela, Silas gentilmente a virou e a colocou de pé, passando os braços ao redor de seu corpo. Ele se alimentou da boca de Hayley, como se estivesse faminto por ela. Tão voraz quanto ela por ele.

Hayley ficou um pouco louca, tinha necessidade de tocá-lo, de dar a ele o mesmo prazer que a consumia completamente. Rasgou a roupa de

Silas, desesperada e impaciente para remover qualquer barreira entre eles, querendo que sua pele tocasse a dele.

Silas não fez qualquer protesto nem deu sinal de estar incomodado, aparentemente tão entregue quanto ela, precisando dela tanto quanto ela precisava dele. Sua camisa foi jogada para longe com menos três botões, arrancados com a pressa dela em tirar a roupa dele. O próximo foi o jeans e, em seguida, a cueca deslizou até o chão, deixando-o nu, sua ereção queimando a carne sensível dela.

Ela atacou a boca dele, beijando com tanto fervor quanto ele a beijara segundos antes. Então foi até o pescoço, beliscando e mordendo, marcando sua linda pele masculina. A ideia de marcar seu território, de deixar ali um sinal visível de sua posse, despertou instintos primitivos dentro dela.

Ela beijou e sugou seu tronco musculoso e seus mamilos, fazendo-os ficarem rígidos sob sua língua. Agarrando seus quadris, ela lambeu mais abaixo, girando a língua em torno de seu umbigo e provocando-o até que ele rosnou e segurou seus ombros com força.

O destino de Hayley estava a poucos centímetros. A ereção de Silas apontava para cima magnificamente, cada veia exposta, a cor obscura da cabeça evidenciando a extensão de sua excitação. Ela queria lamber e sugá-lo até que implorasse por piedade. Todas as vezes em que tinha tentado dar prazer a Silas com a boca e enfiar aquele pau enorme o mais fundo em sua garganta, ele tinha sido impaciente. Fazia com que ela parasse antes de ter a chance de dá-lo tanta satisfação quanto dava a ela toda noite. Mas nada poderia detê-la naquele momento.

Abaixando as mãos e dobrando os joelhos, envolveu os dedos em torno de sua circunferência maciça e colocou a língua para fora para lamber a poça de umidade na ponta do pênis. Antes que sua língua o tocasse, ele soltou um outro grunhido.

– Não! – disse, com dureza.

Ela foi imediatamente levantada e jogada na cama. Ele ficou sobre ela, suas feições transformadas na expressão selvagem de desejo e excitação extrema. Antes que ela pudesse dizer qualquer coisa, ele a abriu, deixando-a pronta para ser possuída. Então, ficou por cima e depois dentro dela, em uma estocada tão forte que lhe tirou o fôlego.

Era demais. Já hipersensível e totalmente excitada, ela se desfez em um milhão de pedaços pequenos assim que ele deu a primeira estocada. Hayley gritou e se apoiou desesperadamente em seus braços poderosos, precisando de uma âncora na feroz tempestade de seu orgasmo. Aquilo continuou, parecia infinito, até que ela soluçava com necessidade e fome, um pouco assustada com a intensidade de sua paixão e a reação de seu corpo à invasão de Silas.

– Shhh, princesa. Estou com você. Se apoie em mim e confie. Se solte. Nunca vou deixar você cair.

Com outro grito, ela se desvendou completamente, chocada e aterrorizada com o poder de seu segundo orgasmo logo depois do primeiro. Sentiu como se estivesse inteira graças a fios muito frágeis.

– Confie em mim – Silas sussurrou na orelha dela, abraçando-a forte.

– Sempre – ela sussurrou de volta.

Ela flutuou no mar do prazer mais bonito que já experimentara quando viu que Silas também estava chegando ao ápice. Ele despencou sobre seu corpo, cobrindo-a com seu calor e força. Esse era o momento pelo qual ela tanto ansiava depois de fazerem amor tão intensamente. Quando ele também estava amolecido, caído sobre seu corpo, ainda profundamente enterrado dentro dela. A sensação de paz neste momento era a coisa mais linda que já sentira. Aqui e agora não havia espaço para dúvida ou insegurança. Havia apenas ela e Silas, e em seus braços, nada poderia machucá-la.

– Preciso dizer, princesa. Pode me desobedecer com mais frequência – ele disse, entre respirações irregulares. – Mas talvez eu não sobreviva se fizer isso.

Ela riu, suave, alegria enchendo seu coração.

– Se essa é a sua ideia de punição, então não queria ter que dizer, mas não é muito incentivo para eu ser uma boa menina.

Ele mordiscou seu lóbulo e depois lambeu a mordida, acalmando a pele.

– Você é *minha* boa menina.

25

Hayley enxugou a umidade restante em seu cabelo depois de sair do banho pelo qual havia implorado a Silas e depois voltou para o quarto. Seu olhar foi imediatamente atraído para ele, ainda nu e esparramado preguiçosamente contra a cabeceira da cama. Deus, aquele homem era magnífico.

O olhar dele imediatamente penetrou o dela e ele sorriu, uma faísca em seus olhos que a fazia tremer. Os músculos em seu braço se contraíram quando ele levantou a mão para convidá-la para a cama, fazendo um sinal com o dedo. Riu quando Hayley se arrastou na cama até o seu lado.

– Não sei por que insistiu em tomar um banho se vou te lambuzar toda de novo – ele disse, um brilho safado em suas feições.

Aquela declaração provocou um arrepio em todo o corpo de Hayley, os pelos em pé pela ansiedade pinicando sua pele. Lambendo os lábios, ela deslizou a mão, hesitante, sobre sua coxa musculosa, roçando os testículos dele com a ponta de seus dedos. Prendeu a respiração, esperando pela rejeição inevitável, preparando-se para a dor e a confusão sobre por que era tão abominável para ele que ela o tocasse intimamente.

Talvez as outras vezes tivessem sido meras coincidências. Ela de fato tinha um histórico de chegar a conclusões precipitadas, e as outras vezes tinham acontecido em momentos em que a paciência e controle dele eram frágeis. Mas agora, depois de ter sido inicialmente saciado, o clima era mais relaxado e ela estava determinada a mostrar a Silas seu amor, e que poderia dar a ele o máximo de prazer. Quando ele não se afastou nem tentou distrai-la, ela relaxou, alivio borbulhando dentro dela. Encorajada por sua aceitação, envolveu sua carne agora endurecida com a mão e, em seguida, baixou a cabeça, seu cabelo se espalhando sobre as coxas dele como uma cortina.

Antes que pudesse fechar a boca ao redor dele, ele agarrou seu cabelo e, com a outra mão, segurou seu braço, e arrasou-a apressadamente para cima de seu peito para que suas coxas se encaixassem em seus quadris.

Hayley abriu a boca para perguntar por quê, mas os lábios dele se derreteram sobre os dela, seus dedos espertos acariciando seu clitóris enquanto usava a outra mão para provocar um de seus mamilos. Com um gemido suave, ela se rendeu, derretendo-se em seu corpo enquanto continuava seu delicioso tormento. Mas, desta vez, não se esqueceria de questioná-lo mais tarde. Não dava mais para dizer que era coisa da cabeça dela.

Tirou uma das mãos de Hayley, e ela ouviu a gaveta da criado-mudo ser aberta. Então, sentiu uma pressão fria no clitóris. Ofegou e tentou afastar-se, mas Silas segurou seu quadril.

– Pegue meu pau e coloque nessa bocetinha gostosa – ele rosnou, e Hayley apressou-se a obedecer. – Isso – ele sibilou quando ela escorregou para baixo. – Agora não se mexa até eu dizer. Nem uma contração, princesa, ou deixo sua bunda vermelha de novo.

Hayley olhou fixamente para Silas, em dúvida, sem saber o que fazer naquela posição. Deu um meio sorriso e adotou um tom de provocação.

– Uau, nunca fiquei no controle. Não tenho ideia do que fazer aqui, Silas.

A diversão era densa na voz de Silas.

– É bonitinho você achar que está no controle porque está no topo. – Ele apertou o nariz dela, afetuoso. – Te asseguro que em nenhum momento você terá controle, menina doce. Agora coloque suas mãos nos meus ombros e não tire.

Ela se inclinou para frente para obedecer ao comando e, assim que suas mãos estavam no lugar, uma frieza dura pressionou seu clitóris de novo.

– Silas, o quê...?

Um grito de prazer chocado escapou dela quando a frieza começou a vibrar. A sensação disparou de seu clitóris para seus mamilos, e continuou a se espalhar. Suas unhas cavaram em seus ombros quando ela lutou contra o desejo de se enfiar nele de novo e de novo. *Não se mova. Não se mova.* Meu Deus, ela precisava se mexer.

Assim que se deu conta de que desafiaria a ordem de Silas, ele mexeu no brinquedo, que começou a circular o clitóris dela. Sua respiração ofegante se aliviou um pouco e quando ela pensou que conseguiria lidar com as sensações, ele pressionou seu clitóris mais uma vez com firmeza, segurando-o. O mundo de Hayley se resumiu àquele objeto zumbindo e à ereção enorme que esticava seus músculos trêmulos.

Soltou um gemido de urgência.

– Po-por favor, Silas. Por favor. *Preciso* me mexer.

– Tem certeza de que é disso que precisa? Certeza? – ele sussurrou contra seus lábios trêmulos. – Me implore e vou pensar se atendo o pedido da minha princesa.

Como se ele fosse negar alguma coisa a ela. Hayley quase deu um sorriso presunçoso até se lembrar de que ele havia sim lhe negado algo, e ela não tinha ideia do porquê. Não tinha experiência suficiente para entender os meandros da sexualidade masculina, e ficara completamente perplexa com a reação de Silas. Talvez fosse apenas um estereótipo, isso de que todos os homens gostavam de serem chupados.

– Por favor – ela disse, com sua voz mais rouca e sedutora. – *Por favor*, deixe eu me mexer. *Preciso* me mexer.

A mão dele se abaixou e seus olhos brilharam ao olhar para ela.

– Mexa-se – ele disse com uma voz áspera e urgente, e pressionou o brinquedo contra seu pau, enviando uma onda de vibração de choque pela boceta dela.

– Cavalgue com força, princesa.

Os olhos de Hayley quase se reviraram com a onda elétrica que fez o pênis inchado dele tremer e estimular seus já altamente sensibilizados tecidos. Desesperada pelo prazer que ele prometera, ela se levantou e se deixou cair, tentando segurar o orgasmo que estava perigosamente perto de explodir nela. Não. Cedo demais.

Com uma disciplina e uma contenção que nem julgava possuir, lutou para se manter perto do ápice. Queria que fosse tão perfeito para Silas quanto para ela, e para isso, tinha que se manter em movimento, mas sem terminar o que tinha acabado de começar. Aumentou o ritmo, mantendo o controle da necessidade aguda e perfurante que a consumia. Em resposta, os dedos de Silas se fincaram em seu quadril enquanto arqueava o dele, sem se contentar em deixá-la fazer o trabalho sozinha. Parecia determinado a se enfiar o mais profundamente possível em seu corpo, e ela desejava aquilo tanto quanto ele. Mas quando ele ligou de novo o brinquedo sobre seu clitóris inchado enquanto metia com força, ela não conseguiu mais evitar o inevitável. Ele arrastou os lábios dela para os seus, engolindo o grito dela, sua língua mergulhando para dentro, imitando a ação de seu pênis. Um mero segundo depois que ela gozou gritando e se contorcendo violentamente em seus braços, todo o seu corpo ficou tenso, seus músculos tesos, um olhar em seu rosto que poderia ser interpretado como prazer intenso ou dor, e ele a seguiu para o caótico redemoinho de êxtase.

O coração de Hayley se apertou quando ele gritou seu nome e, então, segurou-a nos braços, quase esmagando-a, e em um sussurro terno disse:

– Minha princesa. Minha menina preciosa.

Nunca havia se sentido tão apreciada, como se fosse a pessoa mais importante no mundo rígido e disciplinado de Silas. Hayley poderia passar a vida daquele jeito, absorvendo os elogios carinhosos dele. Esgotada, completamente saciada e cansada, ela se aconchegou profundamente nos braços de Silas, aninhada em seu peito, um suspiro de profundo contentamento escapando com sua respiração. No silêncio que se seguiu, ele parecia tão satisfeito quanto ela, esfregando a mão para cima e para baixo nas costas de Hayley, ela mergulhando ainda mais em seu abraço até que não houvesse espaço entre eles, e estivessem juntos fisicamente, mentalmente, com a alma. Já não eram duas entidades separadas, mas um único ser. Ela estava tão envolvida. Se Silas não sentisse o mesmo, ela estaria acabada. Fechou os olhos e tentou pensar em outra coisa, sabendo que aquele caminho potencialmente levava a uma desilusão.

– Acho que não consigo me mexer – ela murmurou, com pesar.

– Tudo bem, princesa. Gosto de você exatamente onde está. Só deixe eu te abraçar um pouquinho e depois vou cuidar da minha menina.

Ela suspirou de novo e permitiu que sua mente vagasse, desfrutando da névoa eufórica que parecia envolver os dois. Facilmente poderia ver aquilo como o futuro de ambos. O para sempre. Assim que registrou esse pensamento, um pouco do brilho se dissipou e seus lábios se curvaram, infelizes. Por que ela não podia ficar feliz com o que tinha? Por que se preparava para um potencial desastre? Por que tinha que correr o risco de machucar seu relacionamento sendo uma chata, tímida e insegura? Ela sabia, sem dúvida, que Silas nunca toleraria nem aceitaria uma mulher tentando fazer reivindicações, impor condições ou dar ordens. Ele havia sido bastante claro sobre ter o controle absoluto e sobre sua exigência de uma submissão total.

Foi tirada de seus pensamentos quando Silas se agitou sob ela. Foi automático para Hayley apertá-lo, em uma tentativa de prolongar o momento e preservar a intimidade que tinham compartilhado. Silas beijou sua cabeça com carinho.

– Hora de cuidar da minha princesa.

Com cuidado, ele a tirou de seu peito e a colocou na cama, ainda amolecida. Passou a mão com carinho na lateral de seu corpo antes de sair da cama para pegar um pano para limpá-la. Hayley observou sua bunda malhada se movendo e fez um som de apreciação porque aquele homem era a definição de perfeição. Nunca havia visto um espécime com aquela estrutura. Ombros e peito largos, cintura magra e braços e coxas malhados, sem um grama de carne sobrando em qualquer lugar. Amava aquele corpo, adorava aconchegar-se nele, mas amava ainda mais seu coração, e como ele se dedicava ao seu conforto e cuidado. Atendia a todos os seus caprichos e a mimava descaradamente. O que mais poderia querer? Ele era o pacote completo.

Apesar de seus esforços, a realidade a invadiu quando se lembrou de que, mais uma vez, Silas tinha rejeitado abertamente suas tentativas de chupá-lo. E não era a primeira vez. Ou a segunda. Não podia mais achar que tinha sido o calor do momento, uma coincidência ou mesmo imaginação. E, embora a última coisa que queria fosse criar discórdia, achava importante saber se ele não a queria ou se apenas a considerava inexperiente e inepta demais.

Não tinha prometido ensinar a ela tudo o que precisava saber? Como dar prazer a ele? Silas parecia genuinamente satisfeito com a inexperiência de Hayley, e, mais uma vez, a tinha tranquilizado, dizendo que estava feliz por ser o único homem que já havia feito amor com ela, assim como demonstrava entusiasmo em ser a fonte de qualquer coisa que ela precisava saber ou aprender.

Quando Silas retornou para limpá-la, ela se sentiu tímida e nervosa e, de repente, muito insegura.

Sempre atento aos humores dela, Silas lhe lançou um olhar de investigação quando jogou o pano no cesto. Acomodou-se na cama e colocou Hayley ao seu lado enquanto beijava sua cabeça.

– O que foi, princesa?

Deveria tocar no assunto? Deus, aquilo era tão embaraçoso. E o que ela faria se o problema realmente estivesse com ela ou se ele simplesmente não a desejasse daquela forma? Silas não era o tipo de pacificar ninguém. Não driblaria a pergunta ou mentiria para fazer Hayley se sentir melhor. De repente, ela não sabia mais se *queria* mesmo saber a verdade.

Fechou os olhos rapidamente e, em silêncio, engoliu um longo e forte suspiro. Ah, por favor, não deixe que ela esteja cometendo o maior erro de sua vida. Girou um pouco em direção a Silas, inclinando a cabeça para contemplá-lo por baixo de seus cílios.

– Posso te perguntar uma coisa, Silas?

Ele ficou tenso ao ver incerteza e o desconforto óbvio no rosto de Hayley. Ela parecia vulnerável e *assustada*. Automaticamente, ele estendeu a mão para tocar seu rosto na tentativa de aliviar as linhas de preocupação. Qual poderia ser aquela pergunta para deixá-la tão ansiosa? Silas era assim tão rígido e autoritário? Queria que ela confiasse nele e nunca hesitasse em recorrer a ele para *qualquer coisa*. Tinha feito algo para fazê-la se sentir como se não pudesse fazer isso?

– Espero que saiba que pode me perguntar qualquer coisa, minha doce menina – ele disse, com um tom gentil.

Ela olhou para baixo por um momento antes de levantar o olhar mais uma vez, um tom rosado corando suas bochechas.

– Por que não quer que eu toque em você... lá... Para te agradar como você me agrada? – perguntou em voz grave.

A testa de Silas se franziu em confusão, sem entender a pergunta de imediato. Ela sempre o agradava. Inferno, só de estar no mesmo cômodo que ela lhe dava prazer. Olhar para ela lhe dava prazer.

– Por que não me deixa tocar em você com minha boca? Não me quer assim? É porque não tenho experiência? Sou muito ruim nisso?

Ela corou ainda mais e sua expressão ficou mais angustiada quando o entendimento chegou dolorosamente à mente de Silas. Ele fechou os olhos, atormentado pelo pensamento de que fazia Hayley sentir-se indesejada. Que não era boa o suficiente. Como se ela não lhe desse prazer. Nada poderia estar mais longe da verdade. Meu Deus, como explicar? Como poderia contar-lhe seu passado vergonhoso e degradante e assim lhe dizer por que o simples pensamento de ter alguém praticando sexo oral nele o devolvia a lugares sombrios de seu passado, lugares aos quais jamais queria voltar?

Lutou, desesperado, por algo para dizer, uma explicação. Algo que a tranquilizasse sem ter que aprofundar os detalhes sórdidos que a deixariam horrorizada e mudariam para sempre o modo como ela o olhava. Como poderia querer estar perto dele de novo se soubesse a horrível verdade? E se não o quisesse mais?

Ele deslizou a mão para baixo para enfiar os dedos sob o queixo dela, levantando-o, então ela foi forçada a encará-lo.

– Hayley, você ter confiado em mim para ser seu primeiro amante, ter me dado o presente de sua virgindade, é a dádiva mais preciosa que alguém me deu. Eu disse isso antes e falava a verdade absoluta. De modo algum sua inocência e inexperiência afetam meu desejo por você. *Amo* o fato de que sou o único homem que já te tocou tão intimamente, o único que já fez amor com você. E amo ainda mais ser a pessoa com quem você descobriu o amor e ser o homem que te ensina tudo o que queira saber. Nada mudará isso.

Os olhos e a expressão dela mostraram claramente sua confusão e incerteza. Sua dúvida.

– Então, *por quê*? – ela sussurrou. – Por que não quer que eu te dê prazer dessa forma? Pode me mostrar como fazer se eu estiver fazendo errado. Quero dar isso a você, Silas. É importante para mim.

Silas fechou os olhos quando um silêncio incômodo caiu sobre eles e a dor cortou seu coração. Esconder a verdade dela só alimentaria sua insegurança e para sempre ela entenderia aquilo como uma rejeição. Ele preferia morrer a fazê-la se sentir assim.

E, no entanto, se a perdesse confessando quem e o que era, uma parte dele morreria de qualquer maneira. Preparando-se para o horror e a rejeição inevitáveis, ele engoliu um suspiro atormentado, sua expressão ficando tão sombria quanto seu sentimento.

– Não é você, princesa – ele disse, num quase sussurro. – Nunca foi você. Você é tão perfeita e eu sou...

Ele fechou os olhos novamente, uma vez que uma emoção e uma vulnerabilidade desconhecidas o agarraram. Ao lado dele, Hayley se levantou e ficou de joelhos, colocou a mão sobre a dele e apertou forte.

– Você é o quê, Silas?

– Arruinado. Um monstro. Um assassino – ele disse, sereno.

A ingestão súbita de ar por Hayley foi audível, e ele ficou tenso.

– *Nunca* vou acreditar que você é um monstro – ela disse, com uma voz irritada. – Não importa no que você acredita. Ou o que te disseram. Você *não* é um monstro e não vou admitir que diga isso.

– Matei meus próprios pais – ele disse, sem rodeios, seus olhos indo para o rosto dela para testemunhar sua reação.

Ela nem piscou.

– Então acho que você deve ter tido uma boa razão – ela disse, suave, segurando a mão dele, sem afrouxar o aperto.

Por um momento, ele ficou completamente sem fala, olhando para ela atônito.

– Me conta, Silas – ela pediu, carinhosa. – Me conta por que os matou.

– Eles eram abusivos. Obcecados por dinheiro, embora nenhum deles tenha trabalhado um dia sequer na vida. Uma noite, quando eu tinha 9 anos, estava me escondendo em um dos quartos, como de costume, enquanto meus pais estavam dando uma das suas festas, onde o objetivo era ficar tão bêbado e tão louco quanto possível e depois permanecer de ressaca por dias. Embora temesse as festas, eu ficava ansioso pelo depois, quando meus pais estariam lesados e passando mal demais para me notar. Eram os únicos momentos em que eu não sofria abusos. No restante, eu era a válvula de escape deles para a frustração com sua existência patética e miserável.

Hayley emitiu um som de angústia, mas não disse nada. Sua única outra reação foi apertar na mesma hora as mãos de Silas. Ele não aguentava olhar para ela para ver a empatia e a compaixão brilhando em seus olhos.

– Então, lá estava eu, encolhido embaixo de uma cama, consciente apenas dos sons e do cheiro do sexo, do álcool, das drogas e da música altíssima que sempre retumbava na casa de merda que meus pais tinham encontrado abandonada e invadido. Um dos homens que estava na festa chegou no quarto no momento em que decidi arriscar e sair do meu esconderijo para fugir pela janela. As coisas estavam ficando ruins, piores até do que o habitual, e eu só queria sair dali.

– Quando vi a maneira como ele olhou para mim, sabia que era muito errado. Fiquei tão assustado que congelei no meu lugar, incapaz de me mover, muito menos correr. Naquele momento, meu medo era forte como o ódio que eu sentia pelos meus pais, por seu abuso constante, suas festas noturnas, a incerteza permanente em que eu vivia. Ele me arrastou para o meio do quarto, me pôs de joelhos e desabotoou as calças. Eu estava tão amedrontado e chocado que nem lutei. Mas quando ele apertou meu maxilar tão forte que achei que ia quebrar, quando fez isso só para abrir a minha boca e enfiar seu pau lá dentro, eu fiquei louco. Mordi o desgraçado...

Silas parou, as memórias daquela noite atropelando-o, mexendo com seus sentidos. Deus, há anos não pensava naquilo. Não se permitia. Olhou para Hayley e hesitou ao ver lágrimas rolando por suas bochechas. Estremeceu, determinado a contar tudo e lidar com as consequências depois.

– Quando o mordi, ele me bateu tão forte que desmaiei. Então ele sacou uma arma que eu nem tinha percebido que ele possuía e colocou na minha cabeça. Ele me deu duas escolhas.

De repente, Silas sentiu a vergonha cortante daquela noite, e não conseguiu continuar. Sua garganta estava se fechando, deixando-o incapaz de falar. Então Hayley inclinou-se para a frente, enterrando o rosto no pescoço dele, o calor das lágrimas dela na pele dele enquanto dava beijos na lateral de seu pescoço. Tirando forças da firmeza e do apoio amoroso dela, ele respirou várias vezes para controlar os nervos desgastados e avançou, sabendo que era melhor terminar logo e não adiar o inevitável.

– Ele me disse para chupá-lo ou estouraria meus miolos.

– Não, Silas, não! – disse Hayley, com uma voz ferida, levantando a cabeça.

Ele fechou os olhos, muito envergonhado de olhar para ela ao fazer aquela confissão humilhante e covarde.

– Deus me ajude, pensei muito nisso. Eu me ajoelhei ali naquela casa nojenta do caralho e pensei em recusar justamente para ele me matar e acabar com minha existência miserável. Eu queria morrer. Para mim, era um jeito de conseguir finalmente fugir. Então, ele riu de mim e jogou sua arma na cama. Para minha vergonha eterna, entrei em pânico, eu tinha demorado muito a responder. Não fui homem o suficiente para dizer a ele para me matar. Então implorei que ele me matasse. Chamei aquele homem de todos os nomes feios que tinha ouvido meus pais falarem, tentando irritá-lo o suficiente para atirar em mim de raiva. E o filho da puta riu, e continuou rindo durante todo o tempo que forçou o pau para dentro da minha garganta. Se eu não tivesse sido tão covarde, teria conseguido a fuga com que vinha fantasiando todos os minutos de todos os dias – ele disse, com amargura.

– Você *não* é um covarde – disse Hayley, com fúria, lágrimas correndo abertamente pelo rosto. – Não vou ficar aqui calada deixando você dizer ou pensar isso.

Silas tentou dar um sorriso sincero por causa daquela defesa, mas falhou miseravelmente.

– Depois, ele gozou na minha cara e me forçou a lambê-lo até limpar. Meu pai e minha mãe chegaram no quarto, como sempre, loucos e muito bêbados. Até hoje não sei por quê, por um segundo, cheguei a ter esperança de que me ajudassem. Que ficariam putos com aquele estranho filho da puta abusando do filho deles. Era uma estupidez, eles nunca tinham feito nada para me ajudar. Mas pior do que terem ficado ali, rindo – eles realmente riram – foi a súbita centelha de excitação e... ganância... nos olhos do meu velho. Entendi ali que tinha fodido com tudo por não ter feito aquele homem atirar em mim e me arrependeria disso pelo resto da vida. Porque agora meus pais tinham uma nova fonte para o dinheiro que cobiçavam, mas eram preguiçosos demais para tentar conquistar mexendo suas bundas frouxas. Fizeram eu me prostituir com homens que não se importavam com a idade ou o sexo da pessoa que sugava seu pênis.

– Odeio eles! – disse Hayley com violência, lágrimas ainda correndo em rios infinitos por seu belo rosto. – Deus, *eu* gostaria de ter matado os dois. Eles *mereceram* morrer.

Ela se inclinou para frente de novo e passou os braços ao redor de Silas, abraçando-o como toda a força, e apoiando a cabeça em seu ombro. Mas ele estava tão entorpecido, frio e perdido no passado que não sentiu o calor reconfortante ou o conforto que ela oferecia.

– Por dois anos, aguentei o pior. Forçado a chupar qualquer um que oferecesse dinheiro suficiente. Então, uma noite, quando eu tinha 11 anos, meus queridos papai e mamãe voltaram para casa depois de uma reunião com um futuro "cliente". Eles me informaram calmamente que eu poderia ganhar mais dinheiro fazendo mais do que chupar um pau e que tinham vários clientes interessados em foder um menino. Até hoje não sei o que aconteceu. Algo dentro de mim se libertou, foi como se eu não estivesse mais no meu corpo, mas fora dele, observando passivamente enquanto, pela primeira vez, desafiava os dois. Mandei meus pais irem para o inferno. Então, eles perderam a cabeça. Me deram uma surra, com as mãos, com os punhos fechados, com cinto, um taco de sinuca, o que estivesse por perto, e essa parte fora do meu corpo aceitou que finalmente eu ia morrer. Então me preparei, só conseguia pensar que finalmente estaria livre e em paz. Mas então voltei para o meu corpo e não conseguia nem sentir a dor horrível que havia sofrido segundos antes. Não senti nada, a não ser uma raiva horrível, excruciante. Derrubei os dois com as minhas próprias mãos. Toda a fúria reprimida, a dor e o sofrimento com que vivera toda a vida entraram em erupção, foi impossível me segurar.

Ele olhou para suas mãos abertas, bem maiores do que aquelas que tinham acabado com dois adultos, e ainda podia ver o sangue vermelho brilhante manchando as duas. Ele as fechou em punhos, recusando-se a sentir remorso por matar dois monstros sem alma.

– Os policiais apareceram logo depois de eu matar os dois. Descobri mais tarde que um vizinho idoso tinha assistido a tudo, já que os imbecis dos meus pais não tinham o cuidado de fechar a porta. Ele estava incapacitado e não podia me ajudar, mas ligou para a polícia. Ainda posso ver o olhar nos rostos desses policiais. Estavam horrorizados. Não pelo que eu tinha passado, mas pelo que eu tinha feito.

Apertou o maxilar ao lembrar de um dos policiais sussurrando para seu parceiro. *Ele tem a morte nos olhos. Pobre garoto, nunca teve chance. Eles o transformaram em um monstro e parece que o que conseguiram é uma selvagem máquina de matar.* Não estavam errados. Ele *era* um monstro. Não tem como lutar contra a genética.

– Sabiam que havia sido legítima defesa, sem dúvida. Era óbvio. Mas tinham visto do que eu era capaz, mesmo tão jovem, então fui considerado uma ameaça. Em vez de ser enviado ao sistema de acolhimento, fui colocado em um centro de detenção juvenil para me manter fora de problemas e proteger a sociedade. Achavam que isso cortaria minhas "tendências violentas". Eles estavam errados, mas eu aprendi como o sistema funciona. Quando fiz 18 anos, já sabia tudo o que era necessário para criar e viver a vida que queria.

Deu de ombros com indiferença, mas, por dentro, seu coração batia com tanta força que ele ficou tonto.

– Então, você vê, Hayley, o homem para quem deu sua inocência é um assassino frio e sem remorsos que passa mal se uma mulher tenta aproximar a boca de seu pau. Um grande vencedor esse que você escolheu.

Ele continuou olhando para a parede, sem querer ver o desgosto que com certeza estava no rosto de Hayley.

Ela ergueu a cabeça do ombro de Silas, e ele esperou pelo inegável julgamento.

– Está *brincando* comigo? – ela gritou.

Apesar de sua determinação de não fazê-lo, ele olhou para ela, surpreso com aquela veemência.

Não havia nojo, piedade ou condenação no rosto de Hayley. Apenas pura e completa... raiva. *Por* ele, não *dele*.

Por um momento, não conseguiu respirar com a esperança que se acumulava espontaneamente no fundo da alma que ele julgava nem possuir mais.

– Qual era o *problema* dessas pessoas? Que tipo de imbecil encontra uma criança que sofreu tantos abusos horríveis e decide mandá-la para um centro de detenção em vez de conseguir para ela a ajuda que merece? Que *merda* é essa, Silas?

Ele acariciou o rosto dela com dedos trêmulos, desconcertado com aquela defesa inflexível e sem ter ideia do que fazer com a mulher que estava chorando, segurando-o e dando apoio enquanto ele confessava seus pecados e havia gritado tão alto sua raiva que os vizinhos de baixo quase ouviram. Não tinha ideia de como responder. Aquela era a última coisa que ele esperava.

– Amor, eu *era* um perigo para a sociedade – ele falou, a voz grave.

Ela bufou e fixou em Silas um olhar feroz.

– Perigo para a sociedade? Faça-me um favor! Francamente, o mundo precisa de mais pessoas como você. – Seu tom se suavizou quando ela passou os braços ao redor dele. – Protetores. Pessoas que se importam e que brigam pelo que é certo quando ninguém mais tem força para isso. Você *me* salvou, Silas. Você é o meu anjo da guarda particular.

Silas a abraçou com força e a arrastou até a cama com uma sensação desconhecida de queimação nos cantos dos olhos. O que deveria fazer com ela? Não merecia, de modo algum, aquela mulher preciosa que estava tão revoltada com a forma como ele fora tratado quando criança. Nunca falara sobre isso. Mas, pela primeira vez, não se arrependia do seu passado atormentado, porque tudo o que ele suportou, toda a feiura e a violência, tinham levado ele para ela muitos anos depois. E qualquer tormento valia a pena se o resultado fosse Hayley estar em seus braços naquele momento.

Ele a abraçou com ainda mais força, invadido e honrado por aquela defesa apaixonada. Enterrou o rosto no cabelo dela, pouco confiante de que conseguiria olhar para ela sem sucumbir às lágrimas que queimavam como ácido em seus olhos.

26

Hayley passou a noite sem dormir, aninhada nos braços de Silas. O abraço dele era forte e ele não o tinha afrouxado, quase como se tivesse medo de que, ao acordar, ela tivesse ido embora. Ficava arrasada ao perceber que ele a olhava com olhos opacos, desesperança gravada como pedra em seu rosto enquanto contava seus segredos mais horríveis, apenas aguardando, esperando que ela o condenasse e se afastasse.

Pelo restante da noite, tudo o que ele dissera ficara em sua cabeça, pesando, enquanto lutava contra a indecisão sobre uma ideia que se formara e já ganhara raízes. Estava acordada quando Silas começou a se mexer, mas fechou os olhos e adotou o ar pacífico do sono, querendo evitar que ele soubesse que ficara acordada, angustiada, pensando se deveria agir ou não.

Precisaria tanta coisa dar certo para ela conseguir fazer direito. Seria um desses casos em que teria sido melhor deixar as coisas como estão e nunca ter tentando implementar nada e ver a coisa se virar contra si. Tinha tanto a ganhar… e *tudo* a perder.

Sentiu lábios em sua testa e depois em suas bochechas e, finalmente, em seus próprios lábios. Deixou que seus cílios piscassem e sorriu para Silas.

– Bom dia, princesa.

Em vez de responder, ela levantou a metade superior de seu corpo e girou sobre ele, beijando-o com força enquanto o jogava de volta aos travesseiros.

Os olhos dele brilharam com diversão e um sorriso curvou os traços fortes de sua boca.

– O que é isso? – ele murmurou.

Ela colocou a mão em seu peito para indicar que ele deveria ficar exatamente onde estava.

– Apenas me deixe – ela sussurrou enquanto sua língua mergulhava para explorar cada centímetro da boca dele.

– Que nunca digam que neguei qualquer coisa a minha menina doce. Especialmente quando ela diz bom dia desse jeito.

Hayley continuou a exploração suave da boca e do rosto dele, sem deixar nenhum pedaço da pele dele intocada. Finalmente, ela se afastou, olhando-o com firmeza enquanto reunia coragem para correr o risco a seguir.

– Confia em mim, Silas?

Ele franziu a testa, obviamente surpreso com a pergunta.

– Claro que sim, princesa. Além dos meus irmãos, você é a única pessoa no mundo em quem confio sem restrições.

Pareceu assustado com a própria declaração e por um segundo houve espanto em seu rosto, quase como se não tivesse considerado o assunto antes e sua resposta tivesse sido automática, mas então percebeu que era verdade. Um sentimento forte de satisfação percorreu suas veias, mas, ainda assim, ela precisava ter certeza absoluta.

– Não, Silas, quero saber se confia em mim de verdade – ela pontuou, séria.

As sobrancelhas dele se franziram e ele deslizou as mãos sobre os quadris dela antes de puxá-la para baixo sobre ele, de modo que seus rostos ficassem a poucos centímetros de distância.

– O que foi, Hayley? O que está te deixando tão preocupada e em dúvida? E a resposta é sim. Confio em você de uma maneira que nunca confiei em outra pessoa, incluindo meus irmãos. Como não poderia, se te contei meus segredos mais embaraçosos, coisas que não falei nem para os meus irmãos nem para qualquer outra alma, e você não me julgou ou condenou? Inferno, você queria dar uma surra em todo mundo, dos meus pais ao pedófilo desgraçado, nos policiais que me colocaram no centro de detenção. Você faz eu ser inteiro, minha menina querida. Você me deu algo que vivi muito tempo sem ter. Esperança.

Lágrimas embaçaram a visão de Hayley e sua respiração saiu de sua boca em um soluço, seu peito se enchendo e esvaziando em um esforço para acalmar a respiração. E seus nervos.

– Preciso que confie em mim *agora* – ela disse, tocando a bochecha dele. – Passei a noite acordada pensando sobre o que aconteceu com você e que porque sofreu aqueles abusos terríveis você não consegue suportar o pensamento de alguém fazer sexo oral em você. E entendo. Acredite em mim, entendo. Não consigo imaginar ninguém em uma situação parecida que não reagisse exatamente da mesma maneira.

A expressão dele ainda era perplexa enquanto ele a encarava, desconforto em seus olhos.

– Apenas me diga o que tem em mente – ele disse, baixinho.

Ela respirou fundo.

– Sua única experiência com o sexo oral foi abominável, humilhante e degradante. Mas ninguém nunca te tocou dessa maneira com... amor. Tudo o que fizeram foi tirar algo de você. Deixa-me mostrar a diferença, Silas. Deixa-me mostrar o meu amor. Deixa-me te dar isso. Se, a qualquer momento, estiver desconfortável ou se isso trouxer aquelas memórias dolorosas, paro na mesma hora. Nunca te obrigaria a fazer qualquer coisa que causasse dor. Mas me deixa tentar. Me deixa te mostrar a diferença entre alguém que apenas está te forçando e te degradando e alguém que só quer te *amar*.

Ele ficou em silêncio por tanto tempo que ela achou que estava cometendo um grande erro. A expressão dele dizia que estava pensando, seus olhos distantes, aparentemente a um milhão de quilômetros de distância. Ela desviou o olhar, mordendo o lábio para não derramar as lágrimas. Silas segurou o queixo dela e passou o polegar na sua bochecha, um carinho delicado.

– Olhe para mim, princesa.

Com relutância, ela obedeceu, e uma explosão de esperança surgiu em seu coração quando viu a ternura refletida nos olhos dele.

– Nem sei o que dizer. Ninguém nunca me ofereceu um presente tão generoso. Ninguém jamais tentou corrigir os erros do meu passado. Ninguém se importou o suficiente. Vou tentar, menina doce. Por você, vou tentar. Mas, por favor, saiba que, se eu não conseguir... Se eu não conseguir, não tem nada a ver com você e não será uma rejeição. Não quero te machucar, minha querida. Não machucaria você por nada nesse mundo e não quero que fique desapontada se eu não conseguir ir em frente.

Ela passou os braços ao redor do pescoço dele e jurou pela própria vida.

– Nunca – ela jurou. – Não é para mim, Silas. É para você. Só você. Meus sentimentos não importam aqui. E nunca ficarei desapontada com você. É suficiente que confie em mim o bastante para me deixar tentar. Só quero fazer você se sentir feliz e completo.

Ele enterrou o rosto nos cabelos dela e a abraçou forte, da mesma forma como ela o abraçava.

– Você já faz, minha menina linda. Você já faz.

Ela se afastou dele e lhe deu um beijo apaixonado, colocando ali seu coração, sua alma, seu amor. Segurou o rosto dele nas palmas de suas mãos, e fez amor com sua boca, simulando como faria amor com seu membro. Sugou levemente a língua, acariciando-a com a ponta da sua, dando a ele um gostinho do que estava por vir.

Então, montou nos quadris dele e começou a mordiscar, mordendo e sugando o pescoço de Silas, primeiro um lado, depois o outro. Suas mãos estavam espalhadas por seu amplo peito enquanto ia se abaixando, o cabelo caindo sobre sua pele. Silas juntou os longos fios na mão, agarrando-os para que pudesse ver o rosto dela enquanto distribuía amor e atenção por todo seu peito e abdômen.

Ela podia sentir o olhar quente dele, podia sentir seu membro entre as suas pernas. Estava ereto e tão duro, um ferrete ardendo contra sua pele. Rezou com toda fé para que ele não voltasse ao passado e perdesse o desejo no momento em que ela voltasse toda a sua atenção para aquela bela ereção.

Foi devagar, passeando pelo seu lindo corpo, tentando deixá-lo no clima devagar. Não queria apressar as coisas e desencadear uma resposta negativa. Parou em sua virilha, dando beijos nos pelos crespos logo abaixo do abdômen, e, com as mãos, afastou as pernas dele, movendo-se centímetro a centímetro para que ele se mantivesse aberto a ela. Ganhou coragem ao perceber que a ereção dele continuava dura e inchada, cada veia distendida e visível, estendida em direção ao seu umbigo.

Ainda assim, ela evitou o contato direto com o pênis e, em vez disso, lambeu e beijou o interior das coxas dele enquanto raspava levemente as unhas em seus testículos. Alternou beijos leves e quentes para cima e para baixo nas coxas enquanto ficava mais ousada com as mãos, segurando suas bolas e acariciando-as com a palma da mão.

Toda vez que instigava algo novo e conduzia as coisas um pouco mais longe, Hayley prendia a respiração, esperando que ele travasse e a afastasse. Mas Silas permaneceu relaxado, embora ela pudesse ver, em seu rosto, a tensão e a preocupação de que não conseguiria vencer os demônios do passado. Aquilo partia seu coração. Aquele homem orgulhoso e forte tinha sido tratado de maneira tão cruel pelas pessoas que deveriam ter protegido e cuidado dele com todas as forças. Ele deveria ter sido a prioridade, ao invés de receber festas barulhentas e ver os pais ficarem bêbados e doidos, e usá-lo para desabafar sua profunda infelicidade com as próprias escolhas. Aquilo a deixava doente até a alma, pois ele, acima de todo mundo, não merecia as traições e injustiças perpetradas por aqueles que deveriam protegê-lo.

O pulso de Hayley se acelerou e seu peito se apertou com medo enquanto passava a língua nas bolas dele, substituindo o toque suave de seus dedos. Estava atenta a todas as nuances da linguagem corporal de Silas e saberia na mesma hora se tivesse ido longe demais. Para seu alívio, ele não se mostrou tenso enquanto a boca dela se movia amorosamente pelo saco, sugando levemente a carne enrugada abaixo da ereção crescente.

Ela seguiu com as carícias, lambendo, sugando, acariciando as coxas dele com toques suaves e, para seu deleite, um gemido grave de prazer escapou dos lábios dele. Hayley levantou o olhar para ver sua cabeça para trás, seus olhos fechados, sua expressão de completa felicidade. Cativada pelo prazer delineado em cada contorno do rosto de Silas, Hayley continuou a encará-lo por algum tempo, a emoção fechando sua garganta.

Sem querer interromper o momento ou dar a ele tempo para pensar no passado, ela voltou às carícias, só que desta vez lambeu o lado de baixo de seu pênis, indo da base para a ponta, encorajada pelas reações dele.

Ele ficou tenso e seus quadris se dobraram em um movimento quase violento. Xingando a si mesma, Hayley parou na mesma hora e olhou para ele, ansiosa, quase chorando por tê-lo forçado a chegar tão longe, tão rápido.

– Melhor eu parar? – ela perguntou com um tom desanimado.

Os olhos de Silas se abriram na mesma hora.

– Deus, não, princesa. Se parar agora, acho que vou morrer.

A negativa dele foi tão apaixonada, seu rosto tão corado e seus olhos brilhando com a necessidade urgente, que ela quase chorou de alívio. Mas logo fez o que ele pediu e voltou ao amor luxurioso e cheio de carinho com as partes íntimas dele.

Fez a sucção em todo comprimento, dando especial atenção à veia inchada que percorria o pênis na parte de baixo. Depois, passou a língua delicadamente em torno da cabeça, saboreando as gotas salgadas de líquido pré-ejaculatório que se acumulavam ali.

– Por favor – ele disse, a voz tensa. – Enfia dentro da sua boca, princesa. Faça amor comigo.

Ela envolveu a base do pau e fez movimentos para cima e para baixo, olhando para ele mais uma vez com dúvida.

– Nunca fiz isso antes, Silas. Precisa me dizer se eu fizer algo de que não gosta. Me diz do que gosta. Como te dar prazer.

Ele soltou um gemido torturado.

– Se estivesse me dando mais prazer, eu desmaiaria. Não tem jeito de você *não* me agradar, amor. E se isso te faz sentir melhor, não sei mais sobre isso do que você. Acho que vamos aprender juntos.

Ela lhe enviou um sorriso tímido e abaixou a boca, sugando lentamente a cabeça dentro de sua boca, e continuou os movimentos, tirando mais dele, centímetro por delicioso centímetro. Determinada a chupar tudo até que nenhuma parte dele não estivesse em sua boca, respirou pelo nariz e se recusou a ceder ao impulso de engasgar. Ele bateu na parede de sua garganta e sons ininteligíveis de agonia sussurraram por seus lábios.

Mais pequenos jorros de líquido pré-ejaculatório se derramaram na parte de trás da língua de Hayley, e ela engoliu com avidez, seus movimentos cada vez mais confiantes e agressivos. Podia não ter ideia do que estava fazendo, mas seu instinto e a determinação de dar todo prazer àquele homem compensavam sua falta de experiência. Ela sugou e engoliu, levando-o até a parte de trás de sua garganta até que seu nariz tocasse a virilha dele. Então, envolveu a base do pau com a mão, agarrando com força, fazendo movimentos para cima e para baixo, em sintonia com sua boca.

– Hayley, princesa, vou gozar – ele ofegou maravilhado.

Ele tentou afastá-la, pegando um punhado de cabelo, mas ela não aceitou. Nunca rejeitaria nada de Silas. Queria ele inteiro. Nunca o deixaria achar que qualquer coisa dele a repelia. Pela primeira vez, desobedeceu descaradamente e se recusou a permitir que ele a afastasse. Apertou ainda mais e aumentou tanto o atrito quanto o ímpeto enquanto o levava ao ápice.

Era tudo dela. Ele gozou vigorosamente em sua boca, na parte de trás da garganta e cobrindo toda a língua. Ele a encheu tão rápido quanto ela conseguiu engolir, e ela não permitiu que nenhuma gota se derramasse.

Ele estava lhe dando algo que nunca dera a nenhuma outra, e isso provocava nela uma sensação de satisfação primitiva e selvagem. Agora, entendia como Silas se sentia por ser seu primeiro amante. Que ele a tocara e preenchera em lugares que nenhum outro homem tinha visto, muito menos tocado. Porque isso, dar isso a Silas, ser a única a receber isso dele, era tudo dela.

Continuou a engolir enquanto ele liberava seus últimos jatos de sêmen. Então, com carinho, lambeu e sugou, conduzindo-o após o orgasmo e limpando cada gota de seu pênis ainda rígido.

Quando Hayley finalmente permitiu que o membro dele se retirasse de sua boca, Silas encaixou as mãos sob seus ombros e a puxou até que ficasse deitada em cima dele.

Os olhos dele brilhavam com tanta emoção, tantas e tão variadas reações, que era impossível decifrar todas. Colocou uma mão na bochecha dela e fez um carinho, prendendo o cabelo dela atrás da orelha, encarando-a com admiração.

– Não sei nem o que dizer agora, Hayley – ele falou, com uma voz sufocada. – Não tem ideia do que significou para mim. Que tenha feito isso por mim, que não tenha ficado enojada depois de tudo que te contei... Não sei nem o que fazer com você agora.

Ela sorriu.

– Bom, se eu tiver que dizer com certeza não vai ser tão divertido.

Ele riu, e ela ficou maravilhada com aquele som. Tão alegre, leve, entregue. Como se o peso do mundo tivesse deixado os ombros dele.

– Você está ferrada, minha querida menina – ele disse, um brilho malicioso nos olhos.

Ela ergueu uma sobrancelha e inclinou a cabeça para o lado, em dúvida.

– Receio que você tenha criado um viciado em sexo oral. Os boquetes são agora meus novos melhores amigos. Vai ter que fazer isso com mais frequência. *Muito* mais frequência.

Ela sorriu e depois se desmanchou em gargalhadas.

– E isso é um problema por quê?

Silas gemeu e abraçou Hayley com força, enterrando os lábios no cabelo dela, beijando-a sem parar.

– O que fiz para te merecer? – ele perguntou, rouco. – Ainda acordo todo dia e me pergunto se é só um sonho. Então olho para você, deitada em meus braços, e fico admirado em ver que você não só é real, como também é minha.

– Enquanto me quiser, sempre serei sua – disse ela, com absoluta sinceridade.

Ele a segurou ali por um longo tempo, sem quebrar o silêncio. Então suspirou como se estivesse arrependido.

– Deveria estar ensaiando hoje, princesa. Seu recital é daqui a poucos dias.

Ela se levantou para poder olhar para ele.

– Eu sei e estou morrendo de medo. Estou superpreocupada em entrar em pânico ou ficar paralisada no palco com todas aquelas pessoas me olhando, me encarando enquanto fico lá, incapaz de tocar.

Ele a apertou.

– Isso não vai acontecer. Você tem um talento incrível.

– Você vai estar lá, né? – ela perguntou, ansiosa.

Ele sorriu e se inclinou para beijá-la no nariz.

– Não perderia por nada no mundo, princesa.

27

– AGORA? – SILAS PERGUNTOU, SEM FAZER esforço para esconder a irritação. – Que diabos? Isso não pode esperar?

Sentada ao lado dele no carro, Hayley lançou-lhe um olhar curioso. Silas tinha acabado de pegá-la na escola. Planejava levá-la para almoçar e fazer o máximo possível para tirar a cabeça dela da apresentação daquela noite. Agora, isso não aconteceria.

Merda.

Os lábios de Silas se apertaram, mas ele também sabia que não podia ignorar os chamados de Drake. Ele dissera que era importante e que esperava reunir todos os seus homens o mais rápido possível.

Ele soltou uma torrente de palavrões no telefone, deixando claro para Drake o que pensava de seu *timing*.

– Ok. Estarei aí, mas preciso deixar Hayley em casa primeiro.

Silas jogou seu celular no console central e olhou para Hayley, permitindo que ela visse um arrependimento sincero em suas feições.

– Desculpe, princesa. Não vou conseguir almoçar. Drake convocou uma reunião importante. Preciso ir para lá assim que deixar você em casa.

Ela sorriu, pegou a mão dele e a apertou.

– Tudo bem, Silas. Vou pegar algo para comer em casa. Não sei mesmo se vou conseguir comer, e queria fazer ao menos mais um ensaio antes da apresentação hoje à noite.

– Certo, mas não saia de casa sem mim. Voltarei a tempo de levá-la à sala de concertos. Depois, vamos jantar para comemorar. O que acha?

Ela deu um sorriso que o deixava a ponto de derreter.

– Gosto muito mais dessa ideia do que a de comer antes – ela disse, com pesar. – Pelo menos assim não vou ficar preocupada em sair vomitando em todo lugar.

Orgulho brilhou nos olhos de Silas e ele apertou a mão dela também.

– Você vai ser ótima – disse suavemente.

Dirigiu mais rápido do que de costume até seu apartamento e insistiu em acompanhar Hayley até lá em cima antes de lembrá-la de fechar as trancas depois de entrar. Então, apressou-se de novo, a cara muito fechada por causa da maldita reunião convocada por Drake. Agora? Justo hoje? Prometera almoçar com Hayley e então passaria a tarde tentando fazê-la não pensar na apresentação. Qualquer que fosse o caralho do problema de Drake, era bom que conseguisse resolver antes do recital.

Quando chegou à Impulse, a boate de Drake, os outros homens já estavam presentes. Drake viu Silas chegar com alivio.

– O que é tão urgente? – Silas perguntou, afundando-se em uma cadeira perto de onde o chefe estava sentado.

– Os Vanucci estão aprontando algo – Drake disse em tom sombrio. – Preciso que fale com seu informante de lá. Pergunte o que ele sabe, peça para ficar atento e questione por que diabos ele não está falando nada sobre o que está acontecendo ali. Os Luconi afirmam ter informações muito urgentes, notícias de uma ameaça iminente, não para eles, mas para um de nós. Pediram para me encontrar com eles esta noite.

Silas ergueu uma sobrancelha.

– Acha que o meu cara se virou contra a gente?

– É o que quero que descubra e, em caso afirmativo, dê a ele o que merece – Drake disse, enfático.

– Você não vai a esse encontro sozinho – Silas disse em um tom monocórdio e firme.

Drake podia mandar na maior parte do negócio. Mas quando o assunto era segurança, a palavra de Silas era a lei.

– Não vou – disse Drake, com um olhar resignado no rosto. – Maddox, Zander e Jax me acompanharão. Evangeline tem uma consulta médica que não pode perder seguida de sua aula de Lamaze. Preciso que você a leve, Silas. É imperativo que ela não tenha qualquer susto. Dificilmente suspeitará que estou em perigo se você não estiver comigo.

– Então você vai mentir para ela? – Silas perguntou, piscando de surpresa.

– Não! – Drake latiu. Então ele esfregou a mão sobre o cabelo em um sinal de cansaço. – Apenas não vou dar detalhes, e com certeza não vou contar que estamos sob uma ameaça que mal identificamos. Ela te ama e se sente confortável com você. Se não posso estar com ela para a consulta e a aula de Lamaze, quero você com ela. Sei que nunca deixaria nada de mau acontecer com ela.

Silas fechou o punho, sua feição se contraindo com a raiva. Uma sensação de impotência o tomou, deixando-o ainda mais enfurecido.

O que diabos poderia fazer? Não podia dar as costas a Drake ou Evangeline ou qualquer um de seus irmãos e, no entanto, esperavam que ele fizesse isso com Hayley?

– Qual é o problema, cara? – perguntou Maddox, baixinho.

Silas se recusou a olhar para qualquer um deles.

– O recital de Hayley é hoje à noite e prometi que estaria lá.

Ouviu-se uma série de palavrões.

– Eu levo Evangeline – disse Maddox, calmamente, encarando Drake em busca de confirmação.

Drake hesitou, um olhar de arrependimento fechando sua cara.

– Porra. Sob qualquer outra circunstância, eu não hesitaria em colocá-lo com a Evangeline. Mas Silas *precisa* ir. Evangeline sabe da função dele e, se ele estiver com ela e não comigo, nunca pensará que estou me encontrando com o inimigo.

– Não posso deixar Hayley desprotegida – Silas disse, com uma voz de aço, sua mandíbula apertada com tanta força que toda a cabeça começava a doer.

– Claro que não – Drake concordou. – Da mesma forma que você, não quero deixar alguém de quem gosta tão desprotegida. Ok, novo plano. Maddox, você pega Justice e Zander e vão cuidar de Hayley. Certifiquem-se de que ela nunca saia de seu campo de visão e volte para casa imediatamente após a apresentação. Fiquem com ela até que Silas retorne. O resto vai comigo. O gerente da boate terá que ficar sozinho por algumas horas esta noite. É mais importante que estejamos em outro lugar.

Ele hesitou e lançou um olhar de arrependimento genuíno e desculpas para Silas.

– Sei o que estou pedindo e sinto muito. Nunca pediria isso a você se não fosse absolutamente necessário – ele disse baixinho.

Silas assentiu, o queixo ainda travado. O que Drake estava dizendo era que Evangeline vinha em primeiro lugar. Antes de Hayley, Silas teria concordado. Mas agora? Evangeline tinha mesmo que vir em primeiro, para Drake, sim, mas não para Silas. Não para outro homem que possuía sua própria mulher para proteger. Evangeline *não* era mais do que Hayley, tampouco era mais importante. Nunca se sentira mais impotente em sua vida, e ele ficava puto por estar em uma posição insustentável.

Depois daquela noite, quando tivessem mais tempo e tanto não estivesse em jogo sobre a segurança de todos eles, Silas teria uma longa conversa com Drake sobre suas prioridades no futuro. Por enquanto, Silas tinha um telefonema para dar, um que temia do fundo coração fazer. Devia a Hayley uma explicação olho no olho, mas não havia tempo. Apenas esperava que ela o perdoasse como fizera tantas vezes antes, e que lhe desse outra chance de provar que ela era tudo para ele.

***

Hayley estava no *backstage*, desejando sentir a emoção que seus colegas exibiam em seu primeiro recital. Ela *estivera* animada. O pensamento de estar no palco, compartilhar sua música com centenas de pessoas não a emocionava tanto quanto a ideia de saber que Silas estaria na primeira fila, seus olhos brilhando de orgulho enquanto a observava tocar.

Mas Silas não estava lá... não estaria lá. Mais uma vez, ele passaria a noite com Evangeline. Como ele poderia ter cancelado com ela tão de última hora quando havia lhe prometido, mais cedo naquele mesmo dia, que *nada* o faria faltar?

Não perderia por nada no mundo, princesa.

Lágrimas pinicaram suas pálpebras e ela piscou furiosamente, determinada a não deixar que ninguém visse sua dor e humilhação. Ele não estava lá.

E essa grande e importante razão pela qual ele não estava ali? *Evangeline*. Ela odiava a mulher ciumenta em que estava se tornando, mas não conseguia parar. Toda vez que descartava qualquer possibilidade de Silas ter algum tipo de relacionamento com a esposa de Drake, algo acontecia para fazê-la perceber como era estúpida por achar que não.

Era tão tola. Uma tola crédula e ingênua.

– Terra para Hayley – a voz profunda e divertida de Maddox soou ao lado dela. Ela se virou, rezando para que seus olhos e sua feição não entregassem seu sofrimento.

– Desculpe, Maddox. O que estava dizendo?

Maddox a estudou de perto.

– Ei, você está bem? Estava perguntando se precisava de alguma coisa.

Ela deu de ombros.

– Estou bem. De verdade. Só um pouco nervosa, eu acho.

Zander e Justice emergiram das sombras, onde vinham se apoiando em uma parede enquanto esperavam.

– Não precisa ficar nervosa – disse Zander. – Você vai lá, manda ver e volta para casa em menos de uma hora e meia.

– Não vou para casa depois – ela disse, direta. – Fui convidada para uma festa pós-performance por um dos outros alunos. Tenho certeza de que Silas não vai estar em casa tão cedo, e ninguém merece passar a noite sozinha em um apartamento vazio.

Praguejou em silêncio ao ouvir o tom amargo de suas últimas palavras. Apertou os olhos, confusa, quando os homens trocaram olhares sombrios de desconforto.

– Eh... desculpa, Hayley, mas isso não será possível – disse Justice, com uma careta. – Silas deu ordens claras para que voltasse direto para o apartamento após o fim da apresentação. Fomos requisitados em outro lugar nesta noite e não poderíamos te acompanhar a uma festa.

Os lábios de Hayley se apertaram de raiva.

– Deixe-me ver se entendi. Silas *ordenou* que me levem de volta para o apartamento dele assim que o recital acabar, mas ele mesmo não tem ideia de que horas ou *se* estará em casa esta noite? – ela retrucou. – Mas não importa, porque não me lembro de ter convidado nenhum de vocês para a festa, então não precisam se preocupar se vai ou não interferir nas coisas importantes que precisam fazer. Na verdade, não vejo nenhuma razão para estarem aqui. Não é importante nem nada, então fiquem à vontade para ir cuidar de assuntos mais urgentes. Vou voltar para casa depois da festa. Liguem para Silas. Tenho certeza de que ele não vai se importar – ela disse, sarcasmo escorrendo de suas palavras.

Maddox limpou a garganta.

– Nós... eh... também não podemos fazer isso. Desculpe, querida, mas Silas só deve ser perturbado em caso de emergência, e tem muita merda rolando nesta noite, então será melhor a gente te levar de volta para o apartamento, onde estará a salvo.

O queixo de Hayley caiu e, desta vez, apesar de todo esforço, ela não conseguiu controlar a onda de lágrimas que brotavam e queimavam como ácido. A situação só piorou quando enxergou uma compaixão flagrante refletida nos olhos de Maddox.

A expressão de Zander se assemelhava a uma nuvem de trovoada, e os lábios de Justice se contorceram em um grunhido.

– Merda – ele disse. – Tem muita coisa que não entende, Hayley, mas precisa entender pelo menos isso. Você é importante para todos nós. Especialmente para Silas. E não vou deixar você pensar o que está pensando, e nem fodendo vou aceitar você ficar olhando para gente com lágrimas nos olhos.

– Só mais essa noite, querida – Maddox disse, carinhoso. – Juro que depois tudo vai ser explicado, mas agora você tem um solo para detonar.

– Se Silas não explicar as coisas para ela depois desta noite, vou dar um soco nele – disse Zander.

Ela virou o rosto com rapidez, para que não vissem as finas correntes de lágrimas.

– Já tive toda a explicação que precisava quando Silas me disse que não perderia isso por nada no mundo e depois me ligou para dizer que Evangeline era mais importante.

– O quê?

– O que diabos...

– Hayley...

As explosões foram simultâneas e tão enérgicas que ela nem conseguiu entender quem disse o quê.

– Preciso ir – Hayley disse, grata porque um dos produtores estava pedindo aos músicos para tomarem seus lugares.

Ela fugiu, correndo para o palco, tomando seu assento. Pegou seu violino e inspirou fundo e com firmeza, para tentar recuperar a compostura. Não podia estragar aquilo. Não podia permitir que as emoções prejudicassem seu desempenho. Desesperada para aliviar sua mente e fazer a melhor apresentação de sua vida, concentrou-se em seu pai, seu orgulho e determinação para que chegasse exatamente onde estava naquele momento. Uma paz baixou sobre ela na mesma hora em que tocou a primeira nota e o som assombroso do violino emergiu da orquestra. Não o decepcionaria. Não agora, nem nunca. Por ele. Faria aquilo por ele.

Quando o último eco de seu violino se dissipou devagar e o solo de Hayley marcou o final do concerto, a multidão explodiu em aplausos, dando a ela e a todo o grupo de músicos uma ovação de pé.

Lágrimas cintilaram, brilhantes, no rosto de Hayley quando ela se levantou e pegou seu arco. Assim que as cortinas se abaixaram, ela saiu do palco com pressa, esquivando-se dos muitos parabéns e da celebração entusiasmada de seus colegas. Parou assim que saiu do palco para disfarçar as evidências de sua emoção e curvou-se para guardar o violino.

Uma mão forte apertou seu ombro e ela se endureceu, parando por um momento antes de se levantar para encontrar o olhar de Maddox.

– Você foi incrível, querida. Detonou.

Ela deu a ele um sorriso pesaroso de agradecimento e Justice e Zander apareceram para fazer uma barreira entre ela e o estampido de pessoas conversando animadamente e cumprimentando-se sem parar.

– Venha, vamos levá-la para casa – disse Justice. – Conversamos depois. Prometo.

Ela não disse nada, e permitiu que Zander pegasse seu estojo. Seguiu Maddox, enquanto Zander e Justice se posicionaram ao seu lado, em direção à saída mais próxima.

– Hayley!

Hayley se virou brevemente e deu um pequeno aceno e um meio sorriso para Kara, a primeira-violoncelista que estava dando a festa após a apresentação. Não negou o empolgado "diga que estará lá!" de Kara. Estava envergonhada demais para explicar que não iria e, principalmente, por que razão.

Assim que o ar frio da noite atingiu o rosto de Hayley, seu estômago se contorceu em um nó. Ela hesitou, seu passo vacilante enquanto se inclinava para controlar a onda de energia nervosa que lutava para encontrar uma saída. Durante a apresentação, tinha sufocado essa onda e todas as suas emoções descontroladas, mas agora ela estava voltando e seus joelhos tremiam com violência.

– Hayley? O que foi? – Justice perguntou, direto. – Vai vomitar?

Ela enxugou a boca com a parte de trás da mão e se endireitou de novo.

– Estou bem – ela disse, com firmeza.

Zander, que tinha parado logo à sua frente, virou em direção a Hayley e, para seu horror, ouviu um rugido de motor de carro perigosamente perto deles. Simultaneamente, as janelas dianteiras e traseiras do lado do passageiro se abriram e duas armas apareceram. Antes que Hayley pudesse gritar e avisar, ouviram-se disparos.

Ela avançou em direção a Zander enquanto o estojo de seu violino deslizava no chão. Desesperadamente, tentou empurrá-lo, mas quando seu corpo bateu no dele, seus braços o envolveram como vigas de aço. Ambos voaram no chão e Zander aterrissou em cima dela com um baque assustador.

Ela gritava o nome dele. Sabia que gritava e ainda assim não ouvia nada. Tudo o que conseguia sentir era o calor do sangue dele encharcando suas roupas, e a dormência absoluta de seu corpo inconsciente.

28

Hayley confinou-se no canto da sala de espera, cabeça baixa, os joelhos contraídos contra o peito em um abraço apertado, balançando-se para frente e para trás. A polícia a interrogou incessantemente, mas pôde contribuir muito pouco. Tudo tinha acontecido tão rápido. Não podia nem fornecer uma descrição do veículo, porque tudo o que tinha visto eram as janelas se abaixando e as armas apontadas em sua direção. Só conseguia se lembrar do terror e da certeza de que Maddox, Justice ou Zander seriam mortos. E então Zander caiu sobre ela. Atingido pela bala que tinha sido mirada nela.

Não conseguir dizer muito sobre aqueles homens armados tinha deixando Hayley extremamente frustrada e agitada quase a ponto de ficar histérica. Só sabia que tinham usado máscaras para cobrir o rosto, com exceção dos olhos. Quando ficou claro que, com aqueles questionamentos, ela só ficava mais perturbada, a polícia preferiu concentrar as perguntas em Justice e Maddox. Estavam tensos e irritados, mais preocupados com Hayley do que em cooperar com os investigadores. Somente quando uma testemunha conseguiu dar aos policiais uma pista sobre o carro que os atiradores conduziam, os oficiais pararam com o questionamento.

Sem estar plenamente consciente, Hayley ficara ainda mais distante durante seu interrogatório. A sensação do peso de Zander sobre seu corpo e o calor do sangue dele cobrindo sua pele eram as únicas lembranças que a dominavam e torturavam.

Algumas vezes, sentiu um toque hesitante em seu ombro e no braço, mas se encolheu, recusando-se a ser retirada da névoa de preocupação, tormento e culpa. Não tivera permissão para ir ao hospital com Zander, embora tivesse gritado seu nome e lutado com unhas e dentes para escapar enquanto Maddox e Justice a levavam para longe do corpo dele, inconsciente e coberto de sangue. Recusara-se a deixar que alguém a examinasse, dizendo que Zander era o único que havia sido baleado e era ele quem precisava de atenção. E estava furiosa com a polícia e suas repetidas tentativas de distraí-la da vigília.

Ficou imóvel quando ouviu Maddox a poucos metros de distância no celular, informando a Silas o que ocorrera.

– Precisa vir aqui imediatamente – Maddox disse, baixinho. – Ela está muito traumatizada. Não deixa ninguém se aproximar. Não, acho que não está ferida, mas não está nem um pouco bem, mano. Precisa de você agora. Ela ficou arrasada por você não ter ido ao recital. E não era mais a mesma depois que dissemos que tínhamos ordens de levá-la diretamente de volta ao apartamento. Queria ir a uma festa porque estava achando que você nem iria para casa esta noite. Não compreende o perigo e o risco, ou pelo menos não compreendia. Merda, Silas, ela está mal e não sei o que fazer.

Lágrimas escorreram pelo rosto coberto de Hayley, e seus ombros tremiam com soluços. Ela não queria Silas ali. Não quando era tão óbvio que ela significava tão pouco para ele. Zander não deveria estar em seu recital naquela noite. Ele nunca deveria ter sido baleado.

Se ele morresse por sua causa, ela nunca se perdoaria. Nunca seria capaz de olhar qualquer um dos homens agora reunidos na sala de espera no rosto.

Um furor de atividade e som ecoou do outro lado da sala, e ela registrou vagamente a chegada de mais amigos de Silas. Então, ouviu um homem desconhecido exigir com firmeza saber o que aconteceu. Quando percebeu quem ele era – *Drake* – caiu no choro de novo.

O que tinha acontecido? Ele sabia onde estava sua mulher e que Silas estava com ela e não com Hayley, como havia prometido?

– Ela está bem? – Drake perguntou. – O que diabos aconteceu? *Como* isso aconteceu e quem é o responsável?

Ele prosseguiu, mas Hayley se fechou para ele e para todos os outros. Todos estavam lá, exceto a única pessoa que mais queria – ou já quis um dia. Naquele momento, não queria nem ver a cara dele.

– Quem está com Evangeline? – Drake perguntou, seco.

Hayley se encolheu, além da cabeça, seus braços passaram a cobrir também suas orelhas.

– Mandei Thane para que Silas pudesse chegar aqui o mais rápido que conseguisse – disse Maddox, calmo. – Liguei para dar informações a cada poucos minutos. Ele está bem puto. Da última vez em que nos falamos estava a apenas cinco minutos do hospital, então deve estar aqui a qualquer momento.

Então Drake sabia que Silas tinha estado com sua mulher por toda a noite e, pelo visto, não se incomodava. Mas não era provável que ele soubesse da profundidade da devoção de seu irmão à mulher com quem ele se casara.

Hayley se encolheu em um montinho ainda menor, ignorando a dor, a culpa, sua preocupação esmagadora com Zander, sabendo que a última coisa com que queria lidar era encarar o homem que havia quebrado a promessa que fizera a ela e, junto com isso, seu coração.

***

Silas empurrou as portas da sala de emergência e imediatamente vasculhou a área de espera procurando por Hayley, seu coração tremendo de medo quando não a viu de imediato.

– Onde ela está? – perguntou com voz rouca.

Drake e Maddox se aproximaram dele e se viraram em direção à uma figura apagada e coberta de sangue, encolhida em um montinho quase invisível no canto da sala.

– Hayley! – ele gritou, empurrando Maddox.

Mas Drake e Maddox seguraram seus braços.

– Espere um minuto – Maddox murmurou.

– Que merda é essa? – Silas enrubesceu. – Por que ela não foi atendida? Me solta, porra!

– Ela não falou com ninguém além da polícia, no interrogatório. E mesmo ali ela estava aérea. Não deixa ninguém chegar perto – disse Maddox, em um tom sussurrado. – Disse que não estava ferida e gritou, mandando que cuidassem de Zander. Ela tentou empurrá-lo, tirá-lo da mira da arma, mas foi tarde demais e Zander a derrubou para protegê-la. Ela está muito assustada, mano. Vai ter que ter cuidado com ela.

O rosto de Silas era a imagem do tormento. Meu Deus, aquilo era culpa dele. Nunca deveria ter deixado Hayley aos cuidados dos outros. Ela era responsabilidade sua. Não Evangeline. Nem qualquer outra pessoa. Hayley era *sua* e ele tinha falhado com ela e com seu irmão de um jeito imperdoável.

– Me solta – ele disse, finalmente se libertando.

Correu para onde Hayley estava encostada no chão, seus braços cobrindo a cabeça inteiramente. Seu coração bateu com força quando percebeu a quantidade de sangue – sangue de Zander – nas roupas dela. Com as mãos trêmulas, tocou o cabelo de Hayley.

– Princesa? – ele sussurrou. – Você está bem? Está ferida? Fale comigo, minha menina querida.

Ela reagiu violentamente, afastando-se do toque dele, seus olhos selvagens enquanto se afastava, batendo na cadeira ao lado. Dor brilhou na mesma hora no rosto dele, mas o que ela disse o fez parar.

– Não me toque! – sibilou, afastando-se ainda mais da mão de Silas. – Nunca mais me chame assim. Não sou nada *sua*.

O queixo de Silas caiu. Por cima dos ombros, olhou para onde o resto de seus irmãos estava reunido, olhares muito preocupados em seus rostos. Em Maddox e Justice, encontrou um pouco de piedade e compreensão. O que diabos estava acontecendo e o que eles não estavam dizendo?

Só então a ficha caiu sobre algo que Maddox havia dito ao telefone. No momento em que estava preocupado com Hayley, temendo que ela estivesse gravemente ferida.

Ela ficou arrasada por você não ter ido ao recital. Não era mais a mesma.

Fechou os olhos, tomado pelo sofrimento. E muito arrependimento.

– Precisamos te levantar, Hayley – ele disse com uma voz suave. – Preciso ter certeza de que não está ferida. Não consigo saber o que é o sangue de Zander e o que pode ser o seu.

Era a coisa errada a se dizer. Um olhar assombrado encheu os olhos dela e as lágrimas brotaram, escorregando silenciosamente por suas bochechas.

– Ele está morto? – ela sussurrou.

– Não, princesa! Ele vai ficar bem. Juro. Ele fará uma cirurgia, mas nada vital foi atingido. Zander perdeu muito sangue e precisará de tempo para se recuperar, mas juro que ficará bem.

– Não sou sua princesa – ela disse, com lágrimas. – Não *importo* nada para você.

O coração de Silas quase explodiu no peito. Ele queria chorar como um bebê, mas, por pouco, conseguiu se controlar.

Então, de repente, ela começou a tentar se levantar, ignorando os protestos de seus irmãos para que não se mexesse. Silas tentou ajudá-la, mas ela empurrou as mãos dele. Quando ele viu sua perna nua antes que a saia do vestido a cobrisse de novo, medo atravessou seu corpo inteiro, paralisando-o temporariamente.

A palma dele tinha ficado vermelha, brilhante com sangue fresco. Terror agarrou suas veias, deixando seu próprio sangue frio. Seu pedido de desculpas por perder um evento a que tinha jurado comparecer teria que esperar. Tudo teria que esperar até que determinassem o quanto ela estava ferida.

Hayley ficou de pé e, na mesma hora, sua mão segurou em um de seus lados enquanto ela cambaleava na frente dele. Havia dor e confusão em seus olhos, fazendo-a parecer ainda mais vulnerável ali do que quando, ao chegar, ele a vira encolhida no chão, coberta de sangue.

– Hayley – ele disse com um tom suave que usaria para acalmar um animal ferido. – Me escute, doce menina. Você está ferida. Acho que pode ter sido baleada. Está sangrando, amor. Vou chamar um médico para te examinar. Juro que vou te compensar assim que tiver conseguido o cuidado de que precisa.

– Nunca vai conseguir compensar isso – ela sussurrou, sua voz estrangulada pelas lágrimas e pela emoção.

A tristeza estava escrita no rosto de Hayley, e ela não pareceu ter escutado o restante das coisas que Silas havia dito. Estava em uma negação feroz de sua lesão, seu único foco apenas em Zander e no bem-estar dele.

Quando deu outro passo cambaleante para trás, ouviu outra enxurrada de abjeções dos irmãos de Silas. Maddox de repente apareceu ao lado de Hayley, os olhos brilhantes com preocupação.

– Hayley, querida, me escute – implorou Maddox. – Querida, você está ferida. Está sangrando muito. Deixe a gente te levar de novo para ser examinada.

Ela balançou a cabeça com firmeza, seus olhos ficando selvagens mais uma vez. Estava obviamente em estado de choque, só parcialmente consciente do ambiente ao seu redor e completamente alheia ao perigo que estava correndo. Parecendo esquecer-se de que Silas ainda estava a sua frente, na pressa de se afastar de Maddox e sua súplica para que fizesse mais exames, ela se lançou para a frente.

Seus joelhos cederam, e Silas mergulhou para segurá-la. Caiu como uma pedra e quase não conseguiu alcançá-la antes de tocar o chão.

– Chamem um médico – ele rugiu enquanto se levantava, abraçando Hayley contra seu peito em desespero.

Observou, horrorizado, o sangue dela pingando no chão. Então, olhou de volta para o lugar onde ela ficara desde que chegara ao pronto-socorro. Quase ficou louco ao ver a brilhante mancha de sangue ali.

Impaciente, passou pelas portas que davam acesso às salas de tratamento. Foi imediatamente atendido por uma enfermeira que o encarou em estado de choque.

– Ela foi baleada – ele disse, direto. – Por favor, ajude-a.

A enfermeira entrou em ação na mesma hora, pedindo uma maca. Assim que uma chegou, empurrada por um idoso, Silas deitou Hayley. A enfermeira assumiu o controle e ordenou que ele se afastasse, mas Silas se recusou a deixá-la. A enfermeira argumentou, furiosa, que ele estava impedindo seus cuidados e, finalmente, com a ajuda de quatro dos seus irmãos, Silas foi levado de volta à sala de espera, onde começou sua longa vigília.

Ficaram totalmente esquecidos o encontro de Drake com os Luconi, o cálculo dos potenciais riscos para eles ou mesmo o que tinha que falar com Drake sobre a conversa com o informante que mantinham nas entranhas da organização Vanucci. Tudo em que Silas conseguia se concentrar era em Hayley e no fato de ela ter sido baleada. A cada minuto em que ninguém vinha dar informações sobre o estado dela, ele morria um pouco mais.

29

Silas sentou-se no quarto de hospital escuro, segurando a mão amolecida de Hayley, exaustão cobrando seu preço. Havia sido a noite mais longa de sua vida, esperando qualquer informação sobre a condição dela. E então, o médico do pronto-socorro tinha vindo e informado que Hayley fora atingida por uma das balas que alvejaram Zander e ela estava sendo levada diretamente para a cirurgia para remover o projétil da parte inferior do abdômen.

Maddox tinha dolorosamente relatado a Silas e aos outros como Hayley tinha visto o carro – e as armas – apontado em direção a eles antes que ele, Justice ou Zander vissem, e que havia se lançado sobre Zander em um esforço para protegê-lo. Maddox e Justice ficaram sombrios e pálidos ao saber que ela havia sido baleada, e Silas sabia bem a culpa que eles sentiram por ter pensado que não tinham conseguido protegê-la, porque Silas compartilhava o mesmo sentimento. Seus irmãos haviam permanecido na sala de espera até que Hayley saísse da cirurgia e esperaram até que ela tivesse sido transferida para um quarto particular, ainda grogue e inconsciente por causa da anestesia. Cada um deles havia entrado para vê-la e ter certeza de que estava viva e respirando.

Assim que ela começou a despertar, sua respiração se acelerou, sua pressão sanguínea subiu e ela ficou diaforética. A enfermeira foi rápida e administrou um remédio para dor intravenoso. E desde então Hayley descansava tranquila e sem dor.

Seus irmãos mandaram que Silas descansasse e chegaram a se oferecer para se revezarem sentados à beira da cama dela enquanto ele dormia algumas horas. Mas ele se recusou, insistindo em ficar com ela o tempo todo e estar ali, ao seu lado, quando ela finalmente acordasse e recuperasse a consciência.

Acariciou seus dedos e a parte de dentro de seu pulso. Depois, abaixou a cabeça, fechando os olhos para bloquear as imagens de Hayley sangrando e caindo, e sua pressa para segurá-la antes que tombasse no chão e se machucasse ainda mais. As mesmas imagens que tinham torturado sua mente a noite toda.

Sua cabeça se levantou quando ele sentiu Hayley se mexendo e ouviu seus movimentos inquietos seguidos pelo sussurro de sua respiração entrecortada. Levantou-se, inclinando-se sobre a cama para poder olhar nos olhos dela no momento em que acordasse. Suas pestanas piscavam lentamente e a ponta da língua esfregava os lábios secos e rachados.

Quando seus olhos finalmente se abriram, estavam sem foco e atordoados. Um pequeno suspiro de dor escapou, os olhos dela ficando cada vez mais brilhantes.

– Princesa, você está com dor? – ele sussurrou com urgência. – Devo chamar uma enfermeira?

Sem esperar resposta, Silas apertou o botão para chamar a enfermeira. Enquanto aguardavam, ele passou a mão pelos cabelos de Hayley e baixou a cabeça para apertar seus lábios contra a testa dela.

Ela gemeu novamente e ele conseguiu vê-la abrir a boca, tentando falar. Com carinho, ele a silenciou.

– Espere pelo remédio para dor, menina doce. Dói demais falar agora. Aguarde apenas um minuto e se sentirá muito melhor – ele a acalmou.

O olhar de Hayley finalmente se focou e, quando se instalou nele, houve um flash de reconhecimento. Na mesma hora, seus olhos se encheram de lágrimas. Seu estômago se apertou e sua garganta quase fechou com a emoção.

– Por favor, não chore, princesa – ele disse. – Está partindo meu coração.

A porta se abriu e Silas olhou de relance para ver uma enfermeira se aproximando da cama com um sorriso.

– Vejo que está acordada, senhorita Winthrop. Pode me dizer como está se sentindo?

– D-dói – Hayley disse.

A enfermeira lhe deu um olhar de simpatia e, então, inseriu habilmente uma seringa no acesso venoso da mão. Ela verificou os sinais vitais de Hayley e depois disse a Silas que o médico faria sua ronda matutina em breve e daria uma atualização sobre a condição dela, bem como diria quanto tempo ela deveria ficar internada.

Assim que a enfermeira partiu, Silas voltou sua atenção para Hayley, que estava deitada na cama com os olhos brilhando, suspirando de alívio.

– Melhor? – ele perguntou, pegando na mão dela de novo.

Os olhos de Hayley se abriram e se acomodaram dolorosamente sobre ele. Silas sabia que precisava se desculpar logo, e torcer para que ela pudesse perdoá-lo por ter falhado com ela tão completamente.

– Quem é ela? – Hayley perguntou, com amargor.

Silas se afastou, surpreso e confuso com a pergunta.

– Quem é quem, princesa? Não entendo.

– Evangeline – ela sibilou.

As sobrancelhas de Silas se elevaram ainda mais.

– A mulher de Drake. Eu te contei. Lembra?

Hayley levantou o olhar, recusando-se a seguir encarando Silas. Seus lábios tremiam, e ele pôde ver em seus olhos uma umidade que não tinha nada a ver com dor física.

– Não. Quem é ela para *você*? – Hayley perguntou, com desprezo. – Você não tem encontros regulares com a mulher de um homem que considera seu irmão e se recusa a dar qualquer explicação para alguém que alega ser importante para você, a menos que a mulher desse irmão signifique mais do que deveria. Por que está o tempo todo trocando tudo por Evangeline de maneira tão fácil? Por que você e seus homens se recusam a falar sobre ela ao meu redor, como se ela fosse um enorme e maldito segredo, e por que são tão protetores dessa preciosa Evangeline?

Ela parou em um som de dor que doeu nas entranhas de Silas. Antes que ele pudesse se recompor para responder à chateação de Hayley, ela seguiu, incansável.

– Mas, acima de tudo, por que sou empurrada para os seus homens, deixada de lado e totalmente esquecida por causa da mulher de outro homem? Se ela é tão preciosa e todos a amam tanto, por que nenhum dos outros pode fazer o que quer que tenha feito com ela para que você possa ir a um evento a que não só tinha prometido que assistiria, mas sabia da importância para mim? Ficava me dizendo que estava sendo muito apressada e ciumenta, e tirando um monte de conclusões precipitadas. Te dei o benefício da dúvida várias vezes, quando é óbvio que eu estava certa o tempo todo. A noite passada me mostrou em detalhes exatamente onde estou na sua lista de prioridades e não é muito em cima – ela disse, tão baixo que ele quase não ouviu.

Mas Silas tinha ouvido. Cada palavra. E agora observava rios de lágrimas caindo pelo rosto pálido e arrasado de Hayley. No começo, ficou chocado com as conclusões dela. Ficou na defensiva na mesma hora, irritado até, seu instinto pedindo para corrigir aquela má impressão que ela tinha de Evangeline. Então, percebeu que Hayley estava certa. Além do mais, ela não conhecia Evangeline, porque, como havia dito, ele e seus irmãos não tinham compartilhado com ela nada sobre o trabalho e sobre lealdade que tinham a Evangeline e a Drake, sem perceber que as duas deveriam ter sido apresentadas há muito tempo. E sua relação com Evangeline deveria ser explicada. A falta de confiança que ele e os irmãos tiveram nela era terrível e imperdoável.

Olhando para o assunto sob a perspectiva dela, ele se encolheu. Porra. Tantas vezes a deixara para cuidar da segurança de Evangeline. Os telefonemas. Os almoços. Faltando ao recital, quando sabia como era importante para ela, e, como Hayley tinha colocado bem, empurrando-a para seus homens, fazendo dela um dever deles e não seu. Que idiota do caralho ele tinha sido. Nunca saberia por que ela já não havia terminado com ele, mas estava extremamente grato por seu espírito generoso e misericordioso e por ela ter lhe dado o benefício da dúvida até aquele ponto.

Silas ficou mal. Havia colocado sua lealdade a Drake acima de seu compromisso com Hayley e, no processo, acabou machucando o coração daquela linda mulher. Deveria ter pedido a permissão de Drake para lhe contar toda a situação desde o início e, se Drake se recusasse, poderia ter falado de Evangeline de qualquer forma. Mas nunca, nem em um milhão de anos, teria pensado que Hayley poderia acreditar que havia outra mulher mais importante para ele. Todos os anos de mistério estavam tão profundamente enraizados, eram grande parte do homem que ele se tornara, e poderiam custar-lhe a única mulher a quem havia confiado seus maiores segredos. A única pessoa que tornava seu passado suportável e, acima de tudo, a única que o fez esquecer e fazer as pazes consigo mesmo.

Ele se despedaçou completamente por dentro, sua tristeza tão evidente em seu rosto quanto nos olhos dela. Ele a envolveu com carinho com os braços, tendo todo cuidado para não empurrá-la. Ignorando o fato de que ela ficara rígida, apertou seus lábios suavemente nos dela e descansou a testa contra a dela.

– Sinto muito, minha linda e doce menina – ele disse, com um nó na garganta. – Nunca, nem em um milhão de anos, queria machucá-la ou fazer você duvidar de mim, embora agora entenda como fui descuidado e por que se sente dessa forma. Não só lhe devo minhas mais sinceras desculpas, mas também uma explicação muito tardia. Espero que, depois dessa elucidação, você encontre nesse seu coração bonito e amoroso um jeito de me perdoar por ter causado tanta dor.

Silas se levantou o suficiente para que ela pudesse ver seus olhos, seu coração, e reconhecer sua sinceridade absoluta enquanto ele se ajoelhava e implorava perdão.

Os olhos dela se levantaram para encontrar os dele, a esperança ardendo em seu lindo olhar. Ela parecia tão esperançosa e triste ao mesmo tempo, que partiu o coração de Silas mais uma vez, e ele desejou com toda força poder voltar no tempo e desfazer todo o dano que havia causado àquela mulher preciosa.

Pegou as mãos dela com as suas, levou-as até a boca para dar um beijo em cada uma das palmas macias e sentiu que ela tremia suavemente.

– Evangeline é a mulher amada de Drake. Ele a conheceu há menos de um ano e foi a primeira mulher a amolecer o coração de todos nós. Não, minha menina preciosa, não me olhe assim – ele disse ao ver o olhar sombrio de Hayley em reação àquelas palavras. Abaixou-se na mesma hora. – Hayley, olhe para mim, por favor – implorou suavemente.

Relutante, ela fez o que ele pediu, e ele apertou suas mãos mais um pouco.

– Nenhum de nós nunca tinha se atrevido a se envolver com uma mulher. Não com o risco constante sob qual estamos, não só nós, mas qualquer pessoa ou objeto que seja valioso em nossas vidas. Drake ficou de quatro por Evangeline desde o início, mas ferrou muito as coisas com ela. Mais de uma vez. Ele não confiava nela e ela acabou sofrendo muito por esse erro. Maddox e eu criamos uma amizade inabalável com Evangeline, mas nada nem remotamente romântico nunca saiu daí. Maddox e eu oferecemos apoio e refúgio a ela quando Drake a expulsou de sua vida de um jeito muito cruel, sem qualquer meio de sobrevivência. Na época, não sabíamos que ela estava grávida. E, quando Drake percebeu seu erro, Evangeline não quis perdoá-lo. Foi um momento difícil para ambos, e depois que ela o aceitou de volta, continuei a ser uma fonte constante de apoio e amizade para ela. Minha lealdade absoluta sempre foi a Drake e a sua segurança. E, logo, para qualquer um que fosse importante para ele e pudesse ser usado para chantageá-lo ou feri-lo.

Silas respirou fundo, percebendo que estava estragando tudo.

– O mundo em que meus irmãos e eu vivemos é muito perigoso, como tenho certeza de que está bem ciente, a julgar pela quantidade de segurança que sempre temos e pelo fato de que você e Zander foram baleados há menos de vinte e quatro horas – ele disse, com dor. – Dessa forma, muitas vezes sou convocado para proteger Evangeline quando Drake ou um dos outros não pode. Nós alternamos, mas quando Evangeline estava começando o relacionamento com Drake, criei esse hábito de levar comida para o apartamento dela uma vez por semana. Isso continuou quando ela voltou à cidade, especialmente durante a gravidez. Por necessidade, ela vive uma vida muito isolada, com poucos amigos e pouco contato com a família, a não ser Drake e o restante de nós. Ela sacrificou muito para permanecer com Drake, por isso, a gente tenta o que pode para tornar esse isolamento mais suportável. Quando te conheci, nunca imaginei que um dia estaria na mesma situação de Drake. De se tornar vulnerável por outra pessoa, uma mulher. Admito que lidei mal com as coisas e não fiquei atento às mudanças que isso traria para mim. Nem ao fato de que agora eu devo explicações sobre minhas ações e escolhas a outra pessoa além de Drake e de mim mesmo.

Silas respirou fundo de novo e olhou para Hayley, suplicante, sabendo que tinha chegado à parte em que precisava implorar que ela ignorasse seus muitos erros e estivesse disposta a lhe dar outra chance.

– Nunca, nem uma vez, olhei para outra mulher antes ou depois de te conhecer. Não da maneira como olho para você. Nunca me senti assim por outra mulher. Gosto muito de Evangeline sim, mas como uma irmã mais nova e nada além disso. Eu a procuro e a protejo como protegeria um irmão, mas nunca senti por ela – ou por qualquer mulher – o que eu sinto por você, e sinto tanto, tanto, ter decepcionado você, princesa. Quando Drake pediu especificamente para mim que fosse com Evangeline ao médico e, em seguida, para a aula Lamaze, achei que não poderia dizer não, mas deveria ter dito. E nunca mais cometerei esse erro se me perdoar e me der mais uma chance para te fazer feliz, minha menina linda.

Os olhos de Hayley se inundaram com lágrimas mais uma vez quando ela olhou para ele, seu queixo e boca tremendo. Uma única lágrima escorria pela bochecha, e ele se inclinou para beijá-la, incapaz de seguir suportando a visão daquelas lágrimas.

– Me perdoe, princesa – ele sussurrou contra sua pele úmida. – Por favor, venha para casa comigo para que eu possa cuidar de você e te mimar ridiculamente.

– Você já me mima ridiculamente – ela disse.

Ela terminou a declaração com um soluço e depois lágrimas brotaram por seu rosto e ela apertou o peito dele, puxando-o para baixo.

Assim que Silas se abaixou o suficiente, Hayley o envolveu com os braços e enterrou o rosto em seu pescoço, as lágrimas molhadas contra sua pele. Ele acariciou a parte de trás da cabeça dela, enfiando os dedos em seus cabelos embaraçados.

– Me-me desculpe – ela soluçou.

– Não. Não! Não tem que pedir desculpa por nada, minha querida.

A garganta dele se apertou e ele sentiu as lágrimas ameaçando cair. Tanta preocupação, dor e, por fim, alívio, tanto porque ela estava bem quanto porque ela estava lhe dando outra chance. Era mais do que ele podia querer.

– Shhh, princesa. Tem que parar de chorar. Não aguento. Faria qualquer coisa para que você nunca mais chorasse.

– Zander vai mesmo ficar bem? – ela perguntou, com medo, as palavras abafadas no pescoço dele.

– Sim, eu prometo – ele disse. – Não quero que se preocupe com qualquer coisa além de ficar melhor e voltar para casa, para mim, ok?

– Tá bom – ela sussurrou, agarrando-o com força.

Silas fechou os olhos, o coração de repente livre do peso horrível que vinha carregando desde o dia anterior, quando precisou dizer à sua princesa que não podia ir ao recital.

30

Hayley acordou devagar e, com cuidado, rolou do lado sem machucados para ficar de barriga para cima. Suas costas, rígidas, protestaram com força e ela se contorceu. A ferida estava cicatrizando muito bem e o cirurgião tinha dito que ela foi sortuda. A bala devia ter desviado em alguma outra coisa antes de se alojar na parte inferior de seu abdômen. Com isso, não havia entrado fundo o suficiente para causar danos aos órgãos internos e, mais importante, não tinha prejudicado suas chances futuras de ter um filho.

A principal fonte de seu desconforto vinha do fato de que ela só podia deitar ou dormir sobre o lado sem ferimentos, e estava acostumada a um estilo de sono bem aleatório e casual, que implicava em dormir dos dois lados, de costas e de barriga. E desde que fora liberada do hospital, há uma semana, Silas tinha sido severo, não permitindo que ela ficasse em pé por muito tempo, o que significava passar a maior parte do dia no sofá ou na cama, deitada sobre o mesmo lado.

Para sua sorte, Silas havia se levantado antes dela naquela manhã e ainda tinha que vir vê-la e carregá-la – sim, carregá-la – para a sala, onde costumavam tomar café da manhã juntos. Naquele dia, ela iria arrastar a si mesma até o banheiro e se poupar da vergonha da ida diária com Silas para executar suas necessidades fisiológicas. Ainda não forçaria um banho sozinha porque, sem dúvida, ele ouviria a água e viria correndo e, então, ela receberia o maior sermão e seria levada de volta para a cama e, se tivesse que passar mais um minuto deitada naquela posição desconfortável, ia dar um grito.

Levantar-se foi surpreendentemente fácil depois que os músculos de suas costas pararam com as reclamações e gemidos. Ficou de pé com cautela, a mão no colchão apenas para o caso de não estar tão equilibrada quanto acreditava. Caminhou em direção ao banheiro e sentiu o cheiro de bacon frito. Por algum motivo, a temporária melhora de humor por ter saído da cama sozinha parou e ela foi assaltada por uma onda de lembranças de uma semana antes.

Seu coração doía com fúria e inchou em seu peito, causando um aperto incompreensível. O suor explodiu em sua testa enquanto recordava vivamente o tiroteio. Zander coberto de sangue. A agonia de esperar para saber se ele sobreviveria e, depois, a descoberta de que ela também tinha sido baleada, o que havia passado batido por ela e todos os outros no meio do caos.

Lágrimas queimaram as bordas dos olhos. Não que a memória fosse nova ou inesperada, mas aquilo a assombrava principalmente durante o sono, quando tinha pesadelos com aquela noite horrível. Toda madrugada desde sua saída do hospital ela acordava com terror, sua pele quente e úmida, e com os braços de Silas a seu redor, seus lábios pressionados em seus cabelos enquanto ele a confortava e acalmava pelo horror de seus pesadelos.

Ainda não tinha permissão para visitar Zander, pois Silas estava irredutível para que Hayley pegasse leve e se recuperasse totalmente. Além disso, ele queria que ela continuasse completamente fora de vista. Acreditavam que os alvos principais eram Justice, Maddox e Zander e a ligação dela com eles permanecia desconhecida. Viveria sob constante ameaça se soubessem com certeza que ela tinha algo a ver com Silas ou sua família estendida. Uma família embebida em perigo e violência. Ela não ignorava o tipo de "negócio" com que Silas e o restante dos homens estavam envolvidos, e mesmo depois de Silas ter confessado, quando questionado se eles machucavam as pessoas, que só feriam aqueles que mereciam, Hayley vinha vivendo em uma bolha de negação, sem nunca ter sido exposta a nenhum aspecto da profissão deles.

O que sabia era que, por sua causa, um homem estava em uma cama de hospital com pelo menos três ferimentos de bala. Tudo porque ele tinha sido encarregado de protegê-la. E não era algo com o que ela estava conseguindo conviver. Especialmente se Silas descobrisse quem atirara contra ela e Zander e decidisse se vingar. Não queria ser a causa de qualquer outra pessoa ficar tão gravemente machucada, ou, Deus proteja, morta. Nem permitiria que a usassem para atingir Silas. Ele já recebera sua cota de dor na vida. Ela se recusava a ser a fonte de ainda mais sofrimento.

Era uma decisão que tinha tomado ainda deitada no hospital, observando a culpa, exaustão e desespero nos rostos de Silas e seus homens. Mas ainda precisava contar a Silas e sabia que era errado ficar adiando, basicamente usando-o como uma muleta até que se recuperasse para, em seguida, ir embora. O tempo era essencial e, antes que houvesse mais violência, ela precisava partir.

Precisou conter as lágrimas quando saiu do banheiro e, devagar, entrou na cozinha para encontrar Silas, seu coração quebrando em silêncio por todo o caminho.

Ele estava no fogão preparando o café da manhã que pretendia servir para Hayley na cama quando sentiu um arrepio de alerta na nuca. Sentiu, não ouviu, sua presença atrás dele, e rapidamente girou para vê-la ali perto, vestida apenas com uma de suas camisas de botão que fazia com que ela parecesse ainda menor.

A apatia nos olhos de Hayley o incomodou. Embora estivesse se curando rapidamente – ao menos, fisicamente – desde que voltara, ela não demonstrava nenhum sinal de sua antiga disposição ensolarada. E embora estivesse ali todos os dias, envolvida por seus braços todas as noites, ele estava frustrado pela sensação de que ela se afastava dele, escapando devagar. Somente o medo que sentira na noite dos tiros era mais agudo do que esse.

Não entendia muito bem por quê, mas teve um mau pressentimento, e sua intuição nunca falhava.

– Não deveria estar fora da cama, princesa – ele a repreendeu, com carinho. – Ia levar o café da manhã na cama hoje. Você não descansou muito bem e pensei que seria melhor se dormisse. Talvez uma soneca depois de comer. Você também não comeu o suficiente. Precisa recuperar sua força.

Ela deu alguns passos lentos em direção ao bar, seus lábios tremiam suavemente enquanto seus olhos feridos procuravam pelos dele.

– Como está Zander? – ela perguntou, baixinho.

Silas foi até ela, não conseguindo suportar a distância entre eles. Ele a envolveu cuidadosamente em seu abraço e ela enterrou o rosto no peito dele. Ele acariciou seus cabelos, tentando dar-lhe o máximo de conforto possível e se apressou para tranquilizá-la sobre Zander.

– Ele está bem, princesa. Já voltou a ser o reclamão de sempre, enchendo o saco e brigando com todo mundo, querendo saber quando pode ir para casa porque, segundo ele, está bem e algumas balas filhas da puta não são suficientes para fazê-lo parar.

Silas contou aquilo de um jeito exagerado, leve e brincalhão, na esperança de fazê-la rir ou ao menos lhe dar algum alívio. Em vez disso, Hayley tremeu, em silêncio, em seus braços e ele sentiu o calor de suas lágrimas contra seu pescoço.

Xingando em silêncio, ele continuou no abraço, sem dizer mais nada, apenas segurando-a tão forte quanto podia sem causar dor. Mas ela não se contorceu nem se encolheu. Ele notou que, há vários dias, o único desconforto que ela parecia ter era dos músculos rígidos e doloridos nas costas, desacostumados a dormir em apenas uma posição.

Quando Hayley finalmente se afastou, seus olhos estavam inchados. Ela baixou a cabeça, sem querer encontrar o olhar de Silas. Afastou-se um pouco e ele, relutante, a deixou ir, tomado por uma sensação de impotência. Ela parecia ter caído em uma depressão profunda, e não dava sinais de melhora, mesmo que ele frequentemente lhe desse boas notícias sobre Zander. Pensava pouco em sua própria lesão, mal parecia consciente dela. Sua única preocupação durante todo o processo era Zander.

Hayley foi para o outro lado do bar, quase como se estivesse colocando uma barreira entre eles. Silas voltou-se para o fogão para que ela não visse seu cenho franzido, ou os sulcos profundos de preocupação em sua testa.

Ele serviu o que restava do bacon, temperou os ovos e tirou os biscoitos do forno.

– Silas?

Com aquele chamado hesitante e inseguro, ele se virou para ela. Estudou-a, não gostando das sombras escuras que pareciam muito mais prevalentes em seus olhos naquela manhã. De repente, teve medo de responder, não querendo que Hayley dissesse o que pesava tanto sobre ela.

– Sim, princesa? – ele finalmente conseguiu dizer.

Ela se moveu, nervosa, olhando para as mãos antes de finalmente encontrar seu olhar mais uma vez.

– Outro dia, quando perguntei sobre o que você e os outros fazem, você não foi honesto ou não foi *completamente* honesto na resposta, não foi?

Ele ficou tenso, o medo em seu coração aumentando a cada respiração. Sabia que era apenas uma questão de tempo antes que ela superasse o choque inicial e o horror do tiroteio e começasse a fazer perguntas sobre o que havia acontecido e sua relação com aquilo, ou melhor, o que o estilo de vida de Silas tinha a ver com aquilo. Torturou-se pelo fato de que, uma vez que juntasse todas as peças, ela não aceitaria mais o risco inerente para si e iria deixá-lo.

– Então, quando falou sobre Evangeline, contou como ela foi usada contra Drake... como ainda poderia ser usada contra ele – ela continuou sem esperar pela resposta. – É razoável que alguém importante para Drake ou para qualquer um de vocês possa ser usado contra vocês. Então, esse mesmo risco existe para mim, não é?

Merda.

Embora soubesse que aquela conversa era inevitável e que Hayley não merecia nada além da verdade inteira, nua e crua, esperava adiar esse momento até que ela estivesse totalmente recuperada e em um estado de espírito muito melhor.

– Sim, princesa – ele disse, baixo. – É exatamente isso.

– E a razão pela qual você sempre deixava seus irmãos comigo quando não podia estar presente não era por sua necessidade de controle e ordem absoluta, mas sim porque sabia que havia um risco real para mim ou para todos vocês a qualquer momento.

Novamente, ele assentiu e disse sinceramente:

– Sim.

Silas percebeu que estava segurando a respiração. Quando lágrimas encheram os olhos de Hayley ao ver suas impressões confirmadas, a verdade feia ali, nos olhos expressivos dela, o medo dele aumentou cem vezes. A sensação de que ela estava se afastando não tinha sido imaginação ou uma manifestação de seu pior medo. Era muito real e aquele era o momento em que ela o via como o monstro que era e ele perdia tudo.

– Não posso fazer isso, Silas – ela disse, com dor, lágrimas caindo por seu belo rosto.

Ele fechou os olhos, sabendo que não tinha o direito de exigir, muito menos de implorar que ela ficasse. Hayley estava em perigo todos os dias em virtude de sua associação com ele. Como poderia fazer qualquer outra coisa senão deixá-la ir? A vida dela poderia muito bem depender disso.

– Nunca disse que era um bom homem, princesa – ele disse, bruscamente, a emoção engrossando sua voz. – Fiz algumas coisas…

Ela ergueu a cabeça, seus olhos brilhando, seu queixo caído, em choque.

– Não é um bom homem? – perguntou, rouca.

A sobrancelha de Silas se franziu, desconcertada com a reação de Hayley. Não era essa a razão pela qual ela estava pronta para deixá-lo? Porque agora o conhecia pelo que ele era?

– Silas, você é o melhor homem que conheço. Seus irmãos. Todos são homens bons. Quer falar sobre as coisas que *você* fez? Esqueceu que eu sou o motivo pelo qual seu irmão está enfiado em um hospital depois de quase morrer para me proteger? Sou um risco para todos vocês, Silas, e não vou aceitar isso. Nunca me permitirei ser usada contra você ou seus irmãos. Para machucar você ou qualquer um deles. Não conseguiria viver comigo mesma se na próxima vez não tivermos tanta sorte e alguém, Deus proteja, ou *você* morra para me proteger. Não posso fazer isso. *Não vou* fazer isso – ela chorou.

Após aquele desabafo passional, ela se virou e fugiu da cozinha, desaparecendo no quarto, deixando Silas completamente atordoado e sem palavras.

Que *porra* é essa?

O entendimento chegou devagar, mas, quando bateu, foi como um raio. Hayley não estava indo embora por causa dele ou de quem ele era. Ela tinha visto o coração dele, a essência do homem que era, e não havia sentido repulsa e nem ficou decepcionada. Deus. Ela estava indo embora *por* ele. Para *protegê-lo*.

Ah, *inferno*, não.

Era trabalho *dele* proteger *Hayley*. E de seus irmãos. Ficariam tão loucos quanto ele estava prestes a ficar se ouvissem o que ela tinha a dizer.

Então Silas entendeu que ela tinha acabado de dizer que estava indo embora e era provável que estivesse arrumando as malas no quarto. Mas não estava em condições de ficar em pé se movimentando. Soltou um rugido e foi atrás dela, alcançando-a antes mesmo de chegar ao armário.

Ele agarrou o braço do lado dela que não estava machucado e a girou, sempre cuidadoso para não machucá-la, mas não ia recuar naquele momento. Praticamente rosnava, rangendo os dentes, borbulhando de raiva com a ideia de ela *deixando-o* por estar preocupada em ser um risco para ele, pelo amor de Deus.

Hayley olhou para ele, preocupação brilhando nos olhos.

– Silas, o quê...

– Nenhuma. Palavra – ele disse, interrompendo.

A expressão de Hayley era um turbilhão de confusão e um leve choque com a veemência dele. Mas ela tinha libertado o predador mortal que estava sempre perto demais da superfície. Se ela realmente não conseguisse aceitá-lo, ele não teria escolha a não ser deixá-la ir, mas lutaria com unhas e dentes contra essa ideia ridícula de sua princesa sair de sua vida para proteger a ele e a seus irmãos.

Respirou fundo, palavras, protestos e negativas girando como um tornado em sua mente, e tentou se recompor o suficiente para ter certeza de que Hayley entenderia que ele não ia tolerar que ela tomasse uma decisão tão drástica.

Com cuidado, envolveu a garganta dela com a mão, sentindo sua pulsação, como tinha se acelerado em reação a seus dedos circundando aquele pescoço delicado. Os olhos dele se estreitaram ao olhar fixamente para ela.

– Estava disposto a deixar você partir depois de saber o tipo de homem que eu sou. Teria me custado cada pedaço da minha alma sombria, mas eu teria deixado você ir. Mas se acha que vai me deixar para o meu bem, como uma maneira de me proteger ou de proteger meus irmãos, está doida. Você é minha, Hayley, e não vou perder o que é meu. Protejo o que é meu. Você não me protege e nunca vai me proteger. Entendeu?

Os olhos dela se arregalaram em choque, e seus lábios tremeram.

– Si-sim.

– Sim, o quê? – ele perguntou.

– Sim, Silas – ela sussurrou.

– Tire a roupa e suba na cama. Fique confortável e abra as pernas, de maneira que eu veja na mesma hora o que é meu e só meu.

Seus olhos se arregalaram ainda mais e ela abriu a boca, mas fechou-a em seguida e mordeu o lábio inferior como se estivesse estancando uma inundação de perguntas e seu protesto. Ele sorriu para si, sem deixar que isso se mostrasse em seu rosto, ainda que somente nos olhos. Precisava ter certeza de que ela havia recebido a mensagem alta e clara.

Tirou as mãos do pescoço dela, incapaz de resistir a acariciar a pele macia logo abaixo de suas orelhas. Então, indicou a cama.

– Vá – ele ordenou.

Hayley se apressou em obedecer, e ele observou com uma fascinação ávida ela tirar a blusa, ficando só com a calcinha de renda. Ela empurrou a peça perna abaixo e a deixou cair no chão. Ele acenou com a cabeça, aprovando que ela não tivesse tentado se dobrar, machucando-se.

Quando subiu na cama e, depois de algumas mexidas cautelosas, colocou-se em uma posição confortável, ela abriu timidamente as coxas, afastando-as para exibir a carne cor-de-rosa brilhante de sua boceta.

– Abre mais – ele disse, sussurrando.

Mais uma vez, ela cumpriu o comando. Satisfeito de vê-la posicionada como tinha mandado e que ela não estava indo embora, entrou no closet, tirou as roupas e buscou o que desejava. Quando voltou à visão dela, suas bochechas estavam escuras e seus olhos tinham se tornado turvos de excitação e desejo.

Não fez qualquer esforço para esconder a algemas de Hayley enquanto se aproximava, pairando subitamente sobre o corpo dela. Os mamilos de Hayley estavam eretos e túrgidos, implorando por seu toque, sua boca, sua língua.

Lentamente e com muito cuidado, levantou os braços dela sobre a cabeça e segurou, prendendo seus pulsos com as algemas. Ela ofegou suavemente, percebendo que estava totalmente vulnerável a tudo o que ele quisesse fazer com ela. Uma vez que Hayley estava exatamente como Silas queria, ele foi até o outro lado da cama, onde suas pernas estavam abertas, e subiu no colchão, ficando entre suas coxas. Inclinou-se para frente, colocando suas mãos em cada lado da cabeça dela.

– Agora, vamos conversar sobre a honestidade que você tanto preza. Vou te fazer algumas perguntas e tudo o que quero é um simples sim ou não. Nada mais. Está comigo, princesa?

– Si-sim, Silas.

Os olhos dele brilhavam com satisfação. Ele se inclinou, ajustando seu corpo mais para perto dela. Sugou um mamilo teso e continuou sugando até que ela estivesse ofegante debaixo dele.

– Você quer ficar comigo? – ele perguntou com uma voz sedosa.

Necessidade urgente registrou-se nos olhos dela quando a boca dele saiu do mamilo e ele olhou para ela com expectativa, esperando sua resposta.

– Sim – ela respondeu num suspiro.

Ele soltou um grunhido de apreciação e levou a boca para a pele sensível do pescoço dela, acariciando e sugando, deixando sua marca em sua pele clara. Percorreu o corpo dela, dando beijos suaves no curativo da ferida antes de se mover ainda mais baixo entre suas coxas, e mordiscou a parte interna delas com força suficiente para arrancar um gemido. Ela começou a se debater embaixo dele novamente.

– Quieta – ele disse, com dureza, dando no clitóris um leve tapa que fez o corpo dela ficar rígido. Ela ficou imóvel de novo.

– Assim é melhor – ele elogiou. – Não quero que se machuque, minha linda menina. Me diz agora: esta é a sua casa?

– S-s-sim – ela disse, em um silvo longo.

Ele mergulhou entre os suculentos lábios de sua boceta e lambeu com avidez a sua entrada, enfiando a língua para dentro enquanto mais sons de doce agonia saiam dela.

– Eu sou sua casa, Hayley?

– Sim! – ela disse, desesperada.

Mais uma vez, Silas se refestelou nela, sugando e lambendo como um homem faminto. Hayley começou a tremer, suas pernas inquietas, incontroláveis, enquanto ela pairava perto demais do clímax. Soltou um gemido de protesto quando Silas levantou a cabeça de repente, e ele viu as ásperas linhas de necessidade gravadas em seu rosto e sabia que ela estava prestes a gozar. Mais um toque, e era tudo de que precisava.

Continuou a examiná-la com calma, absorvendo aquela visão, ela embaixo dele, as mãos algemadas sobre sua cabeça, desejosa e submissa a todos os seus desejos. Refém de qualquer coisa que quisesse fazer com ela.

– Prometa que nunca tentará tirar de mim de novo o que é meu, o que é de minha propriedade – ele disse, com uma voz mordaz, cheia de domínio e possessividade absoluta.

– Prometo! – Hayley respondeu com uma voz estrangulada. – Por favor, Silas – implorou. – Termine. Preciso disso... de você... tanto.

Ouvindo a voz dela ficar mais espessa, tão perto das lágrimas, ele não aguentava mais adiar seu prazer final. Estava satisfeito por ela saber exatamente a quem pertencia, e por ter tirado da cabeça dela qualquer ideia ridícula de que precisava protegê-lo, quando ela é que seria protegida e cuidada por ele.

Baixou a boca e começou a se lambuzar delicadamente em sua carne palpitante e pulsante, adorando-a com cada lambida, sugada e mordida.

Depois de alguns segundos ali, percebeu os sinais de que o orgasmo dela era iminente e, desta vez, não parou.

Começou a chupar seu clitóris enquanto usava os dedos para mergulhar profundamente dentro dela. Empurrou o dedo sobre a parte mais áspera de seu canal, onde ficava seu ponto G e foi imediatamente banhado por seu calor.

– Goze – ele rosnou. – Agora. Por toda minha boca, princesa. Dá para mim o que é meu.

Ele sugou com força, usando a língua para fazer movimentos repetitivos no clitóris pulsante, e adicionou um segundo dedo dentro da boceta, metendo com força e rapidamente. Ela emitiu um som ininteligível que saiu entrecortado e, então, gritou o nome dele quando Silas deslizou a boca para sua entrada e enfiou a língua nela, cobrindo-a com seu mel quente. Ele soltou um outro grunhido e apertou as duas mãos em torno de seus quadris, segurando-a no lugar enquanto continuava devorando-a sem piedade.

Assim que um orgasmo a tomou, ele já podia sentir o aperto convulsivo que sinalizava outro, que vinha consumindo-a rapidamente. Ele recuou e ela lançou um olhar desesperado e suplicante para ele, implorando-o com os olhos para não deixá-la esperando.

– Shhh, minha princesa – ele a acalmou, enquanto colocava o pau na sua entrada.

Ele enfiou de uma vez, enterrando-se profundamente em seu canal inchado. Fechou os olhos ao alcançar a profundidade total e então ficou ali, completamente quieto.

– Silas, por favor, se mexa – ela implorou. – Estou pegando fogo!

– Olhe para mim – ele ordenou. – Olhe para mim, minha doce menina. Confia em mim? Sabe que sempre, sempre, vou buscar o seu prazer acima de tudo? Você se lembra da sua promessa de que realmente se entregaria ao meu cuidado absoluto e proteção, daria a mim a propriedade de seu corpo, seu coração, sua alma?

Lágrimas brilhavam nos olhos dela, que se suavizaram com amor e aceitação completa e incondicional.

– Sim, Silas. Sempre.

– Preciso que fique bem quieta. Ainda está se curando e não quero fazer nada que lhe cause dor ou atrapalhe sua recuperação. Deite-se o mais quieta possível enquanto cuido da minha princesa.

Lentamente, ela relaxou ao redor de Silas, até que ele pudesse sentir o pulsar de seu pau profundamente em seu corpo. Seus quadris estavam totalmente grudados nele, toda sua ereção engolida pela doçura dela.

Então ele começou a esfregar o polegar sobre o clitóris em um círculo firme. A boceta dela se contraiu e teve espasmos ao redor dele, quase apertando a cabeça de seu pau. Ele fechou os olhos e concentrou-se em conseguir respirar, tamanha a necessidade de se esvaziar dentro dela.

Silas aumentou a pressão e a velocidade de seu toque no clitóris, encontrando o ritmo perfeito que a fez ofegar e contrair-se ao redor dele como um punho sedento. Seus olhos se arregalaram e depois apagaram, e um "oh" assustado escapou de seus lábios.

– Essa é minha menina – ele ronronou. – Goze agora, Hayley. Libere. Estou com você, doce menina. Liberte-se.

Nem por um segundo abandonou seu clitóris, aproveitando cada parte de seu orgasmo até que ela caísse exausta na cama, seus os olhos fechados, um leve brilho de suor cobrindo seu corpo. Apertando os dentes, ele se afastou e começou a bombear forte sua ereção, mirando o gozo em sua boceta e depois em sua barriga, observando com satisfação enquanto salpicava a pele dela, marcando-a de uma maneira carnal e primitiva.

– Quem é seu dono, princesa? – perguntou, com a voz sedosa.

– É você, Silas – ela disse com uma voz sonolenta e saciada.

Ele se abaixou no lado não ferido dela, envolvendo-a nos braços e esticando-se para abrir as algemas que a prendiam. Não fez nenhum movimento para limpá-la. Não daquela vez. Para ele, estava perfeito se ela ficasse com sua marca de posse.

– Nunca mais tente me deixar para o meu próprio bem, minha doce menina. Da próxima vez, não serei tão indulgente no meu castigo.

Ela se aninhou em seu peito como um gatinho feliz e lhe deu um sorriso sonolento.

– Tenho uma novidade para você, querido. Se esta é a sua ideia de castigo, então você é a propaganda ambulante da desobediência voluntária.

– Não fique tendo ideias – ele advertiu.

– Ah, mas eu amo seus castigos – disse ela, com sono.

31

– Preciso de tudo o que você tem – Silas disse calmamente ao telefone. – A merda vai ficar ainda mais fedida, Ghost. Você está enterrado nesse poço de merda dos Vanucci há muito tempo. É hora de voltar para casa. Faça isso por mim, obtenha todas as informações que eles têm sobre nós, especialmente os ataques que planejam, e vou tirar você dessa porra.

– Estou dando o meu melhor, Sye – disse Ghost com uma voz cansada. – Sabe que isso leva tempo. Se eu levantar suspeitas, se der aos Vanucci qualquer motivo para questionar minha lealdade, estamos todos fodidos. Sabe disso.

– Me ligue assim que tiver alguma coisa – disse Silas. – Não quero mais ninguém da minha família ferido, muito menos morto. Se precisar acabar com todos dessa escória de Vanucci, eu vou.

– Não sem mim – disse Ghost em um tom que não dava brecha a discussão. – Não vai sair em missão suicida, Sye.

Silas quase sorriu com a indignação na voz de seu irmão. O fato de Ghost ter passado os últimos três anos vivendo na sujeira como um general diligente no exército Vanucci o afligia. Tudo para manter seus irmãos seguros. Era hora de ele voltar para casa. Ghost era tão teimoso e dedicado à sua causa quanto Silas, e era o único que ousava discutir com ele, algo que nem Drake fazia.

– Garanta que não *precisemos* chegar a isso – disse Silas, antes de terminar a conexão.

Virou-se para ver se Drake já havia desligado o telefone. Maddox estava trabalhando em um dos desktops que tinham 3 monitores de 26 polegadas, dando a ele tantos pontos de visão quanto possível, enquanto seus dedos voavam sobre o teclado. Thane estava encostado no sofá, um olhar cansado no rosto. Havia passado a noite anterior no hospital, sentado com Zander e garantindo que ele não saísse do hospital antes que os médicos lhe dessem alta. Hartley havia rendido Thane logo cedo e Justice tinha sido designado para a Evangeline. Todos os outros estavam reunidos no escritório de Drake esperando para ouvir qualquer informação e aguardando o momento em que se vingariam dos Vanucci.

– Os Luconi estão com medo para caralho que seja apenas uma questão de tempo para os Vanucci irem atrás deles. Acreditam que o ataque de Zander não é nada além de uma distração para fazer os Luconi relaxarem pensando que a maior ameaça é para nós. Quaisquer que sejam as informações que tiverem de seus informantes e das pessoas que têm nas ruas, passem imediatamente para mim.

Thane sentou-se no sofá, completamente acordado agora.

– Confia neles?

– Nisto? Sim – Drake disse com indiferença. – Querem suas famílias seguras e sabem que podemos fazer isso acontecer. Por enquanto, não vão fazer nada para nos irritar, o que significa que podemos esperar sua plena cooperação. Um dos policiais que invadiram a Impulse no réveillon foi encontrado morto em um beco esta manhã. Me faz acreditar ainda mais que os Vanucci mantêm policiais sujos na folha de pagamento e que aqueles oficiais sujos que seguiram Evangeline também foram os que chegaram a Hatcher e o fizeram entregar a gente.

– O policial morto é um dos sujos? Ou é um bom policial que viu ou ouviu as coisas erradas em seu departamento? – Silas perguntou. Não precisavam dizer que, se o policial fosse sujo, a probabilidade de que estivesse na folha de pagamento dos Vanucci era boa e Silas poderia atribuir aquele assassinato a eles. Matar um oficial, mesmo um sujo, causaria muitas atribulações no império Vanucci. Se tivessem policiais na sua cola a todo momento, não teriam tempo para atacar Silas e seus irmãos, nem as pessoas importantes para eles.

– Vou descobrir isso – disse Maddox. – Vou ver o que consigo e volto a falar com vocês em algumas horas.

Com o canto dos olhos, Silas viu Jax se debruçar, encarando fixamente uma das telas de segurança que monitorava, com uma careta no rosto.

– Galera – chamou Jax. – Tenho algo aqui. O carro preto com janelas escuras passou pelo lote três vezes na última meia hora e agora eles estão estacionando.

Todos correram para olhar sobre o ombro de Jax. De repente, ele saiu da cadeira, um olhar sombrio em seu rosto.

– Merda! Despejaram um corpo!

Silas correu para a escada, sem nem ousar esperar pelo elevador. Seus irmãos foram atrás dele, armas em punho, assim como Silas.

Porra de Vanucci. O que tinham feito agora? Mais importante ainda, de quem era aquele corpo?

O medo era absoluto em seu peito. Gotas de suor umedeciam sua testa, e Silas percebeu que não estava respirando ao parar logo atrás da porta que dava para o estacionamento de funcionários. Abriu a porta com um chute e saiu, Maddox ao seu lado, suas armas apontadas em direções opostas. Jax, abaixado, cobria o meio.

– Não tem ninguém – disse Silas. – O carro já se foi. Alguém vê o corpo?

Ele diminuiu, certificando-se de que era o primeiro. Sempre o primeiro. O executor. O maior protetor de Drake e de todos os outros irmãos. Era quem e o que ele era. Daria sua vida por qualquer um deles. Assim como por sua princesa.

Quando viu a figura feminina amontoada, seu rosto completamente escondido por um véu de cabelos longos e escuros, seu estômago quase saiu pela boca. Começou a correr enquanto um grito torturado emergiu atrás dele, e Thane passou por ele como um demônio do inferno.

– Gia! – Thane gritou em agonia, sua voz quebrando sob o peso da maior emoção que Silas já ouvira na voz de um homem.

Ele e o resto de seus irmãos ficaram a poucos metros de distância, assistindo, em choque, a Thane cair de joelhos e, com carinho, embalar a mulher em seus braços, segurando-a contra o peito. Thane enterrou o rosto no cabelo dela, seus gemidos fazendo cada um dos homens presentes estremecerem e se encolherem com aquele som terrível e a assustadora visão daquela mulher coberta de sangue e de ferimentos.

– Para mim já deu desses comedores de bosta e sua inclinação a espancar mulheres indefesas porque são covardes demais para nos encarar – disse Maddox, fúria substituindo seu habitual estoicismo.

Maddox com certeza tinha muito carinho por Evangeline e, agora, por Hayley. Demonstrava extrema gentileza e cuidado com as duas. Mas, em geral, era reservado e não revelava emoção. Se alguma vez tivesse tido um envolvimento ainda que remoto com uma mulher, por qualquer período, ninguém, nem mesmo os mais próximos a ele, sabia.

Mas o sentimento que ele expressou era compartilhado por todos. Principalmente por Drake e Silas, já que suas mulheres haviam sido vítimas daqueles filhos da puta. As expressões de raiva e de absoluta determinação brilhavam nos rostos de cada um dos seus irmãos.

– Hora de parar de nos preocuparmos com o próximo ataque e tirar a bunda da cadeira – grunhiu Jax. – Voto para que levemos essa briga para a porta da frente deles e limpemos a terra com suas bundas arrependidas. Seria um grande serviço para essa cidade. Confie em mim. Ninguém, nem mesmo suas mulheres ou filhos, derramaria uma lágrima na porra do funeral deles.

Drake levantou a mão para estancar a revolta antes que ela saísse de controle, mas ninguém pareceu feliz com aquela ordem para que se calassem. Incluindo Silas, que preferia a ação direta a ficar conspirando em cadeiras de escritório, jogando uma maldita partida de xadrez com o inimigo. Lançou um olhar significativo na direção de Jax, e Jax assentiu com satisfação, entendendo o que Silas lhe dizia. Nem Drake se atrevia a dizer a Silas o que fazer e o que não fazer. Silas era absolutamente leal a Drake e a seus irmãos, mas era um lobo solitário e quando decidia agir de uma determinada forma, Drake não era estúpido de achar que poderia controlar seu executor.

Silas caiu de joelhos ao lado de Thane e quase desviou o olhar ao ver o sofrimento terrível nos olhos de seu irmão. Seu olhar flutuava sobre a mulher inconsciente e a raiva aumentava ainda mais dentro dele ao ver seus ferimentos, e o fato de que não parecia haver um lugar naquele corpo que não estivesse ferido ou ensanguentado. Esticou a mão entre o corpo dela e o de Thane para pressionar levemente o pescoço, sentindo sua pulsação. Em um sussurro, suspirou aliviado ao sentir os batimentos, mesmo que fracos.

– Traga um carro – ele pediu a ninguém em particular. – Precisamos levá-la à clínica de Drake para que o médico possa tratá-la sem deixar registros.

Então, ele voltou sua atenção para Thane, que ainda segurava a mulher firmemente contra seu peito, balançando-a de um lado para o outro enquanto sussurrava desesperado em seu ouvido.

– Thane – ele disse em voz baixa. – Quem é ela?

Thane levantou a cabeça apenas o suficiente para olhar para Silas, e Silas ficou chocado com as lágrimas brilhando nos olhos de seu irmão.

– Ela é minha – ele disse com a voz rouca. – Minha família. É tudo o que eu tenho.

Silas olhou direto para Drake, que estava tão atordoado quanto ele e o resto de seus irmãos. Thane *não tinha* família. Ou assim ele dizia. Ninguém nunca tinha se aprofundado no assunto com ele. O passado de nenhum deles era bonito, e só falavam sobre os detalhes superficiais de cada um.

Jax se ajoelhou do outro lado de Gia e tirou o cabelo dela do rosto, exibindo a ferida.

– Um dos seguranças da boate está trazendo o carro agora, irmão. Vamos cuidar dela. Você tem minha palavra. – Ele pausou por um momento e, em seguida, limpou com cuidado o sangue dos olhos dela, antes de olhar de novo para Thane. – De onde ela veio? Você disse que não tinha família.

Um estremecimento sacudiu o corpo daquele homem grande e mais agonia vincou seu rosto.

– Ela é minha meia-irmã. Quando era criança, me seguia para todos os cantos. A menina mais doce que já vi. Eu a mantinha a salvo do canalha do meu pai, garantindo que nunca colocasse as mãos nela. Mas, logo antes de eu completar 18 anos, o filho da puta daquele abusador finalmente irritou a pessoa errada e levou uma bala que explodiu metade de seu rosto. Depois disso, saí de lá porque ela e a mãe ficariam bem melhor sem mim, que era a lembrança constante do meu velho. Mas sempre garanti que tivessem o necessário. Mandava dinheiro e ia visitar sempre que podia.

Ele parou, suas mãos tremiam enquanto fechava os olhos em um esforço visível para manter o controle.

– Dois anos atrás, a mãe de Gia faleceu e ela ficou sem ninguém. Sem grana para faculdade e sem opções de trabalho que eu sequer consideraria para ela. Gia é melhor que aquilo e eu estava determinado a dar para ela o melhor. Então, eu a trouxe para a cidade. Não contei para ninguém. Arrumei uma casa legal para ela, garanti que se matriculasse em uma faculdade e depositava dinheiro suficiente em uma conta bancária, de modo que não precisasse se preocupar em trabalhar e pudesse se concentrar em estudar e aproveitar a vida. Fui tão estúpido – ele sussurrou, sua dor e culpa abalando as estruturas de Silas.

– Ela é perfeita e inocente e tão bela e inteligente. Não queria expô-la à minha vida nem transformá-la em um alvo para qualquer um que soubesse da minha relação com ela. Queria que Gia fosse feliz, que tivesse tudo de bom que merecia e não a merda que vivemos todos os dias. Olhe para Evangeline.

Drake ficou eriçado na mesma hora, um rugido grave soando das profundezas de sua garganta quando ele avançou. Thane o ignorou e continuou:

– Evangeline vive em completo isolamento. Não tem amigos na cidade. Sua família vive a horas daqui e ela raramente consegue vê-los. Nem sequer pode dar uma maldita caminhada porque ficamos morrendo de medo de que vá levar um tiro. Ela não vai a lugar algum. Fica o dia inteiro enfurnada naquele apartamento e nunca reclama, e as únicas pessoas que vê ou com quem interage somos nós. E, especialmente depois que Evangeline tiver o bebê, ela e o resto de nós viveremos com medo de que algo aconteça com ela, e então colocaremos uma coleira mais curta e mais apertada sobre ela o tempo todo, um jeito infernal para uma mulher viver só porque se apaixonou por um de nós. Nunca quis isso para Gia e, na minha arrogância, pensei que poderia ser suficientemente cuidadoso e dar-lhe todas as coisas que queria que ela tivesse e deixá-la viver o suficiente para que eu pudesse vê-la de vez em quando, levá-la para almoçar ou simplesmente me sentar com ela em sua casa, conversar e vê-la sorrir. Agora é ela quem está pagando pela minha estupidez e minha incapacidade de mantê-la segura. Não podemos trazer nenhuma mulher para o nosso mundo, não importa o quanto nos amem ou quanto as amemos – ele cravou. – Porque se as amássemos, amássemos de verdade, e não fôssemos tão egoístas, as colocaríamos o mais longe possível para que não vivessem todo dia com medo de serem espancadas, estupradas ou mortas. Ninguém que a gente ama ou de quem a gente gosta está seguro, e estamos nos enganando ao pensar diferente.

O carro rugiu, interrompendo as palavras amargas de Thane e, sem dar outro olhar na direção de seus irmãos, ele levantou Gia nos braços e correu para o veículo. Entrou no banco de trás, apoiando a irmã no colo, e, assim que se acomodou, o carro arrancou novamente, em direção à clínica.

Os outros voltaram para dentro da boate em silêncio, uma tensão tão espessa no ar que sufocava.

– Agora é guerra – Jax soltou, de volta ao escritório de Drake.

Ele olhou para os três irmãos restantes, como se estivesse desafiando-os a argumentar.

Silas apenas acenou com a cabeça, concordando, completamente entorpecido e arrasado com a verdade dolorosa que Thane tinha jogado na cara deles. Mas especialmente na de Silas.

– Assim que soubermos como Gia está, vou analisar as medidas de segurança de Thane para ela e então trabalhar em cima delas para que esse tipo de merda não se repita – disse Maddox, puto, de um jeito rude. – Mas ele é um paranoico idiota. Completamente sem noção por ter deixado-a sem a proteção adequada. Inferno, nenhum de nós tinha a mínima ideia de que ela existia, então, como diabos os Vanucci a pegaram se nem a gente sabia?

O rosto de Drake era tão rígido que uma rocha se quebraria ali.

– Um momento de distração. É tudo o que é necessário. Evangeline não vai a lugar nenhum até que ela tenha a nossa filha e então eu vou levá-la para umas férias prolongadas para que possa sair e ser um ser humano normal. Ela vai odiar ter a liberdade cortada até o nascimento da nossa filha, mas vai entender. Ela nunca faria nada para colocar nossa filha em risco. Não vou dar a eles outra chance de pegá-la.

– Porra – disse Maddox, com uma voz cansada. – Nós estamos com o time reduzido. Com Zander no hospital, não podemos deixá-lo vulnerável. Temos que ter homens com Evangeline o tempo todo e agora precisamos proteger Gia. Silas, e Hayley e suas aulas? Quanto falta para ela terminar o semestre? Ela não pode sair sem toda a proteção possível. Foda-se tudo, não temos homens suficientes para cobrir Zander e as mulheres, e, aliás, não quero que nenhum de nós vá a lugar nenhum sozinho.

– Vou trazer o Ghost assim que ele tiver informações sobre os ataques planejados pelos Vanucci – Silas disse, com força. – Ele tem dois homens leais a ele na organização Vanucci também, que virão junto. Ele é muito bom e será útil para reforçar a segurança. Vamos conseguir. Sempre conseguimos.

– E quanto a Hayley? – Maddox insistiu.

Silas cerrou os punhos ao lado do corpo.

– Vou cuidar das coisas com ela. Sei o que deve ser feito.

– Vou para casa e mando Justice de volta para você, Silas – disse Drake. – Jax, você pode rendê-lo no hospital e informá-lo sobre o que está acontecendo? Peça a ele que se reporte a Silas e diga que Zander estará de prontidão. Isso vale para todos vocês.

Drake saiu, Jax em seu encalço, deixando Maddox e Silas sozinhos no escritório. Maddox virou-se e olhou para o irmão, seu olhar descascando a pele de Silas até que ele se sentiu completamente dissecado e examinado.

– Não gosto do jeito como disse que vai cuidar das coisas com Hayley e que sabe o que precisa fazer – disse Maddox, em voz baixa. – Não seja estúpido, Silas. Não faça algo de que vai se arrepender pelo resto da sua merda de vida.

Silas deu as costas para ele, bloqueando seu irmão. Depois, pegou o telefone e colocou na orelha.

– Preciso dar um telefonema – disse, descartando Maddox de vez.

Maddox soltou um monte de palavrões que fariam um homem corar. Silas fechou os olhos, terminou de digitar o número e começou o processo de dar a Hayley o que Thane queria que sua irmã tivesse tido. Uma boa vida e não a merda em que ele e seus irmãos estavam metidos todos os dias. Thane estava certo. Aquela era uma vida que nenhuma mulher deveria ser obrigada a viver.

Ele fechou os olhos, tomado por uma tristeza que nunca tinha sentido.

Perdoe-me, princesa.

32

Hayley caminhou até a saída lateral da escola – Silas e os outros haviam lhe dito que saísse por ali de agora em diante. Deu uma espiada no lado de fora e ficou surpresa quando não viu apenas um, mas dois carros estacionados perto da entrada. Maddox e Justice estavam de pé perto de um deles, os braços cruzados sobre os peitos, seriedade total em seus traços. Silas estava sozinho perto de outro e, quando a viu, fez um sinal rápido para que ela fosse até ele.

Correu até o carro, surpresa por ver Maddox ali, de repente, para abrir a porta do passageiro para ela. Ficou ainda mais chocada quando, antes de entrar, ele lhe deu um abraço esmagador que tirou seu fôlego. Agradecida por estar completamente curada, ela devolveu o abraço, sem saber direito o que fazer.

– Você tem meu número – disse Maddox, com uma voz sombria, afrouxando o aperto. – Se precisar de algo, me liga. Entendeu?

Ela assentiu, seu queixo caído. Maddox se virou e voltou para o carro onde Jax aguardava.

– Entre, Hayley – ordenou Silas, direto, fazendo com que se movesse.

Ela entrou e fechou a porta, colocou o cinto de segurança e olhou com curiosidade para ele.

– Por que aquilo?

Os olhos dele estavam fechados e um feixe carregado de sofrimento a percorreu. Os olhos que sempre tinham estado abertos para ela, calorosos, haviam sido substituídos pelo olhar frio que Silas dava a todos. Aquele obstruído por um gelo impenetrável.

O que diabos estava acontecendo?

Sem responder a pergunta de Hayley e esclarecer sua confusão, ele dirigiu, sem olhá-la ou falar com ela nenhuma vez sequer no caminho. Sem ao menos perguntar sobre seu dia. Nada.

Terror se instalou no peito de Hayley. Tinha acontecido alguma coisa? Zander tinha piorado?

– Zander está bem? – ela perguntou, ansiosamente.

– Está bem – Silas respondeu.

Ela se calou, incapaz de ocultar sua reação à frieza dele. Virou-se, tentando evitar que ele flagrasse as lágrimas repentinas que surgiam em seus olhos. Ok, então ele estava tendo um dia ruim. Ela conseguia lidar com isso Simplesmente não falaria com ele até que se resolvesse o assunto que o estava incomodando.

Inclinou a cabeça contra a janela, com o cuidado de evitar o olhar de Silas. Ela estava tão perdida em seus pensamentos que só percebeu que não estavam indo para o apartamento dele minutos depois. Ergueu a cabeça, estudando seus arredores em confusão.

– Silas, o que foi? – ela perguntou. – Para onde vamos?

– Saberá quando chegarmos – veio sua resposta curta.

Ok, agora ele estava deixando Hayley brava de verdade. Qualquer que fosse seu problema, não tinha nada a ver com ela ou com qualquer coisa que pudesse ter feito. Como poderia ter, se ela passara o dia na aula e não havia encontrado com ele desde que tinha chegado à escola?

Ela o olhou, mas Silas não olhava de volta, os olhos fixos no vidro dianteiro do carro.

Pouco depois, chegaram a um prédio alto no centro. Ela arqueou a sobrancelha, mas não tentou falar nada, já que Silas estava lhe dando um gelo. Ele simplesmente saiu do carro e fez sinal para que ela fizesse o mesmo. Nem ao menos encostou nela quando os dois entraram no prédio e, toda vez que ela se aproximava dele, ele se distanciava de propósito.

No elevador, ela estava tão puta que poderia arrancar a cabeça dele. Silas tamborilou os dedos com impaciência contra o trilho enquanto subiam e ela podia jurar que ele deu um suspiro de alívio quando o elevador parou no 27º andar. Ele saiu e ela o seguiu até uma porta no final de um corredor. Para a surpresa de Hayley, Silas tirou uma chave e a inseriu na fechadura, abrindo a porta e fazendo sinal para ela entrar.

Depois de entrar com cautela, seus olhos se arregalaram quando percebeu os móveis do apartamento em que morava antes, ao lado de Silas, naquele lugar. Virou-se para olhar para ele, confusão enevoando sua mente.

– Estamos nos mudando? – ela perguntou.

– Nós não – ele disse friamente. – Você está. Todas as suas coisas já estão aqui. O apartamento está em seu nome e as contas já estão pagas.

Pânico e dor destruíram a tentativa de Hayley de manter a compostura.

– O quê? – ela sussurrou. – Silas, não entendo. O que há de errado?

– Nada está errado – ele disse, com uma voz entediada. – Acabou para nós. Terminamos. Nos separamos.

Uma devastação total a deixou imóvel. Menos por seus joelhos e suas mãos, que se agitaram. O *quê*? Ele poderia muito bem estar falando em mandarim pelo tanto que ela estava entendendo. *Terminados*? Não. Tinham feito amor naquela manhã e ele saíra de casa feliz. Nas mensagens que trocaram na hora do almoço, fizeram planos para o fim de semana. Agora estavam *separados*?

– Não entendo. Fiz algo de errado? Silas, apenas me diga o quê...

A risada dura dele a interrompeu.

– Meu Deus, Hayley. Você não pode ser tão ingênua. No que achava que isso ia dar? Casamento, dois filhos e uma minivan no subúrbio? Pode ser o que acontece em uma cidade da roça no Tennessee, mas não aqui, pelo menos não comigo. Queria te comer e te comi. E você foi gostosa, querida, sem dúvida. Mas para mim, deu.

Querida? A total condescendência no tom de Silas acabava com ela. Nenhuma vez a tinha chamado de *princesa*. Sua menina doce, menina querida ou menina linda. Só *querida*. Como se ela fosse uma garota com quem ele tivesse ficado uma vez e depois rido dela com os amigos.

As lágrimas brotaram e correram em riachos por suas bochechas, e ela não fez nenhum esforço para escondê-las ou limpá-las. *Deu*? Talvez ela fosse mesmo muito ingênua. Não, ela não havia imaginado uma minivan no subúrbio, mas tinha sim pensado que passaria o resto da vida com aquele homem. Como sua mulher. Como sua submissa mimada. E agora para ele tinha acabado?

Finalmente, a dor e a perda borbulharam e encontraram uma voz enquanto as lágrimas escorreriam.

– O que há de errado com você? Para você já deu e não tenho direito a nenhuma opinião? Eu *tentei* ir embora! *Tentei* e você não deixou. Disse que aquela era minha casa, que você era minha casa. Que eu não precisava mais ser sozinha. E agora para você já deu? Isso é algum tipo de jogo idiota para você? Eu fui apenas um jogo? Por que diabos se recusaria a me deixar ir embora se planejava me dispensar? Por que esse teatro tão elaborado, ou é só porque ninguém pode se atrever a deixá-lo, você é o único autorizado a dar o pé na bunda? – perguntou amargamente.

– Pense o que quiser, Hayley – ele disse com um suspiro que soou entediado. – Mas é o que é. Estou indo embora e não quero você na minha vida, ou na minha cama, por mais tempo. Não se envergonhe fazendo uma cena, Hayley. *Eu não quero você*. Preciso explicar isso?

Um entorpecimento a tomou completamente, enquanto ela absorvia a maneira descomprometida dele ali, destruindo-a como se ela não fosse nada. Nunca tivesse sido nada para ele.

– Não – ela sussurrou. – Não é necessário piorar ainda mais a minha humilhação. Eu amei você, Silas. Eu te dei *tudo* e nunca, nem uma vez, pedi nada em troca, certamente não uma minivan, crianças ou uma casa no subúrbio. A única coisa de que sou culpada é de ter sido estúpida o suficiente para acreditar que alguém como você poderia se interessar por alguém como eu. Espero que sua próxima mulher te faça feliz, já que eu, aparentemente, fracassei completamente nisso.

Por um instante, pensou ter visto cacos de dor fragmentando-se nos olhos dele. Mas na mesma hora ele voltou com aquele olhar imperturbável, sem emoção, se virou e saiu pela porta, para fora de sua vida, deixando-a despedaçada pelo chão do lugar em que esperava que ela fosse morar.

Precisou de toda sua força de vontade para não chamá-lo de volta, não ir atrás dele e implorar de joelhos, se fosse necessário. Para não perguntar o que tinha feito de tão errado para ele tratá-la com tanta frieza e falta de consideração. Ele a descartara como lixo e talvez fosse isso o que era para ele. Certamente, não era alguém digno de um lugar em sua vida. Caiu de joelhos, cobriu o rosto com as mãos, soluços escapando de seu corpo entorpecido.

33

A SEMANA SEGUINTE FOI INTERMINÁVEL para Hayley. Ela viveu os dias como um robô programado para obedecer às ordens de seu mestre. Não comeu, não dormiu. Em vez disso, ficou deitada em sua cama grande, acordada e sozinha, lágrimas quentes fazendo seu nariz inchar e lhe dando uma dor de cabeça vil enquanto repassava cada momento que tivera com Silas.

Foi até a estação de metrô, a dois quarteirões de seu novo prédio, e desceu na que ficava a um quarteirão da escola. Caminhou pelas ruas lotadas com olhos cegos.

No dia seguinte àquele em que Silas partira seu coração com tanta crueldade, ela descobrira que havia outra coisa tão ausente quanto sua alma. A paixão e o entusiasmo que sempre sentira com a música tinham desaparecido completamente. Até ela estremecia com as notas planas, sem inspiração, que, sem vida, conseguia tirar do magnífico violino que Silas lhe dera.

No quarto dia, um de seus professores pediu que ficasse após a aula, sua expressão de perplexidade e preocupação ao questionar o que estava acontecendo com ela. Hayley não sabia o que dizer. Simplesmente não se importava. Com qualquer coisa. A única coisa que sempre lhe trouxera alegria na vida era agora fonte de uma dor sem fim, porque tudo em que pensava quando tentava tocar era em Silas e como ele adorava ouvir sua interpretação.

Tomando uma decisão repentina, ela informou ao professor que não seguiria com as aulas e que falaria com o conselheiro para se afastar. Seu professor implorou para que ela completasse o semestre para que não precisasse repeti-lo, mas ela não se abalou. Em uma semana, era a primeira decisão que lhe trazia algum alívio ou paz.

Duas horas depois, completamente exausta, caminhou pelo hall de entrada de seu prédio após um encontro emocionalmente desgastante com o conselheiro. Como seu professor, ele tinha implorado que ela pensasse sobre o que estava fazendo e dito que sua bolsa de estudos com certeza seria revogada se ela se afastasse das aulas. Hayley apenas deu de ombros e saiu, optando por caminhar até em casa em vez de ir embora de metrô.

Após sair do elevador, caminhou indiferentemente para a porta de seu apartamento e a abriu. Não tinha sequer se preocupado em trancá-la de manhã. Assim que entrou, ficou rígida, desprezo flutuando por todo seu corpo. Odiava aquele lugar. Desprezava-o e tudo o que representava. Silas o tinha comprado para Hayley depois de lhe dar o pé na bunda.

Foda-se.

Ele a havia tratado como uma prostituta que não queria mais. Olhou para o estojo de seu violino em sua mão e, de repente, não conseguia mais nem olhar para aquilo. Invadiu o quarto e o atirou em cima da cama ainda feita. Depois, foi até o armário e começou a arrumar os itens que realmente pertenciam a ela, e fez questão de deixar nos armários, nas gavetas e no apartamento todas as coisas que Silas havia lhe dado.

Sim, tinha cometido o pior erro de sua vida jovem e estúpida ao confiar em um homem que não merecia nem sua confiança nem seu amor, mas isso não significava que precisava passar o resto da vida pagando por esse erro. E a primeira coisa que estava fazendo para sair de sua concha de sofrimento era cortar os laços com tudo o que tinha a ver com Silas Goodnight.

Aquele apartamento não era dela. Nada daquilo era, a não ser umas poucas roupas gastas e os pratos de sua mãe. Todo o resto poderia apodrecer ou se consumir no fogo. Não dava a mínima.

Ela não estava sem opções. Ainda possuía cada centavo do cheque do seguro, bem como o montante substancial dado a ela acima do acordo inicial. Se fosse cuidadosa, aquilo duraria um bom tempo. Não na cidade, mas em qualquer outro lugar, o custo de vida não era tão proibitivamente exorbitante.

Nada a segurava ali naquele momento. Já não tinha uma bolsa de estudos para uma escola de música de prestígio. Seu pai certamente entenderia sua tristeza e sua incapacidade de continuar buscando seu sonho. Tudo o que sempre quis de verdade era que ela fosse *feliz*. E ficar ali, sem dúvida, a estava tornando *infeliz*.

Mudaria para algum lugar temporário e não precisaria gastar muito no processo. Não quando planejava abandonar aquele lugar assim que tivesse um plano seguro e soubesse para onde ir. Estava cansada de viver no passado e não tinha nada nem ninguém no Tennessee. Precisava de um novo começo em um lugar onde fosse apenas mais um rosto na multidão e ninguém soubesse de sua dor e traição.

Havia muitas grandes cidades no Sul, algumas delas, com escolas de música. Com o dinheiro que tinha, poderia alugar um apartamento pequeno ou mesmo uma casa e pagar pela escola.

Animada por finalmente ter um plano, teve pouco trabalho para colocar suas coisas na mala. Usou algumas peças de roupa para proteger os pratos de sua mãe enquanto os embalava com reverência em uma das caixas vazias deixadas para atrás no dia em que Silas a dispensara com pressa e não tinha perdido tempo para tirá-la do apartamento e da vida dele.

Assim que terminou, pendurou a grande bolsa de ginástica no ombro e pegou a caixa. Olhou ao redor da sala, certificando-se de que não havia deixado nada seu para trás. Pegou sua bolsa e foi em direção à porta. Parou, percebendo que ainda segurava as chaves, e então virou-se, lançando-as para o balcão da cozinha, assistindo enquanto deslizavam pela superfície lisa antes de pararem no meio, onde elas seriam facilmente encontradas.

Isso é o que acho do seu presente de despedida, Silas. E foda-se você também.

Passaria aquela noite no hotel mais barato que conseguisse encontrar, então procuraria apartamentos vagos nas partes menos valorizadas da cidade, onde seu dinheiro valeria mais.

Descendo no elevador, as lágrimas ameaçaram cair quando o sofrimento e um forte sentimento de perda a percorreram, cortando-a e fazendo-a sangrar com muito mais força do que a bala que a atingira antes. Lutou contra eles, mordendo com vigor o lábio. Nunca mais desperdiçaria outro suspiro ou lágrima com um homem que não merecia sequer respirar o mesmo ar que ela.

***

– Estamos aborrecendo você, Silas? – Drake perguntou secamente, atrás de sua mesa. Silas olhou por cima do celular, onde assistia às câmeras de segurança em frente ao novo apartamento de Hayley. Ela havia partido logo após voltar para casa, depois da aula, carregando o que parecia ser uma grande caixa e uma mala, com sua bolsa pendurada no ombro. Ele queria saber para onde diabos ela estava indo.

– O que disse? – ele perguntou, sem disfarçar a irritação por ter sido interrompido.

– Estávamos só discutindo a estratégia para desmantelar a organização Vanucci, sabe? Nada de muita importância – murmurou Drake, sarcástico. – Gostaria de contribuir com alguma coisa?

Silas sacudiu a cabeça com frustração.

– Ainda não. Disse que precisava que me desse mais tempo com o Ghost, pois agora precisamos saber, além de nomes e detalhes dos planos de ataque, se o que aconteceu com Gia também foi obra deles e, em caso afirmativo, como a descobriram. Ele precisa ir com cuidado ou poderá pagar com a própria vida e a vida dos dois homens que estão com ele. E quanto a Gia? Ela já disse alguma coisa? Deu qualquer informação que possamos aproveitar?

Maddox inclinou-se contra a mesa e esfregou as mãos no rosto.

– Falei com Thane há poucos minutos. Ele disse que ela ainda está sob ação de medicamentos muito fortes e, nas poucas vezes em que acordou, ficou tão aterrorizada que eles a sedaram na mesma hora. Está acabada. Inferno, ele está acabado. Não precisamos descobrir o que aconteceu só para manter a salvo nossos entes queridos, precisamos fazer isso para evitar que Thane queime toda a merda da cidade por vingança.

– Se chegarem perto de Evangeline de novo, acendo esse caralho desse fósforo – Drake disparou. – Consigam essa maldita informação. Não me importa quem vocês terão que ameaçar, subornar ou matar. Apenas consigam.

Depois de olhar ao redor da sala para seus irmãos, deu um suspiro e disse o que todos provavelmente pensavam ou tinham pensado, ainda que por um instante.

– É possível que tenhamos outro traidor em nossa organização? Nenhum de nós sabia sobre Gia, então, qual é a possibilidade de alguém de fora saber?

Grunhidos e o que soou como rosnados encheram o ar, e Silas reconheceu que, independentemente dos ternos caros, seus irmãos não deixavam de ser quase feras selvagens. Se um deles entregasse a família, o restante trataria de fazer picadinho dele. E Silas lideraria a matilha. Jax quebrou o silêncio que se seguiu, sua fúria era uma entidade viva e respirava.

– Sem chance de ser um de nós, porra. Cometemos um erro com Hatcher, e Evangeline pagou o preço. Aprendemos a lição da maneira mais dolorosa possível. *Não* vai acontecer de novo. Vamos achar esse filho da puta, acabar com ele, e nossa família viverá feliz para sempre. Fim da maldita história. A menos que alguém tenha algo relevante a acrescentar, sugiro que a gente siga em frente com essa merda e deixe de plantar dúvidas na mente de nossa maldita família. – Jax fez uma pausa e olhou em volta. – Não? Está bem então. Que tal parar de falar sobre o que fazer e levantar a bunda da cadeira e fazer logo? – Jax disparou de sua cadeira, uma tempestade selvagem e irritada em seus olhos, e saiu da sala, batendo a porta com força suficiente para derrubá-la.

Os homens restantes olharam um para o outro, sem saber o que fazer com Jax, geralmente tão taciturno, sendo tão… verborrágico. Silas odiou a sombra de dúvida que o tomou ao pensar por que Jax tinha sido tão incisivo. A traição de Hatcher deixara todos um pouco abatidos quando se tratava de confiança inabalável. E, apesar de odiar aquilo, sedimentou sua decisão de tirar Hayley de sua vida. Se sentia que não podia confiar em seus irmãos, estar sozinho era a sua única opção.

– Preciso dizer, ele tem alguma razão – disse Maddox com desgosto. – Ganharíamos muito mais se fizéssemos algo em vez de ficar apontando o dedo uns para os outros. Essa merda está prestes a me deixar bem puto.

Drake limpou a garganta.

– Jax passou a manhã com Evangeline. Ela está chateada. O que aconteceu com Zander a atingiu com força. Mas prometi parar de esconder coisas dela, então ela também sabe sobre Gia. Ela não está... sabendo muito bem como lidar com isso. Está com pressão alta e o médico disse que se não melhorar em breve, terá que colocá-la de repouso. E estou avisando desde já que se isso acontecer, vou adiantar nossos planos de férias e levá-la para uma ilha no meio da merda do mar, uma que tenha uma estrutura adequada para partos, e não voltarei até que ela e a bebê estejam fortes, felizes e completamente recuperadas.

Perguntas sobre a saúde de Evangeline voaram dos outros caras, mas Silas se sobressaiu.

– É muito grave, Drake? Ela precisa de um hospital? Talvez deva viajar com ela agora e deixar a gente para lidar com essa merda. Fora do país, você teria um ótimo álibi e não precisaria lidar com as consequências pelo que fizermos.

– No momento, o médico não acha que ela e a bebê estejam em perigo, mas está sendo monitorada. E não vou abdicar da minha responsabilidade com meus irmãos mais do que poderia abdicar com Evangeline e nossa bebê – ele disse com ferocidade. – Então cale a boca. Sou um menino crescido e posso aguentar qualquer consequência.

Silas sabia que discutir com Drake seria inútil, mas não conseguiu resistir a provocá-lo um pouco.

– Se ela precisar de qualquer coisa, é só avisar. Estou realmente surpreso por estar tão calmo.

O olhar escuro e ardente de Drake caiu sobre ele.

– Calmo? Fósforos riscados, Silas. Consiga essas malditas informações com o Ghost *agora*.

Drake levantou-se devagar, pegou o telefone e saiu, sem dúvida em direção à sua casa para encontrar Evangeline. Silas fez um gesto para Hartley ir atrás de Drake. Ele havia deixado muito claro que, não importava o que Drake dissesse, não deveria ir a lugar nenhum sozinho e, da mesma forma que Evangeline, precisava de proteção todo o tempo.

– Você ouviu o chefe – disse Silas. – Consiga algo com que possa trabalhar. Vou apertar Ghost e dizer que preciso de rapidez e que quero ele fora dos Vanucci para ontem.

Silas colocaria os próprios planos em movimento assim que descobrisse onde estava Hayley e por que ela ainda não havia retornado para o apartamento dela.

34

Silas estava *louco* de preocupação. Hayley estava desaparecida. Não havia retornado para o apartamento desde a noite em que ele a viu sair com uma maldita caixa, uma mala e a bolsa pendurada no ombro. Ele sabia, porque esteve acordado todas as horas da noite, observando e esperando qualquer sinal dela nas câmeras de segurança que ele tão meticulosamente havia instalado para controlar suas idas e vindas. Para que soubesse que estava... segura. Longe do perigo. Pelo menos até que finalmente acabassem com todos os integrantes da família Vanucci. Poderia levar meses. Muito mais do que ele poderia esperar que Hayley aguardasse por ele, ainda mais depois de afastá-la de um jeito tão imperdoável. Mas não podia permitir nem uma pequena quebra de sua carcaça fria. Se o fizesse, todo seu interior transbordaria e Hayley, firme como era em sua absoluta devoção e lealdade, nunca teria deixado que ele a tirasse de perto. A única maneira de conseguir mantê-la longe era convencendo-a de que não a queria mais.

Como se isso fosse possível.

O coração que ele sequer julgava ter estava em pedaços, assim como estava esfarrapado o que restava de sua alma, tão escura quanto a morte e tão manchada que ele não poderia sonhar com uma redenção. Ou com ter algo tão precioso e puro quanto Hayley. Ela merecia muito mais do que ele era, do que o homem que ele havia sido. Do que o homem que sempre seria. Mas ninguém, ninguém a amaria tanto quanto ele. Isso lhe servia um pouco de consolo, principalmente naquele momento em que não tinha nenhuma merda de pista sobre onde ela estava ou se estava segura, justamente a razão pela qual ele a havia cortado de maneira tão brutal de sua vida, mas *nunca* de seu coração.

Passou o *check-in* diário com Drake e seus irmãos e desligou o rádio, dirigindo como se estivesse possuído até o apartamento dela, tremendo de impaciência, com medo do que encontraria quando se deixasse entrar na casa dela com a chave reserva que possuía para ter acesso ao interior do imóvel. Quando o elevador finalmente parou no andar, ele correu pelo corredor como um louco e inseriu a chave na fechadura. Não tivera tempo de instalar mais do que uma tranca e uma fechadura comum acima da maçaneta que vinha com o apartamento. Deveria ter retornado no dia seguinte, assim que Hayley tivesse ido para a aula, para certificar-se de que ela ficaria absolutamente segura no local no qual a instalara. Mas, temendo que isso a fizesse ter esperanças e com a certeza de que ela saberia quem teria instalado as trancas, ele se controlou e não foi.

Mas não havia controle naquele momento.

Abriu a porta e entrou, gritando o nome dela com uma voz tão cheia de medo que mal reconheceu. *Nunca* permitia que a emoção o governasse, que o desestabilizasse como naquele momento. Seus joelhos começaram a tremer com tanta força que ele mal conseguia ficar em pé enquanto tropeçava pela sala vazia e pelo quarto igualmente vazio.

Seu olhar imediatamente encontrou o violino que havia comprado, aninhado no estojo aberto, no meio da cama. Quando checou o closet, franziu a testa ao vê-lo ainda cheio de roupas. Foi tomado pelo medo. Então, ela planejava voltar? Será que alguma coisa tinha impedido que ela voltasse?

À medida que checava as roupas, algumas ainda com as etiquetas, entendeu, uma dor cruel que abria seu peito. Ela *tinha* partido. Apenas não levara nada que ele havia dado ou comprado para ela. As únicas peças de roupa que faltavam eram a calça jeans e as camisas baratas e desgastadas que Hayley já tinha antes de conhecê-lo. Ela fizera isso para que ele não existisse mais, não fosse mais parte de sua vida, assim como ele havia feito com ela.

Fechou os olhos e deixou o quarto antes de desmoronar. Pesar e arrependimento o consumiram. Ele entrou na cozinha e viu que as louças da mãe dela tinham desaparecido, mas todo o resto estava cuidadosamente guardado nos armários. Até a comida com que ele abastecera o apartamento estava exatamente como tinha deixado.

Então, seu olhar caiu sobre o molho de chaves no meio do balcão. Ele as agarrou e contou-as. Apertou as chaves até o metal duro cortar as palmas das suas mãos. Todas as chaves estavam ali. Ela havia partido e ele não tinha ideia de para onde ela tinha ido, se estava bem ou ferida, com dor, se estava *viva*.

A cidade era enorme e ela poderia estar em qualquer lugar – se ainda estivesse na cidade. Poderia estar em qualquer lugar do maldito *país*.

Atirou as chaves na parede, virou-se e saiu do apartamento, batendo a porta com força suficiente para destruir a madeira. A escola dela. E as aulas? Seu violino estava ali, então, o que ela estava usando para tocar?

Correu de volta para o carro e dirigiu como um maluco, costurando, furando o sinal vermelho e desviando-se dos pedestres. Não soltou o acelerador até parar, derrapando, perto da escola de Hayley.

Depois de dar um baita susto em dos funcionários espinhentos e magrelos, Silas conseguiu descobrir que Hayley tinha abandonado as aulas duas semanas antes do fim do bimestre, provocando a revogação de sua bolsa de estudos. Silas deixou para trás o jovem aterrorizado antes que policiais chegassem para prendê-lo e voltou para o carro, onde enfiou a cabeça no volante e fechou os olhos.

Lágrimas queimaram os cantos de seus olhos quando percebeu a extensão dos danos que causara à sua menina bela e querida. Tentando salvá-la, acabara por arruinar sua vida. Que beleza de troca. Ela havia perdido a bolsa de estudos, seu sonho, tinha quebrado a promessa que fez ao seu pai. Tudo porque o homem que amava era um imbecil furioso que merecia levar um tiro na cabeça *depois* de ter suas bolas cortadas e enfiadas goela abaixo.

Ela era a jovem mais talentosa que já tivera o prazer de conhecer, juntamente com a honra de ter seu dom compartilhado com ele cada vez que a ouvia tocar. Não importava quantas vezes ou a que horas ele pedia para Hayley tocar, ela sempre o atendia feliz e o levava até outro lugar, um onde não havia os Vanucci, nem os Luconi, nem risco para as pessoas que ele chamava de família. Ela tinha dado a ele a única coisa que não havia possuído em toda sua vida até encontrá-la. Paz. E, em troca, ele a tinha feito em pedacinhos e tomara tudo dela. Seu talento, suas esperanças, seus sonhos, toda a sua vida.

Perdoe-me, menina linda. Minha princesa. Amo tanto você que dói. Estou sangrando sem você. Não posso viver sem você e não conseguiria aguentar se fosse ferida ou morta por minha causa e do homem que sou, a vida que levo.

Precisava encontrá-la. Não dormiria, não comeria até ter certeza de que ela estava segura. Ele a encontraria. E então, o quê? Tinha tratado Hayley com mais crueldade do que qualquer homem já tratara outra mulher. Mas pelo menos queria descobrir onde ela estava e, se necessário, colocaria uma dúzia de homens com ela. Colocaria câmeras de vigilância para vigiar em todas as direções possíveis, para que nenhum risco passasse despercebido. Se não pudesse estar com ela, garantiria sua proteção, ainda que a distância.

Dirigiu para a Impulse, com apenas uma coisa em sua mente. Usaria o extenso banco de dados deles em busca de qualquer coisa que ajudasse na procura por Hayley. Com sorte, ela ainda estava na cidade e ele conseguiria rastreá-la através das empresas de serviços públicos, aluguel de apartamentos, hotéis, telefone, qualquer coisa que conseguisse. Não pararia até encontrá-la. Nada mais importava até que ele tivesse certeza de que ela estava segura.

Quando entrou na Impulse e correu para o escritório, ficou aliviado ao ver que Drake já estivera ali e, sem saber de Silas, saíra para ficar com Evangeline. Só estavam na boate Maddox e Justice, finalizando os planos para a primeira ofensiva contra os Vanucci.

Silas foi direto para sua mesa, murmurando para os outros que tinha uma pista importante. Apenas não especificou que pista era essa ou que era muito mais importante do que os desgraçados dos Vanucci.

Após uma hora examinando registros de contas de água, gás, luz, aluguel de apartamentos e hotéis, ele ainda não havia encontrado merda nenhuma, para sua infinita frustração. Sua concentração foi interrompida quando o telefone tocou e ele xingou, sabendo que não podia ignorar o chamado de Ghost.

– O que conseguiu? – Silas perguntou, direto.

– Tudo – Ghost respondeu, também direto. – Vou tirar fotos e enviá-las para o seu telefone. Pode demorar um pouco porque os arquivos são muito pesados. A julgar por algumas dessas merdas que encontrei, muitas delas vieram diretamente de um vazamento da polícia. Há carimbos de confidencial vindos da polícia em alguns deles. Os desgraçados estão na cama com os policiais, o que é uma notícia muito ruim para nós se fizermos mesmo um ataque contra eles.

Silas fez um gesto para Maddox e Justice enquanto, ao mesmo tempo, enviava uma mensagem para Drake de seu outro celular.

– Esqueça as fotos. Quero tudo. Podemos precisar disso para salvar nossos traseiros. Me encontre na Impulse assim que puder.

– Não posso sair daqui carregando os arquivos do Vanucci. Use a cabeça, cara. Não vou ser útil para você se estiver morto.

– Quero você e seus dois caras fora daí permanentemente – Silas disse, em um tom grave. – A merda está indo para o ventilador e quero ter certeza de que não vai cair com esses desgraçados. Puxe seus dois caras imediatamente e traga tudo o que tem diretamente para mim.

– Tem certeza? – perguntou Ghost, cético.

– Sim. Agora, mexa-se!

– Estarei a caminho assim que informar meus caras aqui dentro. – Houve um momento de silêncio e o som de papéis sendo mexidos no telefone. – Uau, espera. Silas? Ainda está aí?

– Ainda estou aqui – Silas disse com impaciência.

– Tem um arquivo aberto na mesa. Parece o mais novo material de leitura deles. Acho que pode ser uma das suas. Mulher de cabelos escuros, parece ter cerca de 20 anos, chamada Hayley Winthrop? Há também um endereço na frente. Diria que eles já escolheram seu próximo alvo.

Silas congelou até o âmago. Seu coração gritando em negação. Não é Hayley. Deus, Hayley não. Não deixe que seja tarde demais para salvá-la. Se ao menos não a tivesse afastado, ela ainda estaria com ele e não lá fora, desprotegida, com os Vanucci fungando em seu pescoço.

– Me dê o endereço agora – Silas disse, a voz rouca. – Então pegue os arquivos e saia daí imediatamente! Sua partida daí acabou de ser transferida para ontem. Não posso me responsabilizar pelo que vai acontecer com você e os seus caras se ficarem aí por mais cinco minutos.

Silas já estava de pé e colocando todas as armas enquanto Ghost lhe passava o endereço, confirmando seu pior medo. Não era seu endereço anterior, mas um desconhecido, o que significava que os Vanucci já tinham marcado Hayley enquanto Silas estava sentado examinando registros em busca de alguma pista sobre seu paradeiro.

Silas soltou o telefone e virou-se para sair correndo do escritório, quando uma mão forte pousou em seu ombro.

Mostrando os dentes, Silas grunhiu.

– Me. Solte. Agora.

– Tenho informações que precisa ouvir – disse Maddox, recusando-se a liberar Silas.

– Pode esperar!

– Não, não pode – Maddox retrucou, a voz rouca. – É sobre Hayley.

Silas congelou. Ah, Deus. Não deixe que eles já tenham chegado a ela. Ele olhou para Maddox com o coração na garganta.

– Seja rápido – disse, feroz. – Ela está desaparecida há *dias* e acabo de descobrir onde está porque Ghost encontrou um arquivo aberto na mesa dos Vanucci. Já estão planejando seu próximo ataque. *E o alvo é ela!*

– Jesus – murmurou Maddox. – Eu te conto no caminho. Vamos. Justice, você vem com a gente.

– Serão meu reforço? – Silas perguntou, sombrio.

Maddox enviou-lhe um olhar maléfico.

– Isso aí!

Trinta segundos depois, eles entraram no carro de Silas e deixaram o estacionamento. Maddox colocou o endereço no GPS.

– O que queria dizer sobre Hayley? – Silas perguntou.

– Merda – disse Maddox, fechando os olhos. – Zander me ligou do hospital todo puto porque antes só conseguia se lembrar de algumas partes sobre o tiroteio. Aconteceu tão rápido. Mas ele se lembrou de tudo em detalhes há algumas horas. Achamos que nós éramos o alvo do tiro e parecia que era isso mesmo, pois Hayley foi atingida quando tentou correr até Zander e empurrá-lo para desviar da bala. Mas Zander disse que não foi assim.

– Como foi, então? – Silas gritou. – Desembucha logo. Nós não temos o dia todo!

– Zander disse que Hayley viu os caras apontarem. A gente não. Mas ele viu o rosto dela e quando se virou viu também os caras e eles não dispararam imediatamente. Eles *hesitaram*. Só abriram fogo depois que Hayley entrou na mira deles, saindo *detrás* de Zander e correndo para empurrá-lo. Zander conseguiu entrar na frente dela, quase inteiro, e sofreu o ferimento. Com exceções da bala que ricocheteou e que atingiu Hayley. Ela era o alvo, não nós, o que significa que eles a marcaram há muito tempo e estavam esperando a oportunidade.

Silas sentiu o sangue sair de seu rosto e começou a suar da cabeça aos pés. Tinha sido tão orgulhoso desde o começo. Tão certo de que poderia manter Hayley fora do radar e que ninguém saberia que estava envolvido com ela. Mas todos os desgraçados sabiam. Tinha uma tremenda sorte por Hayley ainda não ter sido morta. E, se não chegasse a tempo, era exatamente o que ia acontecer com ela.

– Calma, irmão – disse Justice em voz baixa. – Tem que manter a cabeça fria ou não servirá de nada para ela. Entramos e fazemos isso do jeito certo e ninguém vai morrer. Está comigo?

Silas assentiu, mas sua pulsação trovejava tão alto em seus ouvidos que ele não tinha ideia do que Justice havia dito.

– Hartley está com Evangeline, e Drake nos encontrará lá. Jax também está a caminho. Vamos pegar sua menina, Silas. E desta vez, tente ficar com ela, ok? – Maddox disse com uma voz séria.

35

HAYLEY SE FORÇOU A SAIR DA CAMA depois de outra noite sem dormir e sentou-se com as pernas sobre a borda do colchão, os braços em volta da cintura. Ergueu a cabeça e examinou, desanimada, o interior daquele apartamento velho que tinha alugado. Não conseguiria ficar ali mais uma noite. Havia escolhido aquele lugar porque poderia pagar por semana e, à luz do dia, não parecia tão ruim. Mas era uma favela infestada pelo crime, cheia de gangues e traficantes.

Na noite anterior, tinha ficado sentada, encolhida naquele apartamento de esquina, após ouvir tiros bem debaixo de sua janela e, quando finalmente olhou para fora, testemunhou com uma clareza surpreendente uma negociação de drogas dar errado.

Depois daquilo, Hayley pegara a Colt que seu pai lhe dera antes de ela vir para a cidade, a mesma com que ele passara dias ensinando-a a atirar desde pequena, e colocou a arma, carregada, debaixo do travesseiro, fácil de alcançar. Estava determinado que sua filha sempre soubesse se defender, mas até então ela não tinha sentido necessidade de andar com aquela arma.

Soltou uma risada áspera. Não tinha sentido necessidade? Certamente, ela teria sido útil na noite em que havia sido atacada e, principalmente, na noite do recital em que Zander foi baleado. Se estivesse com ela, poderia ter dado àqueles desgraçados um pouco de seu próprio remédio ao pegá-los de surpresa.

Nunca mais andaria sem a arma. Tinha ficado com ela, sim, mas estava guardada em segurança. A partir de então, no entanto, decidiu que não sairia mais de seu apartamento sem levá-la na bolsa e não se moveria um centímetro em sua casa sem aquele metal reconfortante grudado na palma de sua mão.

Fez um esforço para se levantar da cama, sabendo que era muito tarde, mas só depois do amanhecer as coisas tinham se acalmado o suficiente para que caísse no sono, ainda que agitado. Temia até mesmo deixar a segurança relativa de seu apartamento, mas se recusara a se tornar prisioneira. Ia fazer as malas e partiria naquele dia mesmo. Não sabia para onde. Ainda. Mas, quando tivesse guardado tudo, teria pelo menos uma ideia.

Depois de pegar a arma debaixo do travesseiro, ela a guardou na bolsa e então, ansiosa para sair dali e deixar todo aquele suplício para trás, nem quis tomar banho. Apressou-se em arrumar seus escassos pertences e depois jogou água fria no rosto, escovou os dentes e prendeu o cabelo em um rabo de cavalo.

Com cuidado, puxou as cortinas sujas para espreitar a rua, suspirando com tristeza ao ver o contorno da cidade apagado na distância. Apesar do sofrimento e do desespero pesando em seu coração, sentiria falta dela, com todas as luzes e reboliço que a haviam engolido desde o dia em que havia pisado ali.

Para uma garota de cidade pequena como ela, Manhattan parecia tão cheia de brilho e glamour, tão sofisticada, enquanto ela era qualquer coisa, menos aquilo. Mas tinha se adaptado rapidamente, graças à bondade dos patronos idosos da escola, que lhe pediram para cuidar da casa para eles enquanto visitavam a Europa. Foi a primeira vez que sentiu o gosto real da independência, e ela tinha desabrochado e até mesmo aproveitado essa nova vida.

Agora, era hora de se recolher, seguir em frente e se tornar a mulher independente e autossuficiente que seu pai a havia criado para ser. Só queria saber por onde começar ou como esquecer o único homem que sabia que nunca deixaria de amar.

Terminou de colocar tudo na mala e estava vestida e pronta para enfrentar o futuro, um futuro sem o homem que havia lhe dado essa esperança, pendurou a bolsa no ombro e foi até a porta, colocando a orelha na madeira envelhecida. Quando ouviu um leve golpe e a gritaria rotineira dos vizinhos, recuou e decidiu esperar alguns minutos antes de sair. A última coisa que queria era entrar no meio de uma briga doméstica.

Depois do que pareceu uma espera interminável, o grito se transformou em silêncio absoluto. Ficou ali mais um pouco, certificando-se de que tinham voltado para o apartamento. Depois, abriu a porta para espiar antes de sair arrastando sua mala pesada escada abaixo e caminhar até a estação de metrô mais próxima. Nem os táxis se atreviam a entrar naquele bairro. Não tinha visto nenhum nos dias que passara ali.

Estava com a mão na maçaneta quando a porta de repente explodiu, abrindo-se e empurrando-a para trás alguns metros, onde ela caiu dolorosamente no chão. Hayley deu um grito quando um homem enorme apareceu sobre ela, e, assim que abriu a boca para gritar de novo, ele a atacou e lhe deu um tapa tão forte que ela caiu, batendo no chão com o outro lado da cabeça, que zumbia.

Dois homens entraram correndo e agarraram-na, com ela gritando com a voz rouca, recusando-se a ceder às exigências de que ficasse calada.

Os momentos seguintes foram um borrão confuso, já que tudo o que ela aprendera de seu pai superprotetor quando pequena voltou correndo para sua cabeça. Coisas que não tinha conseguido usar na noite em que havia sido resgatada por Silas pois estava chocada e assustada demais.

Desta vez, não estava aterrorizada e incapaz de se defender. Estava puta, cansada de ser intimidada, derrubada e arrastada por homens em quem não confiava e homens em quem confiava. Poderia estar assinando seu próprio atestado de óbito por não atender às exigências deles, mas, naquele momento, podiam vir. Não ia a lugar nenhum sem brigar. Chutou, deu socos, arranhou e continuou a gritar até que um punho grande atingiu sua maçã do rosto, fazendo-a cair de costas no chão. Atordoada e confusa por um instante, ouviu uma voz áspera sussurrar "cale a boca, vadia", antes de aquela mesma mão cobrir sua boca.

Sem querer apenas desistir e aceitar seu destino, Hayley retomou a luta. Suas unhas cravaram na carne, mas um punho acertou suas costelas, tirando-lhe o fôlego. Merda! Aquelas eram as mesmas costelas quebradas no ataque anterior, e com a dor queimando seu tronco, apostaria cada centavo de sua conta bancária que elas acabavam de ser quebradas novamente.

A mão livre de Hayley procurou o abajur barato ao lado do sofá e ela o quebrou naquela pessoa e em qualquer coisa que pudesse alcançar. Uma mão apertou seus cabelos e bateu sua cabeça contra o chão, deixando sua visão embaçada. Ela piscou rapidamente, tentando colocar seus atacantes em foco, mas era quase impossível por causa da maneira como ele a segurava no chão, usando todo seu peso para pressioná-la.

Sentiu um ar frio no peito e entendeu que sua blusa havia sido aberta. O homem que estava sobre ela tinha sangue gotejando das têmporas e marcas das unhas dela na bochecha.

– Nosso pai não gosta de mulheres que lutam. Precisamos cuidar disso – ele grunhiu e arrancou o botão do seu jeans.

Oh, infernos, não. Não ia deixar aquele idiota de pinto pequeno estuprá-la. Preferia a morte a permitir que ele a violasse e tirasse dela a pouca dignidade que ainda tinha.

Sabendo o que planejavam, Hayley redobrou os esforços para escapar. O segundo homem, que se parecia muito com o sujeito que estava sobre ela, e que deduziu ser seu irmão, veio ajudá-lo a segurá-la. As pernas agitadas de Hayley derrubaram a mesa de café e, com isso, a tampa de vidro se espatifou no chão. De longe, ouviu alguém bater e a voz do vizinho gritando:

– Mais baixo ou eu vou ligar para a polícia!

Irônico, considerando o barulho que ele fazia ao brigar com a mulher quase todo dia.

Os dois agressores congelaram e trocaram olhares rápidos. Então, o homem em cima dela puxou uma arma e colocou na testa de Hayley.

– Cansei de você, puta. Mexa-se mais uma vez e vou explodir seu cérebro aqui e agora. Meu pai só quer conversar com você, e sou o homem que vai te entregar a ele para que ele possa ver que sou perfeitamente capaz de administrar o negócio da família. Agora, você vai ser uma boa menina e vem conosco ou vamos ter que apelar?

Hayley sabia que estavam mentindo. Não havia "conversa", mas também sabia que ele estava falando sério sobre explodir seu cérebro. Daria a eles o que queriam até que ela pudesse explodir os cérebros *deles* ou morresse tentando.

O mais jovem dos dois irmãos a colocou de pé enquanto o outro mantinha a arma apontada para ela. A dor gritante de suas costelas dificultava sua respiração e sua visão ainda estava embaçada por causa dos golpes repetidos em sua cabeça, mas a adrenalina a impedia de sentir mais dores por seus ferimentos.

Passaram pela porta e pelo corredor, sem cruzar com uma alma viva. Enquanto Hayley descia, trôpega, a escada, sua bolsa, que ela de alguma forma havia conseguido segurar, bateu contra seu quadril e lembrou que ela ainda não estava morta. Com o olho inchando rapidamente, mirou, por um breve momento, o desgraçado que apontava a pistola para ela, e percebeu que sua arma não estava mais à vista. Não devia querer assustar ninguém, caso algum vizinho realmente ligasse para o que estava acontecendo. O idiota obviamente não estava familiarizado com aquela região da cidade.

Foi conduzida para o beco de trás, onde lixo se espalhava e onde, de sua janela, tinha visto a venda de drogas. Havia um carro preto esperando.

Nunca os deixe levá-la para um segundo local.

O instrutor do curso de autodefesa que ela fizera na adolescência tinha enfiado isso na cabeça de seus alunos. Se entrasse naquele carro, sabia que estava morta. Se tentasse lutar, provavelmente também estaria morta. De um jeito ou de outro, morreria, mas lutar ao menos lhe daria uma chance, uma chance que, uma vez dentro do carro, desapareceria a cada minuto em que estivessem mais perto de onde eles a estavam levando.

Enquanto seus sequestradores conversavam em voz baixa a seu lado, ela lentamente enfiou a mão na bolsa e, com os dedos, apertou o aço duro. Sua última conexão com o pai. E, se não funcionasse, ela sabia que iria encontrá-lo logo.

Hayley fingiu um tropeço, colocando-se a alguns metros de distância deles. Os homens giraram e enfiaram a mão nas jaquetas para pegar a arma. Quando suas costas bateram em uma caçamba ali perto, ela sacou a Colt. Tudo o que aprendera com o pai quando era mais nova em uma colina no Tennessee voltou quando apontou o revólver, soltou o ar e apertou o gatilho.

36

À MEDIDA QUE O GPS OS GUIAVA MAIS fundo em uma das áreas mais perigosas da periferia da cidade, Silas sentiu o olhar de Maddox pesar sobre ele.

– Diga logo o que está pensando – Silas sibilou com impaciência.

– O que diabos Hayley está fazendo nesse bairro, Silas? Disse que a tinha acomodado em outro lugar. Era *desta* merda que estava falando? O que diabos está errado com você?

– Merda! Você sabe que não. Nunca quis que ela vivesse assim. – Ele não conseguiu manter a dor aguda ou o medo excessivo fora de seu tom, apesar do esforço. – Eu a coloquei em um lugar agradável, não muito longe da escola, mas há dias ela não volta para casa ou para a escola. Eu... – Ele fechou os olhos e disse a última frase em um sussurro. – Eu a perdi. Passei a manhã inteira tentando rastreá-la. Então veio a ligação do Ghost e eu só posso pedir a Deus que consiga chegar a tempo.

Justice fez um som de desgosto e Maddox parecia muito puto.

– Não passou pela sua cabeça pedir ajuda? Tipo, logo que ela desapareceu? Ela não é apenas sua, Silas. Ela é nossa também. Da mesma forma que Evangeline é nossa. Somos seus irmãos, merda.

– Esta porcaria não está certa – disse Justice, claramente de acordo com a declaração furiosa de Maddox. – Sim, Hatch ferrou com a gente. Nos vendeu para os malditos policiais. Mas se não pudermos mais confiar uns nos outros, é melhor entregar logo a cidade para os Vanucci, porque em breve viraremos comida de peixe no Hudson, e aí como ficarão Hayley, Evangeline e Gia?

Silas sabia que ambos falavam a verdade, mas não podia se preocupar com eles ou com a questão da confiança agora. Não quando seu mundo inteiro estava por um fio. Mais tarde, quando tivesse certeza de que Hayley estava segura, trabalharia na reparação do que Hatcher havia destruído.

O GPS informou que o destino deles estava próximo, à direita. Silas encostou na calçada e o som de tiros cobriu o ar. Saindo do carro ainda em movimento, os três sacaram as próprias armas e correram em direção ao som.

Hayley não. Não deixe que seja ela. Não pode ser tarde demais para mim.

Sentindo como se deslizasse, Silas voou para o beco, então o choque o fez parar e, por uma fração de segundo, ficou imóvel com a visão com que foi recebido. Ao seu lado, ouviu Maddox sussurrar:

– Jesus amado.

Hayley estava sentada no chão em frente a uma caçamba, ensanguentada e ferida. De novo. Segurava uma arma com mãos firmes, atirando em dois cadáveres. Seus olhos estavam vazios, e o único outro som naquele estranho silêncio, além do clique, clique, clique incessante, Hayley atirando roboticamente, era o som de sua respiração áspera e aterrorizada.

Silas ouviu passos correndo atrás de si, mas não conseguiu desviar o olhar do horror em sua frente.

Houve uma puxada de ar audível e outros sons de choque completo, e então a voz de Drake afogou os sons que Hayley emitia.

– O que diabos aconteceu aqui? – Drake rugiu.

A pergunta arrancou Silas de seu estupor e ele correu para Hayley, com as pernas tão trêmulas que ele desabou de joelhos assim que chegou até ela.

– Hayley! – seu grito torturado derramou de seus lábios. – Oh, Deus, amor. Deixa-me ver. Consegue me dizer o que aconteceu e se está muito machucada? Onde está ferida?

Ela nem deu conta da presença dele. Continuou com seus constantes clique, clique, clique, disparando sem parar, os olhos esvaziados pela dor e pelo terror, tão turvos que Silas entendeu que ela não estava mais consciente de si nem de suas ações.

Maddox inclinou-se sobre o outro lado e, com carinho, tirou a arma das mãos dela. Atrás de Silas, Drake dava ordens para que fosse feita uma limpeza. Ele não olhou para Drake nem uma vez e não tinha ideia de quem tinha vindo com ele.

Silas passou as mãos sobre o corpo dela, tentando determinar a gravidade dos ferimentos. A maior parte do sangue parecia vir de seu rosto. Seu nariz estava quebrado e o canto da boca estava cortado, sangrando muito pescoço abaixo. E sua camisa e suas calças estavam abertas, fazendo-o temer o pior... que ele não tinha chegado a tempo de salvá-la de sofrer dor e degradação nas mãos dos homens de Vanucci. Meu Deus, o que haviam feito com sua menina doce?

– Hayley? Querida, preciso que fale comigo. Onde está ferida? Estou aqui. Você está segura agora. Apenas fale comigo, princesa. Por favor – ele implorou.

Silas empurrou Maddox para pegá-la gentilmente nos braços e levantá-la daquela calçada imunda. Mas, assim que deixou o chão, ela se tornou um gato selvagem, lutando e balançando, ainda sem dizer uma palavra.

– Hayley! Pare antes que piore suas feridas. É o Silas, estou com você, menina doce.

Mas as palavras dele só fizeram com que ela se agitasse mais, forçando-o a colocá-la de volta no chão. Segurá-la causaria mais danos. Teria apenas que continuar falando até que ela voltasse a si e se recuperasse do horror inicial do ataque.

Afastando-se um pouco, ele passou a mão em torno de sua fina garganta, acariciando sua pele macia, com a esperança de que aquele ato familiar a acalmasse e a estabilizasse.

– Está tudo bem agora, princesa. Eu prometo.

As mãos de Hayley se agitaram na direção de Silas, e os olhos dela finalmente encontraram os dele.

– Você promete? Você promete?

O sussurro áspero dela fez um arrepio percorrer a espinha dele.

– Nós dois sabemos quanto valem as suas promessas. Não encoste em mim – ela disse, desviando da mão de Silas.

Desta vez, ele nem ligou para as lágrimas que queimavam seus olhos e ameaçavam cair pelo seu rosto. Aquelas palavras eram como a faca mais afiada, enfiada diretamente em seu coração. Ela estava absolutamente certa. Suas promessas não significavam nada para ela. Ele tinha feito muitas e quebrado todas. Queria implorar seu perdão ali mesmo, mas a principal preocupação era levá-la ao médico para que a gravidade de seus ferimentos fosse avaliada.

Maddox se aproximou de Hayley.

– Precisamos conseguir ajuda para você, Hayley. Você tem um hematoma no rosto e, pelo jeito como está segurando aí do lado, dá para ver que está ferida.

Ele reparou na bagunça de suas roupas e na blusa que ela agora segurava fechada. A raiva e a dor ficaram óbvias no rosto dele.

– O que fizeram com você? Eles…

Ele parou, provavelmente sem conseguir dizer aquilo que Silas não se permitira sequer pensar até aquele momento. *Estupro*. Aqueles homens tinham estuprado aquela menina linda e doce?

– Não – ela sussurrou, com raiva. – Eles tentaram… – O olhar dela se agitou, em desespero, até pousar nos cadáveres a poucos metros de distância. – Estão mortos?

Sua voz tremia e lágrimas começaram a escorrer silenciosamente por suas bochechas. Silas queria uivar e colocar para fora o sofrimento terrível que o consumia. Ela tinha sofrido terrivelmente por causa dele. Não uma vez, mas três vezes, porque em cada caso ele havia falhado quando ela mais precisava dele. Como poderia esperar ter o perdão dela quando ele mesmo nunca se perdoaria?

Drake estava agachado ao lado dos corpos, inspecionando os bolsos deles, quando ouviu a pergunta quase sussurrada de Hayley.

– Sim, querida – disse com uma voz calmante. – Nunca vão machucar você ou qualquer outra pessoa de novo.

Com o pé, ele rolou um dos corpos para ver o rosto.

– Este aqui é o filho mais velho de Vanucci. O desgraçado não consegue fazer merda nenhuma sem que o pai lhe diga como. Não quero nem saber por que ele foi autorizado a sair de casa, mas ele é um idiota inepto, e precisamos agradecer por Hayley estar viva agora. O outro é o segundo filho mais velho de Vanucci. Meu palpite é que estavam agindo sozinhos para tentar impressionar o velho.

Maddox levantou a arma que tirou de Hayley.

– Não é o tipo de arma que esses desgraçados normalmente carregam. Um revólver? Eles não saem de casa sem fuzis ou armas capazes de atirar dezenas de vezes.

– É meu – disse Hayley, sem forças. – Me devolve.

Os músculos de Silas se contraíram quando ele controlou o impulso irresistível de puxá-la para seus braços e abraçá-la para sempre. Ela não aceitaria o abraço e ele merecia isso, mas ainda assim doía muito nele. Então processou as palavras dela e o pânico com que vinha lutando emergiu de novo.

– O quê? – ele rugiu, depois se virou em direção a Drake. – Ela não pode nem mesmo estar legalmente com essa arma. Isso nunca vai passar como autodefesa com a metade dos policiais na folha de pagamento de Vanucci e o fato de que, se os Vanucci molharem algumas mãos, facilmente jogarão isso sobre ela e alegarão que foram as vítimas.

– Calma, Silas. Uma equipe de limpeza está a caminho. Tudo isso será cuidado e Hayley não será atingida. Vamos cobrir para ela. Prometo. Apenas leve-a para o nosso médico e peça que cuide dela. Esta parte aqui está resolvida.

Silas se aproximou de Hayley mais uma vez, mas ela ficou dura e se afastou, encolhendo-se em uma bola em frente à caçamba.

– Princesa, você ouviu Drake – Silas disse com uma voz suave. – Preciso te levar no médico. Prometo que vamos resolver tudo assim que tiver certeza de que você está bem.

Com uma mão afastando Silas, Hayley se apoiou na caçamba para se levantar. Uma vez de pé, ela se endireitou o máximo que conseguiu, ainda segurando suas costelas, e o encarou enquanto as lágrimas salpicavam o chão, misturando-se ao seu sangue.

– Tenho três palavras para você, Silas. – Mal conseguiu dizer com os lábios duros e inchados – *Vai. Se. Foder.* Você e suas promessas. Não sou mais responsabilidade sua. Por decisão *sua*. Para você, já tinha dado. Agora *eu* tomei a *minha* decisão. Para *mim*, já deu.

Silas absorveu cada golpe daquelas palavras, sabendo que as merecia e muito mais. Ficou ali, com a alma rasgada, enquanto Maddox conversava com Hayley em voz baixa, acalmando-a, como faria com um cavalo assustado.

– Querida, me escute, por favor. Você está gravemente ferida. Você e meu irmão não estão numa boa agora. Eu entendo. Mas você precisa de um médico. Deixe-me te levar lá. Se for ao hospital, pode ser registrada. Ninguém pode saber que estava aqui, querida. Você pode ser presa por causa dessa arma. Faça isso por mim, por favor. Não posso deixá-la aqui sozinha e ferida.

Os ombros de Hayley caíram e ela fechou os olhos.

– Eu vou – ela cedeu. – Mas só se *você* me levar.

Quando Hayley saiu de perto da caçamba, suas pernas bambearam e Maddox chegou antes de Silas para segurá-la contra o peito. Por um instante, o olhar de Maddox cruzou com o dele, e então Silas observou seu irmão sair rapidamente do beco, com seu mundo inteiro em seus braços.

– Silas? – Drake chamou. – Preciso da sua ajuda. Os rapazes estão quase chegando. Vamos cuidar da sua menina, e depois você pode começar a sair desse buraco que cavou para si mesmo. Já estive aí, cara. Será uma das coisas mais difíceis que já fez, mas rasteje, se for necessário. Vale a pena. Porque nada é mais difícil do que viver sem a outra metade de seu coração.

37

– Onde diabos está Hayley? – Silas rugiu pelo telefone. – Acabo de ir até a clínica e não tem ninguém lá.

Maddox suspirou e houve um silêncio momentâneo que deixou Silas ainda mais maluco.

– Hayley recusou-se a ir à clínica. A única maneira que encontrei de fazê-la aceitar que um médico a visse foi trazê-la para um hotel e ligar para o médico daqui.

– Onde? – Silas perguntou com uma voz gelada.

– Eh, eu não acho...

– Onde, merda? – Silas gritou.

Maddox bufou e depois disse o nome do hotel e o número do quarto. Silas acelerou e dirigiu o mais rápido possível. Chegou ao hotel quinze longos minutos depois. Passou pela recepção, pegou o elevador e apertou o número do trigésimo andar.

Pouco depois, ele estava batendo na porta e grunhiu de um jeito ameaçador quando Maddox atendeu, seu grande corpo bloqueando a entrada.

– Ou me deixa vê-la ou vou passar por cima de você – Silas disse com firmeza.

– Ela não quer te ver, cara – disse Maddox, compaixão em seus olhos.

– Ela vai ter que dizer isso na minha cara. Agora mexa-se.

Relutante, Maddox deixou que ele entrasse na suíte. Os olhos de Silas pararam na porta do quarto, entreaberta. Parou na porta e espiou pela abertura. O médico de Drake estava terminando de examinar o corpo ferido de Hayley. Silas fechou os olhos, a visão de todo o sangue e dos hematomas era mais do que conseguia aguentar. Quanto mais ela teria que sofrer por quem e pelo que ele era? Por todos os erros que havia cometido com ela desde o início?

Ele abriu a porta na hora em que o médico dava a Hayley suas últimas orientações, e caminhou rápido em direção à cama, fazendo um gesto para o médico sair.

Hayley estava deitada sobre um monte de travesseiros, seus cílios escuros descansando em suas bochechas pálidas e maltratadas. Ele se sentou na cama e se posicionou de forma que pudesse encará-la. Com carinho, segurou sua mão e a levou até os lábios. Tomado pela emoção que inundava seu peito, ele sentiu uma umidade peculiar em suas bochechas.

Assim que tocou Hayley, os olhos dela se abriram e ela puxou a mão tão rápido que seu tronco se mexeu e ela soltou um suspiro de dor. Firmou a mão sobre o próprio peito, cobriu-a, protetora, com a outra, e tentou mantê-la longe dele.

– Cuidado, princesa – ele falou em voz baixa. – Não se machuque. Você precisa ficar o mais quieta possível para não sentir mais dor.

– Você é o único que me causa dor – disse ela, a respiração entrecortada.

Ele respirou fundo e desviou o olhar. Mais lágrimas deslizaram silenciosamente por suas bochechas.

– Tenho tanto para te dizer – ele disse. – Sinto muito, minha linda garota. Cometi muitos erros. Nunca quis te machucar, tantas vezes. Não consigo fazer nada direito com você. Você me derrubou desde o momento em que entrou no meu mundo. E então, você se tornou meu mundo.

Ela levantou uma mão trêmula para detê-lo.

– Nem tente – ela disse, com desprezo. – Não quero ouvir nada do que tem a dizer. Não consigo confiar em nenhuma palavra que saia da sua boca. Não fui nada além de honesta com você, Silas. Tenho cumprido todas as minhas promessas. Você pode dizer o mesmo?

– Eu...

Ela balançou a cabeça.

– Não, não diga nada. Não quero ouvir.

– Princesa, por favor. Deixe-me explicar – ele implorou. – Está ficando mais perigoso e havia tanto risco para você... para todos nós... e tudo o que eu queria era que estivesse segura e feliz. Que tivesse o tipo de vida que merecia e não a que eu podia te dar, toda fodida. Por isso te afastei e te fiz acreditar que eu não queria mais você. E aí, Deus, aquilo me matou, amor. Foi a única mentira que eu disse. Quando disse que tínhamos terminado e que não queria estar com você quando, na verdade, você é a única pessoa no mundo com quem quero passar a minha vida.

– Você é tão hipócrita – ela interrompeu, acabando com o desabafo apaixonado de Silas. – Você se lembra de quando seu irmão sangrou em mim? Quando ele e eu fomos baleados? Eu tentei te deixar. Porque só queria que estivesse seguro. Nunca quis ser uma vulnerabilidade para você ou uma maneira para seus inimigos te atingirem. Mas você não me deixou ir. Você me fez ficar e me fez te amar e depois tomou a decisão unilateral de me afastar. Ninguém fez isso por você. Você poderia ter sido sincero e me contado o que estava acontecendo. Alguma vez pensou nisso? Que tenho uma mente e um cérebro próprios e que deveria ter me dado a chance de decidir sozinha se queria aceitar o risco de estar com você?

A boca de Silas se abriu, trêmula com a verdade nua e crua. Cada palavra dela era uma flecha de verdade que o atingia com precisão.

Ela balançou a cabeça, adiantando-se antes que ele pudesse formular algo – qualquer coisa – para fazê-la mudar de ideia.

– Acha que sou fraca e desamparada. Que não posso nem fazer xixi sem me dizer como e quando. Aqui vai uma informação: não sou fraca. Não sou uma idiota sem cérebro. Dar meu amor e minha submissão a você foi uma *escolha*. Posso muito bem viver sem isso, e, na boa, vivi até agora sem um homem controlando cada minuto do meu dia. Dei isso a você porque queria e porque te faria feliz. E fazer você feliz *me* deixava feliz. Mas não *preciso* disso e não *preciso* de você.

Ele ficou sentado, imóvel, sangrando por dentro enquanto olhava para a feição determinada em seu rosto, lia a verdade em seus olhos. Não havia como voltar atrás. Ele tinha ido longe demais desta vez e perdera a única coisa que já amou de verdade na vida.

– Por favor, vá embora – ela sussurrou. – Já está doendo o suficiente, Silas. Por favor, me deixe em paz. É pedir muito?

Ele balançou a cabeça devagar e ficou de pé.

– Não, princesa. Não é pedir muito. Só quero que seja feliz e esteja em segurança. É tudo o que sempre quis. Se quer que eu vá embora, irei. Eu...

Silas engasgou com as palavras de amor que ameaçavam estrangulá-lo. Não adiantariam nada agora, e, para começar, o que ele sabia sobre o amor? Com um último e longo olhar para a mulher que tinha seu coração e sua alma nas mãos, se virou e se afastou, estremecendo a cada passo.

Depois que a porta se fechou, Hayley desmoronou, enterrando seu rosto machucado e maltratado nas mãos enquanto os soluços sacudiam sua magra figura.

– Querida, assim você parte meu coração – disse Maddox ali perto, passando os braços em torno dela. – Chore o tanto que precisar. Eu sei que dói.

Ela enterrou o rosto no ombro dele enquanto seu corpo inteiro tremia com uma dor que não era apenas física.

38

– ANALISEI TODOS OS ARQUIVOS que Ghost nos trouxe dos Vanucci – disse Justice. – Relatórios de Hatcher, uma lista de todos os policiais sujos na folha de pagamento e uma relação de ataques. A boa notícia é que tudo é registrado, o que significa que não há mais traidores na nossa organização. A má notícia é que ainda não tenho nenhuma porra de pista sobre como eles conheciam a Gia.

Silas franziu a testa.

– E Hayley?

– Devem tê-la marcado no início, cara. Desculpe – disse Justice com um estremecimento. – Sabe que fomos muito cuidadosos para não sermos vistos com ela, e das dificuldades que tivemos para garantir que não seríamos seguidos toda vez que íamos sair com ela. Nunca a levamos aos nossos lugares. Você fez com que ela ficasse em casa a maior parte do tempo. Talvez foi sorte deles. Talvez tenha sido o caso de eles estarem no lugar certo e na hora certa.

– Hatcher ouviu um telefonema – a voz rouca de Thane veio da entrada.

Silas e Justice se viraram para ver Thane como o esqueleto que vinha arrastando, a barba malfeita parecendo um acumulado de dias, a fadiga pronunciada e o estresse evidentes nos sulcos profundos de seu rosto.

– Estava falando com Gia aqui quando ninguém deveria estar por perto. Quando Hatcher apareceu inesperadamente, desliguei na mesma hora, mas ele devia estar ouvindo antes de aparecer. É a única explicação possível.

Justice praguejou e a careta ficou mais firme no rosto de Silas. O maldito traidor tinha sido a fonte de uma tristeza sem fim para todos eles.

– Ei, cara – Justice chamou Thane, suavemente – Como está a Gia?

Thane se deixou cair no sofá, colocou o rosto nas mãos e o esfregou, cansado.

– Alternando entre consciente e inconsciente. Toda vez que acorda por algum tempo, tem ataques de pânico tão fortes que precisam sedá-la de novo. Ninguém conseguiu interrogá-la ainda, então precisam contar com o que descobriram pelos exames físicos dela – ele disse, amargo.

– Por que não deixa que um de nós fique com ela esta noite? – Justice ofereceu. – Você parece abatido. Precisa descansar um pouco. Não pode seguir assim.

Thane lançou um olhar cheio de significado na direção de Silas.

– Não ache que sou o único com quem precisa se preocupar. Há quanto tempo não dorme, Silas?

Silas se endireitou e se levantou da cadeira.

– Tenho coisas a fazer – murmurou, ignorando os olhares cientes de seus irmãos.

Ao sair dali, ouviu Thane murmurar:

– Acho que vou fazer uma visitinha para alguém.

Silas caminhou mecanicamente para o carro e dirigiu até o apartamento, pensando em uma dose de uísque... ou três. Então, talvez conseguisse esquecer a dor e a sensação de perda esmagadora que o acompanhavam todo o tempo em que estava acordado. E talvez pela primeira vez desde que tirara Hayley de sua vida, pudesse dormir.

***

Hayley sentou-se, encolhida, na confortável cadeira da suíte do hotel depois de engolir um dos analgésicos que o médico deixara para ela, mais para a dor de cabeça do que para a dor no restante do corpo. A dor de seu coração, esta ela nem ia tentar curar. Algumas dores não são superáveis; para elas, não há remédio nem qualquer alívio imediato. Nenhuma cura mágica, só o tempo e a distância. Sim, mas bom, ambos eram um saco.

Por dois dias depois que Silas partira, ela havia ficado trancada naquele quarto de hotel, dominada pela tristeza e pelo sofrimento. Tinha chorado até dormir muitas vezes, e vagava por aí como quem havia perdido toda a esperança. As únicas visitas que recebia eram dos irmãos de Silas, alternando-se constantemente em seu quarto. E depois da primeira menção sobre Silas, quando ela, veemente, deixou bem claro que aquele nome não era assunto bem-vindo, ninguém mais falara dele.

Virou-se de lado, seu cérebro processando as coisas um pouco mais devagar agora que a medicação estava fazendo efeito. Assim que fechou os olhos, na tentativa de esquecer tudo por um momento, uma batida suave soou na porta.

Praguejou em voz baixa, não querendo sair daquela posição confortável. Felizmente, antes que levantasse, a porta se abriu e, para sua surpresa, Thane enfiou a cabeça dentro do quarto. Apertou os olhos na direção dele, sem saber se estava mesmo vendo-o ali ou era efeito do remédio, porque aquele homem tinha a aparência de como ela estava se sentindo.

Ele deu a ela um sorriso de lado ao entrar e fechar a porta.

– Ei, pequena. A fim de uma companhia?

Ela deu de ombros.

– Se não se importar por eu estar um pouco grogue.

Ele entrou, suas longas pernas acabando com a distância entre eles, e se acomodou na cadeira em frente à dela.

– E, além de grogue, como você está? – ele perguntou suavemente.

Ela deu de ombros novamente e teve raiva por querer chorar.

– Desculpe não ter vindo antes. Só fiquei sabendo de tudo depois que aconteceu. Tenho ficado o tempo todo no hospital com a Gia.

Ela franziu a testa.

– Quem é Gia?

– Minha meia-irmã.

– O que aconteceu com ela? Ela vai ficar bem? – perguntou Hayley, preocupada.

O queixo de Thane caiu.

– O gigante idiota não lhe contou o que aconteceu?

– Se o gigante idiota em questão é Silas, não tivemos muita coisa para dizer um ao outro – disse Hayley, severa.

Thane balançou a cabeça.

– Gia é minha meia-irmã, mas ninguém sabia sobre ela. Tentei mantê-la afastada do tipo de merda com a qual lidamos diariamente, mas os Vanucci chegaram até ela e a espancaram. Nove dias atrás, eles a despejaram de um carro no estacionamento de trás da boate. Não foi um bom dia para nenhum de nós, e eu disse algumas coisas bastante ruins sobre o fato de que ninguém que amamos pode estar seguro e viver uma vida livre e feliz. Silas levou mais a sério que os outros.

Hayley respirou fundo, entendendo.

– Foi o dia em que ele me dispensou.

Thane fez uma careta.

– Pois é. Queria ter mantido a boca fechada.

A raiva a tomou de repente, as coisas começando a fazer muito mais sentido.

– Aquele idiota – ela sibilou. – Deus me livre de homens idiotas. *Gigante idiota* é um apelido muito leve para ele.

Thane ergueu a sobrancelha, claramente perplexo com a reação dela.

– Puxa, não quis te irritar, pequena. Só achei que precisava saber de todos os fatos.

– Ah, eu conheço os fatos – ela disse com desgosto. – Acredite, eu entendo tudo. Juro, os homens são tão incrivelmente *estúpidos*.

Ao terminar de falar, ela lutou para se levantar da cadeira, cambaleando, sem equilíbrio. Thane ficou de pé imediatamente, o braço em volta dela para apoiá-la.

– Opa, luz do sol. Onde acha que vai?

– Vou falar umas verdades para um idiota.

– Eh... não que eu não acredite firmemente que ele precisa, mas não acho que deve ir a qualquer lugar no momento, querida. Você quase caiu agora.

– Olha, ou você me leva ao apartamento dele ou vou pegar um táxi. Mas vou de qualquer jeito – ela disse, obstinada.

– Levo você – Thane respondeu na mesma hora. – Mas talvez seja melhor trocar de roupa antes.

Hayley olhou para a camisa que Maddox tinha abotoado para ela, para impedir que tivesse que passar qualquer coisa pela cabeça. Fez uma careta. Então, olhou para Thane.

– Isso é embaraçoso – ela murmurou. – Mas não tenho nada além disso. E vou precisar de ajuda porque não consigo levantar os braços sobre a cabeça. Maddox teve que me ajudar a vestir uma de suas camisas e não posso ir a qualquer lugar vestindo apenas a camisa dele e minha calcinha. Sem sutiã.

Thane parecia ter engolido a língua e ela poderia jurar que ele empalidecera um pouco. A expressão de desespero em seu rosto seria até engraçada se ela não estivesse tão irritada com aquele cabeça-dura.

Então, ele fechou os olhos, como se orasse por sua salvação.

– Vamos fazer um acordo – ele disse, estremecendo ao falar. – Vou correr até a loja do hotel e comprar para você uma calça e uma blusa decentes. Mas tem que jurar que nunca vai contar a Silas que precisei ajudá-la a se vestir. Gosto do meu rosto do jeito que é.

Hayley apertou os lábios e olhou em sua direção.

– Ui. Tanto faz. Mas vá logo antes que eu caia no sono.

39

HAYLEY ACENOU POR CIMA DO OMBRO quando saiu do elevador no andar de Silas, deixando Thane lá dentro, para descer de volta. Ele queria acompanhá-la até a porta do apartamento de Silas, mas ela recusou. Não sairia dali sem uma grande discussão e preferia não ter testemunhas.

Apertando o maxilar, marchou até a porta dele e bateu bruscamente. Ela estremeceu quando ouviu um baque, seguido pelo som de vidro quebrando e palavrões abafados. Então, silêncio. Hayley levantou a mão e bateu mais alto. Se precisasse ficar ali batendo a noite toda, ficaria. Por fim, ouviu o som de Silas abrindo as trancas. Prendeu a respiração até que finalmente a porta se abriu e ele estava diante dela, piscando confuso. Enrugou o nariz ao sentir um cheiro de álcool que parecia emanar dele.

Seu rosto se contraiu, confuso, quando ele pousou sobre ela seu olhar embriagado.

– Princesa? – Sua voz saiu quase inaudível, ele encarando-a perplexo. – Você está aqui.

Ela colocou as mãos na cintura e olhou para ele.

– Ah, que ótimo. Vim para lhe dizer exatamente o que acho do seu nobre gesto e como foi abnegado e você está tão bêbado que amanhã nem vai se lembrar do que vou dizer.

Ele parecia tão triste que tudo o que ela conseguia fazer era ficar firme e não abraçá-lo bem forte. Então, ela olhou para baixo e viu cacos de vidro brilhando no chão sobre ele.

– Silas, precisa ter cuidado. Está descalço e há vidro quebrado no chão. Vamos entrar antes que você caia.

Ele a seguiu como um cachorrinho perdido e, quando ela viu manchas de sangue no chão, percebeu que ele não tinha escapado dos cacos. Colocando uma mão cautelosa em seu peito, ela o acalmou e o guiou até o sofá. Os olhos dele estavam fixos nela.

– Ponha os pés na mesa. Vou pegar o kit de primeiros socorros.

Ela estava quase no banheiro quando o sussurro dele a alcançou.

– Que saudade.

Depois de pegar o kit, ela se sentou na mesa de centro e começou a tirar cacos minúsculos do pé dele, que ainda sangrava. Mais uma vez, o olhar dele acompanhou cada movimento dela. Ele a tratava como se fosse uma aparição, com medo de desviar o olhar e ela desaparecer.

– Tive tanta saudade – ele sussurrou novamente. – O dia todo, a noite toda. Tudo o que faço é ter saudade.

Lágrimas pinicavam nos olhos de Hayley e ela piscou para impedi-las de cair. Ele estava partindo seu coração despedaçado. Ela limpou a garganta.

– Posso brigar com você mais tarde, querido. Deixa-me cuidar do seu pé. – Ela abriu o antisséptico. – Vai doer. Me desculpe – disse, em voz baixa.

Ele mal se moveu quando ela aplicou o líquido em seus ferimentos.

– Dói o tempo todo. Não era assim. Eu não sentia nada e isso não era ruim. Então você apareceu. Senti paz. Me senti feliz para caramba pela primeira vez na vida. Então fodi tudo. Agora dói. Deveria ser assim mesmo. Eu mereço. Não te merecia. Nunca mereci. Sabia disso, mas te quis mesmo assim. E trouxe você para o inferno comigo.

Hayley perdeu a luta contra as lágrimas enquanto envolvia os pés dele com gaze. Deus, tinha tanta dor na voz de Silas. Ele não sabia o que estava dizendo e provavelmente se odiaria pela manhã ao lembrar que havia mostrado sua alma daquela forma. Hayley tinha vindo preparada para gritar com ele. Para pisar duro e argumentar e então dizer tudo que acha sobre ele dispensá-la para seu próprio bem.

Ela foi até o quarto, pegou um travesseiro e levou-o de volta ao sofá.

– Pode se deitar para mim, Silas? Preciso limpar os cacos de vidro.

Ele se reclinou no travesseiro, estendendo a mão para passar os dedos pela bochecha úmida dela.

– Não chore, minha Hayley. Precisa entender que eu faria qualquer coisa por você.

Devagar, ele pousou a mão sobre o próprio peito, o olhar ainda fixo no rosto dela.

Ela desviou o olhar, sem conseguir encará-lo e resistir à tentação de cair em seus braços, onde finalmente sentiria calor e segurança novamente. Mas não queria se aproveitar dele. Talvez não a quisesse depois de sóbrio. Não depois de ela ter mandado ele se foder, não só uma, mas duas vezes.

Quando Hayley terminou de varrer o vidro, tudo o que ouviu de Silas era um ronco leve. Jogou o vidro no lixo e depois pegou um dos edredons e cobriu suavemente seu corpo inconsciente. Então, foi ela quem passou os dedos pela bochecha dele.

– O que faço com você, Silas? – ela sussurrou. – Estamos os dois péssimos. Vamos continuar nos afastando até que seja tarde demais?

***

A luz que brilhava contra suas pálpebras fez as marteladas começarem na cabeça de Silas. Com um gemido, ele tentou rolar e quase caiu do seu... sofá? Abrindo um dos olhos, confirmou que sim, estava no sofá. E sim, tinha tomado uma dose de uísque. E outra. Estava na terceira quando a campainha tocou e...

Ignorando as marteladas na cabeça, ele despertou. Hayley estivera lá. Olhou para a direita e descobriu que Hayley *ainda* estava lá. Encolhida no sofá do lado oposto, enrolada no edredom, o cabelo escuro como um corvo espalhado pelo travesseiro. Sua pulsação foi a cem batimentos por minuto. Jesus, ela tirava seu fôlego.

Movendo-se o mais silenciosamente possível, ele se levantou e precisou engolir um gemido. *Porra.* Metade do vidro que ele quebrara na pressa de abrir a porta na noite anterior devia estar fincada em seus pés. Hayley deveria estar em casa, descansando e cuidando de seus próprios ferimentos, mas estava *ali*, cuidando da sua bunda estúpida e bêbada. Desejou poder ser um daqueles bêbados que tinha amnésia completa da noite anterior, mas se lembrava de tudo perfeitamente. Lembrava-se com clareza das lágrimas que escorreram pelo rosto dela enquanto cuidava de seus pés. Era mesmo o pior tipo de filho da puta que já andara sobre a Terra.

Foi até a cozinha e começou a fazer o café e engoliu, a seco, alguns comprimidos de ibuprofeno. Deixaria que Hayley dormisse o tempo que quisesse e, então, quando acordasse, ele faria o café da manhã e descobriria por que ela estava ali, sendo que tinha deixado claro que nunca mais queria vê-lo. Ele franziu a testa. Ela havia dito algo sobre querer gritar com ele. Se as marteladas na sua cabeça parassem algum dia, poderia entender sozinho, mas duvidava que fosse acontecer. As palavras de Hayley e a determinação em seu rosto no último encontro haviam deixado claro que ele não tinha nada a oferecer a ela.

O café tinha acabado de ficar pronto quando ouviu Hayley começar a se mexer. Preparou uma xícara do jeito que ela gostava e levou para ela. Quando Hayley se sentou, fez uma careta e sua respiração falhou.

Ele colocou a xícara na mesa tão rápido que o café espirrou um pouco na beirada. Então segurou na mão dela para ajudá-la a se sentar, tentando ser o mais suave possível.

– Cuidado. – Percebendo que tinha soado grosseiro, limpou a garganta e tentou novamente: – Devagar, princesa. Trouxe seu remédio para dor?

Ajustando-se devagar, Hayley balançou a cabeça.

– Não. Não achei que precisaria.

Reposicionando a xícara perto dela para que ficasse fácil de alcançar, Silas foi até o banheiro e pegou os analgésicos no armário de remédios. Trazendo-os de volta, ele os colocou ao lado da xícara.

– Tome isso, amor. Sei que não gosta de como eles te deixam grogue, mas todo movimento está causando dor e não consigo ver você sofrendo.

Ela engoliu as pílulas, depois tomou um gole de café antes de olhar para ele. Então, desviou o olhar, mirando a xícara.

– Vim aqui para brigar com você e te dizer umas verdades, e agora...

O coração dele bateu forte contra o peito e ele tentou com força segurar a onda súbita de esperança que insistia em disparar.

– Agora *o quê*, princesa? – ele sussurrou.

Lágrimas inundaram seus olhos e tudo o que ele conseguiu fazer foi não pegá-la em seus braços e beijar cada uma delas.

– Estou tão brava com você, Silas – disse, com a voz rouca.

– Por que não estaria? – ele perguntou amargamente.

– Por que não me falou sobre Gia? Por que não confiou em mim o bastante para me deixar decidir se você valia o risco? Porque você vale... valia. Por que nunca me perguntou se eu achava que você valia tudo para mim? Eu nunca deixaria você. Por que você me deixou?

Ele fechou os olhos, seu coração doendo tanto que parecia que estava morrendo.

– Nunca foi uma questão de não confiar em você, princesa. Eu não confiava em mim. Falhei com você várias vezes. Não te dei nada além de dor e sofrimento, e me recusava a ser a razão pela qual você morreria. Você merece muito mais do que posso dar. Você é tão linda, tão preciosa, tão... boa. Tudo o que não sou e tudo de que não sou digno.

Os olhos dela ficaram mais tempestuosos e ela esfregou furiosamente as lágrimas ao olhar para ele.

– Só eu posso dizer quem é digno de mim e do meu amor – disse ela, com ferocidade. – Você não tem esse direito, Silas. Ninguém tem, além de mim. Entende?

Ele piscou com a veemência dela.

Hayley fechou os olhos, dor e tristeza evidentes em seus traços pálidos.

– Como chegamos até aqui, Silas? – ela sussurrou. – Como saímos de estar tão felizes, tão perfeitos um para o outro, para você estar sentado tão longe e eu ter tanto medo de chegar até você? Pode me prometer que, se eu for em sua direção, vai me encontrar no meio do caminho? Que se correr o risco, valerá a pena? Que nunca vai acabar com a gente de novo?

A voz dela falhou na última palavra e Silas não conseguiu mais se segurar. Não encontrá-la no meio do caminho? Ah, inferno, não. Ele percorreria todo o caminho. Ela nunca precisaria fazer um único maldito movimento. Em um instante, ele estava ao lado dela, puxando-a suavemente para seu colo até que estivesse embalada por seus braços, sua cabeça descansando no ombro dele. Enterrou o rosto no pescoço dela e enfiou a mão fundo em seu cabelo sedoso, juntando os fios até se enrolarem em seus dedos.

– Nunca, menina doce – ele sussurrou contra seu pescoço, sentindo o pulso dela batendo em disparada contra seus lábios. – Nunca mais você vai duvidar do meu absoluto amor e adoração por você. Minha devoção e compromisso com você. Você é tudo para mim, princesa. Minha vida, meu mundo, minha razão de viver. Nunca saberá como lamento ter feito você passar por esse inferno, mas, se me der uma chance, quero passar a vida te compensando por isso.

Passou as mãos nas costas de Hayley, de cima abaixo, enquanto sentia as lágrimas dela molharem sua blusa.

– Vendo a irmã de Thane ali deitada na calçada, só conseguia enxergar você. Poderia ter acontecido com você, e eu prefiro morrer do que ver isso. Entrei em pânico. Só queria que estivesse segura e pensei que afastá-la era a melhor solução. Mas estava errado, princesa. Errado demais. Você é a melhor coisa que já entrou na minha vida e fui um idiota de deixá-la ir embora. Eu te amo, Hayley. Pensei que por ter assistido Drake com Evangeline, eu sabia o que era o amor. Mas novamente estava errado. Esse sentimento... Por Deus, amor. Vale a pena lutar por ele. Morrer por ele. Por favor, me dê uma chance de provar isso.

Hayley ergueu a cabeça e olhou nos olhos de Silas, e ele ficou honrado pelo que viu tão claramente refletido ali. Amor. Perdão. Compreensão.

– Nunca deixei de te amar, Silas. Eu tentei. Deus sabe, eu tentei. Estou tão assustada. Aterrorizada. Mas quero tentar. E só com você. Sempre com você. Nunca amarei mais ninguém.

Silas fechou os olhos bem apertados, tentando disfarçar as lágrimas, e foi a vez de Hayley abaixar o rosto para acariciar *seu* pescoço.

– Viver comigo não será fácil. – A voz de Silas era novamente brusca, mas ele não se importava. – Com minhas questões de controle, somadas aos riscos que envolvem meu trabalho, você nunca terá uma vida normal. Tem certeza de que topa isso?

– Foda-se o normal – ela respondeu com uma risada entre as lágrimas. – O que a gente ganha com o normal de qualquer forma?

– Merda nenhuma – Silas murmurou contra seus lábios.

40

– PORRA – SILAS GEMEU QUANDO A BOCA de Hayley se fechou sobre sua ereção rígida mais uma vez. – Minha princesa ama meu pau.

Hayley sorriu e lançou um olhar sensual para ele.

– Não é tudo o que amo.

Os olhos dele se suavizaram e as contrações ásperas de tesão que marcavam seu rosto desapareceram quando ele se abaixou para acariciar, de leve, sua bochecha. Então, enquanto ainda a encarava, um brilho apareceu e seus olhos cintilaram com a promessa de algo que com certeza faria Hayley explodir em total estremecimento.

– Quero minha boca em você – ele disse, gutural.

Ela bufou em torno de seu pau, permitindo que deslizasse inteiro até que a ponta ficasse tocando precariamente em seus lábios antes que ela o sugasse profundamente de novo, provocando outro gemido de prazer. Ele cutucou a bochecha dela, dando um aviso.

– Ou mergulho na sua boceta enquanto está com a boca no meu pau, ou você solta meu pau e enfio a boca em você. A decisão é sua.

Para ela, em qualquer uma das duas ela saía ganhando, mas estava determinada a chegar até o fim ali. Silas raramente dava a Hayley o controle, e ela não ia desistir agora, ainda que tivesse que abrir mão de alguma coisa.

– Ah, tudo bem – ela disse, fazendo um bico teatral.

Em três segundos, seu corpo foi puxado para cima e girado, sua pelve encaixando na língua safada dele, os joelhos em cada lado da cabeça. Deus, como poderia se concentrar em deixá-lo louco quando era ela quem já começava a perder os sentidos?

Lambeu e provocou enquanto Silas lambia e provocava muito também. E não demorou para que ambos estivessem emitindo sons profundos de deleite enquanto davam prazer um ao outro com seus lábios e línguas.

Ela sorriu, satisfeita, ao engoli-lo até a parede da garganta. Era inteiro dela. Ninguém havia dado aquilo para ele antes. Nunca tinha deixado que ninguém lhe desse prazer daquela forma. Aquilo... como ele... era inteiro dela, e ninguém jamais teria o que era dela novamente.

A língua dele se projetou, circulando o clitóris dela antes de cair para baixo para mergulhar dentro dela. Ela balançou em cima dele, respirando pelo nariz, ao tentar, com valentia, fazê-lo parar antes que ela disparasse como um foguete. Podia sentir o sorriso de triunfo de Silas em sua carne mais sensível, e redobrou os esforços para levá-lo até o fim antes de perder todos os sentidos.

Desde a primeira vez em que permitira que ela o amasse, que usasse a boca nele, tinha sido como uma barragem que explodia. Parecia voraz pela boca dela, e pedia isso muitas vezes. Quando Hayley acordava de manhã, guiava a cabeça dela até lá embaixo, dizendo sem palavras o que ele queria. No banho, Silas a fazia ficar de joelhos e se perdia na boca dela antes de levantá-la e fodê-la por trás contra a parede do chuveiro. Também havia momentos em que ela o esperava chegar, de joelhos, para que fosse a primeira coisa que visse quando abrisse a porta. Ele entrava, abrindo-a, antes de penetrar profundamente na boca dela. Ele amava aquilo, mas ela amava ainda mais. Silas brincava dizendo que havia criado um monstro. Um pau monstro.

Hayley fechou os olhos, usando toda a concentração para segurar seu orgasmo, para fazê-lo chegar lá antes. Ele estava perto. Muito perto. Ela já podia sentir o gosto dos pequenos jorros de seu líquido pré-ejaculatório e sentiu seu pau ficar ainda mais duro, sinalizando seu clímax iminente.

Apertando a boca ao redor dele, ela o chupou tão profundamente quanto conseguia, até seus lábios chegarem à base do pênis. Ele tremeu e Hayley ouviu – e sentiu, entre as pernas – o "porra" que ele murmurou. Determinada a conseguir o que queria, sugou, lambeu e acariciou com a língua, aplicando uma pressão firme com a boca, até que finalmente, finalmente, ouviu seu grito gutural e ele se arqueou para cima, explodindo em sua boca, enchendo-a com sua essência.

Ela estava tão perto de seu próprio orgasmo e, agora que Silas estava terminando o dele, ele enfiou ainda mais forte, e ela se apressou em limpar devidamente cada centímetro de seu pau antes de ficar inconsciente.

– Vem para mim – ele rosnou.

Sugou com delicadeza o clitóris e passou a língua em seu botão pulsante, até que as pernas dela estivessem tremendo, incontroláveis. Ela jogou a cabeça para trás, o nome dele era um grito em seus lábios, e então a língua dele entrou profundamente dentro dela. Seu orgasmo veio quente, selvagem, quase doloroso em sua intensidade enquanto ela se curvava e se contorcia na boca dele. Silas segurou seus quadris firmemente, recusando-se a permitir que ela escapasse dos redemoinhos de sua língua.

Ela se afundou sobre ele, ofegando baixinho, com os olhos fechados enquanto ele continuava a lamber e a acariciá-la de leve. Então, as palmas das mãos de Silas tocaram suas nádegas e fizeram um carinho antes que ele levantasse Hayley suavemente e a girasse para abraçá-la, a cabeça apoiada em seu ombro.

Beijou a cabeça dela e a abraçou forte, possessivo, como sempre fazia, e ela suspirou com um imenso contentamento.

– Te amo – ela sussurrou.

O corpo inteiro de Silas se contraiu e, em seguida, estremeceu. Da mesma maneira como tinha acontecido todas as vezes em que Hayley dissera essas palavras nas duas últimas semanas, duas semanas gloriosas que haviam passado no apartamento de Silas, completamente alheios ao restante do mundo, enquanto ela se recuperava e a relação dos dois se fortificava. Ele passara todo momento tentando compensá-la pela dor que causara, pedindo desculpas, não apenas com palavras, mas também com ações.

– Também te amo, menina doce – Silas disse, direto.

Então, ele se levantou e se sentou, puxando-a de maneira que ela ficasse sentada em seu colo, ele com as costas apoiadas contra a cabeceira da cama. Havia hesitação em seus olhos e ele parecia... nervoso. Hayley ficou espantada porque Silas nunca parecia nervoso.

Depois de um tempo, ele disse:

– Queria te fazer uma pergunta, princesa.

Por algum motivo, Hayley sentiu uma necessidade forte de tranquilizar Silas. De lembrar a ele que não a perdera, que ela o amava e que não ia a lugar nenhum. Colocou a mão em seu rosto e olhou para ele com todo o amor em seu coração.

– Sabe que pode me perguntar qualquer coisa, Silas.

Ele segurou as mãos dela e olhou em seus olhos, e ela nunca o vira tão vulnerável e desprotegido.

– Eu...

O celular de Silas tocou e ele soltou um monte de palavrões. Olhou para Hayley, pedindo desculpas com os olhos.

– Desculpe, princesa. Preciso atender. É Drake.

Hayley assentiu.

– Claro. Quer que eu saia para você poder falar em particular?

Ele apertou ainda mais as mãos dela. De repente, Hayley se viu pressionada contra o peito de Silas, que pegou o telefone com a mão livre enquanto mantinha o outro braço envolvendo-a com firmeza.

Bem, aquilo respondia à pergunta.

– Alô – Silas atendeu.

Houve uma breve hesitação e depois:

– O quê? Espera, não é muito cedo? – Mais uma vez Silas ficou em silêncio por um momento. – Ok, Hayley e eu estaremos lá o mais rápido possível.

Silas largou o celular e virou o olhar preocupado para Hayley. Pânico percorreu sua espinha e ela tentou engolir o grande nó que tinha se formado em sua garganta. O olhar de Silas imediatamente se suavizou, enchendo-se de remorso.

– Desculpe. Não quis assustá-la. É Evangeline. Ela entrou em trabalho de parto e Drake está quase perdendo a cabeça. Ainda não estava na hora, mas os médicos garantiram que, com essa idade gestacional, a bebê tem uma excelente chance de sobrevivência. De qualquer forma, estão tentando parar as contrações para a bebê ficar o maior tempo possível no útero.

Hayley se mexeu, desconfortável, e se sentou, afastando-se de Silas.

– Hum... será que eu não deveria ficar aqui?

Silas a mirou como se estivesse doida.

– Princesa, você vai aonde eu for. Ponto final. Não vou deixá-la sozinha até que os desgraçados desses Vanucci sejam dizimados. Inferno, mesmo depois disso, nunca vou querer que esteja onde eu não possa te ver ou te tocar o tempo todo.

O rosto de Hayley queimou com vergonha e embaraço.

– Mas eu pensei e disse algumas coisas terríveis sobre ela – comentou, em voz baixa. Olhava para as mãos, incapaz de encarar Silas. – Não acho que ela ou Drake me queiram com eles agora. Só a família.

A mão firme de Silas se fechou em torno do queixo de Hayley.

– Olhe para mim, amor.

A voz dele era suave e doce e, quando ela finalmente encontrou coragem para encará-lo, seus olhos estavam cheios de compreensão. E de amor.

– Em primeiro lugar, ninguém além de mim sabe nada do que você pensou ou disse. Eu nunca te trairia contando para as pessoas o que você falou. Em segundo lugar, se eu tivesse explicado tudo direitinho sobre Evangeline logo de cara e se não tivesse dado prioridade a ela antes, você nunca teria tido motivos para pensar ou dizer tudo aquilo. E, em terceiro lugar, você *é* família. Minha família. Família dos meus irmãos e, definitivamente, família de Drake e Evangeline. Evangeline vai te amar. Ela é uma mulher muito doce, da mesma idade que você. Vem vivendo isolada desde que se envolveu e se casou com Drake, e não tenho dúvida de que gostaria de ser sua amiga. Quem poderia não te amar, minha menina querida?

O sorriso de Hayley estava trêmulo.

– Você acha?

Ele puxou a cabeça dela para perto de si, para pressionar seus lábios contra a testa dela.

– Tenho certeza. Agora precisamos chegar no hospital antes que Drake faça algo realmente estúpido, como destruir o maldito lugar ou machucar um dos médicos.

Os olhos de Hayley se arregalaram, mas ela rapidamente saiu da cama e procurou no armário um jeans e uma camisa bonita. Arrumou o cabelo e se maquiou com agilidade, não queria que parecesse que ela e Silas tinham passado aquelas duas semanas na cama. Mesmo que fosse exatamente o que tinham feito. Se Silas não tivesse se levantado para cozinhar, eles teriam morrido de fome.

Meia hora mais tarde, ela e Silas chegaram apressados na sala do hospital em que Evangeline estava. Apesar das garantias de Silas, o nervosismo tomava Hayley e ela recuou, escondendo-se atrás dele.

Engoliu em seco quando viu que todos os irmãos dele estavam ali, lotando aquele enorme quarto de hospital. Drake com certeza poderia pagar pelo melhor e ela não achava que ele deixaria sua mulher estar em outro lugar que não o melhor.

Para seu espanto, assim que entrou, atrás de Silas, os irmãos dele vieram em sua direção, ignorando o grunhido de advertência de Silas, e cada um deles a abraçou com carinho, querendo saber como ela estava, bagunçando seu penteado e deixando beijos em suas bochechas.

Maddox a envolveu em seus braços e deu um beijo em sua têmpora.

– Como está se sentindo, querida?

Ela corou, um prazer caloroso inundando suas veias.

– Estou bem – respondeu, timidamente.

– Silas está cuidando bem de você, garota? – Thane quis saber, roubando-a de Maddox para abraçá-la com força também.

Ela abaixou a cabeça com timidez.

– Sim – disse, com a voz rouca. – Estou bem, pessoal. Juro.

– Tire suas mãos da minha mulher – resmungou Silas e seus irmãos riram.

Drake deixou a cabeceira da cama da esposa e pôs as mãos em seus ombros, seu olhar terno mirando Hayley.

– Estou feliz que se sinta melhor, querida, e sinto muito por ter sido arrastada para a nossa briga. Pelo resto da vida, vou lamentar o que houve com você. Aquilo nunca deveria ter acontecido. Se tivéssemos feito nosso trabalho melhor, você nunca teria chegado tão perto de morrer.

A expressão de Silas se encheu de dor, e a culpa surgiu em seus traços, um olhar sombrio penetrando em seus olhos.

– Não foi culpa sua – disse ela, suavemente.

Drake não pareceu convencido. Na verdade, parecia sentir tanta culpa e remorso quanto Silas.

Hayley olhou ao redor dos homens e seu olhar parou na mulher na cama do hospital. Enquanto absorvia seu primeiro vislumbre de Evangeline, sua própria culpa disparou.

O rosto de Evangeline iluminou-se, caloroso, ao sorrir para Hayley.

– Você deve ser a Hayley – ela disse, com doçura. – Estava morrendo de vontade de te conhecer. Sou Evangeline, a mulher de Drake.

Silas passou o braço pela cintura de Hayley e a conduziu até Evangeline.

– Evangeline, quero que conheça alguém muito especial. Esta é Hayley Winthrop. Devia ter apresentado uma a outra muito antes – ele disse com desgosto.

Evangeline olhou brava para Silas.

– Ah, deveria mesmo. – Ela balançou a cabeça. – Vocês, homens, tão teimosos e cabeças-duras.

Hayley riu, encantada com o jeito doce de Evangeline.

– Disse tudo, Evangeline.

– É um enorme prazer finalmente te conhecer, Hayley – disse Evangeline, com sinceridade. Para a surpresa de Hayley, os olhos da outra mulher ficaram úmidos e brilharam de alegria enquanto a fitavam. – Não consigo nem dizer como fico feliz que Silas tenha alguém como você. Ele está tão sozinho há tanto tempo. Você o faz muito feliz e por isso tem minha eterna gratidão.

Com aquelas palavras, qualquer dúvida sobre a relação de Silas e Evangeline evaporou-se. Era óbvio que Evangeline tinha muito carinho por Silas e só queria que ele fosse feliz, algo que as duas compartilhavam.

Em um impulso, Hayley pegou a mão de Evangeline, preocupação inundando-a inteira.

– Você está bem? – perguntou, ansiosa. – A bebê está bem?

Evangeline sorriu e esfregou o montículo de sua barriga, alegria pura inundando seus traços. Drake estava ao seu lado, seus olhos tão cheios de amor e ternura que os olhos de Hayley se encheram de lágrimas por testemunhar algo tão bonito.

– Sim, nossa garotinha está muito bem. Um pouco impaciente, mas foi convencida a ficar no ventre da mãe um pouco mais. O médico conseguiu parar as contrações, e, desde que eu fique calma, ele acredita que vamos conseguir chegar mais perto da data prevista.

– E é exatamente o que você vai fazer – Drake disse, áspero.

Evangeline revirou os olhos e Hayley riu quando as duas compartilharam um momento de cumplicidade por terem homens tão superprotetores.

– Vão te dar alta, então? – Silas perguntou, preocupação em sua voz.

– Não até que ela não esteja tendo mais nenhuma contração – Drake rosnou.

A atenção de todos se voltou para a porta quando ela abriu e um homem alto e de aparência rude entrou. Hayley engoliu em seco, olhando com admiração. Assim como todos os irmãos de Silas, esse homem exalava poder em cada movimento dele. Seu olhar era penetrante, seus olhos escuros e inquietantes. Ele era tão grande e tão musculoso quanto Silas, o que dizia *muito*.

O mais surpreendente foi a reação de Silas. Ele sacudiu a cabeça, emoção fervilhando em sua expressão geralmente ilegível.

– Irmão – Silas sussurrou.

E então Silas viu o outro homem e puxou-o para um forte abraço.

– Bom demais te ver de novo. Bem-vindo ao lar – Silas disse com uma voz engasgada.

O quarto entrou em erupção e cada um dos homens ali reunidos cumprimentou o recém-chegado. Era óbvio que ele significava muito para Silas e seus irmãos. Hayley e Evangeline trocaram olhares intrigados enquanto esperavam uma apresentação.

– Acabou – disse o homem, em voz baixa, para Silas. – Os Vanucci acabaram.

Os homens reagiram com explosão, e Hayley e Evangeline se encolheram. Hayley pegou a mão de Evangeline e apertou, sem saber o que isso significava. Lágrimas brilhavam nos olhos de Evangeline, mas o alívio era evidente em sua expressão.

Drake ergueu a mão pedindo silêncio e o silêncio se fez na mesma hora. Hayley ficou surpresa ao ver que, em uma sala cheia de homens alfa e dominantes, Drake exercia tanto poder e respeito.

– Você não é mais o Ghost, irmão – Drake disse, emoção preenchendo sua voz. Então ele se virou para as duas mulheres, ainda confusas e apreensivas, e sua expressão se suavizou, pedindo desculpas ao perceber a preocupação tão óbvia nelas. – André, quero que conheça duas mulheres muito especiais.

O calor se espalhou por todo corpo de Hayley com um sentimento súbito de pertencimento. Aceitação. Já não se sentia como uma estranha naquele grupo tão unido. Estava na expressão de cada um deles a importância que ela e Evangeline tinham. Engoliu o nó de emoção e piscou para conter a onda de lágrimas que ameaçava cair.

Com ternura, Drake passou a mão na bochecha de Evangeline.

– Esta é minha esposa, Evangeline. – Em seguida, dirigiu o foco para Hayley. – E esta é Hayley. Ela pertence a Silas.

Para a surpresa de Hayley, André caminhou até ela e pegou suas mãos com carinho, seus olhos se suavizando, perdendo o tom duro que tinham quando ele entrou no quarto.

– Estou muito feliz que esteja bem, Hayley. Não conseguiria conviver comigo mesmo se tivesse descoberto tarde demais que os Vanucci tinham informações sobre você. Espero que me perdoe pela provação pela qual passou. Silas é um homem muito sortudo por ter uma mulher tão valente.

Ela o fitou com espanto, sem saber o que dizer.

– Acho que todos sabemos que foi culpa minha que ela estivesse sem proteção e tenha sido forçada a lutar sozinha contra os agressores – disse Silas com muita dor.

– Bobagem – disse Hayley com firmeza.

Os outros riram e, mais uma vez, Drake levantou a mão pedindo silêncio.

– Fale sobre os Vanucci – Drake disse com urgência.

André lançou um olhar de admiração para Hayley.

– Ela derrubou os dois filhos mais velhos do velhote. O mais novo é um covarde e desapareceu, temendo pela vida. O velhote está morto e seu império está em ruínas. As mulheres e os filhos fugiram do país porque, com a organização destruída, agora são alvos fáceis, e os Luconi fizeram uma investida e pegaram todos que tinham alguma posição de poder no exército do velhote. Resumindo, não há mais negócio de família ali e os abutres assumiram as conexões e alianças dos Vanucci. E os Luconi não vão ousar foder com a gente. Estariam assinando seu atestado de óbito e sabem disso.

– Acabou – murmurou Silas, olhando para Drake.

Havia tanto alívio na expressão de Drake e, de repente, ele parecia muito menos carregado. Ele olhou para sua mulher, um brilho de umidade cintilando em seus olhos. Olhou para ele com alegria e alívio, e então simplesmente abriu os braços e a envolveu em seu abraço, enterrando seu rosto em seus cabelos, balançando-a para frente e para trás.

– Graças a Deus – ele disse. – Nada vai te machucar... nunca mais, Angel. Juro pela minha vida.

Silas se aproximou de Hayley e a envolveu em seus braços, seus lábios nos cabelos dela. Seu corpo tremeu contra o dela enquanto a agarrava com força.

– Nada mais vai te ferir agora, princesa – ele disse, ecoando a promessa de Drake para Evangeline. – Vou mantê-la sempre segura e nunca vou deixar você ir. Preciso que acredite nisso.

Ela se virou em seus braços e o abraçou também com força.

– Eu sei, Silas. Eu te amo. Confio em você. Sempre confiarei.

Sem ligar para as pessoas no quarto, ele esmagou seus lábios contra os dela, beijando-a com urgência, sua língua varrendo sua boca, emaranhada com a língua dela. Pressionou sua testa contra a dela e simplesmente a abraçou, um alívio cru e absoluto em seu rosto.

– Vamos sair daqui – ele disse, direto.

Ela sorriu.

– Me leve para casa, Silas.

LEIA TAMBÉM

SUBMISSA

Maya Banks

Tradução de Isabela Noronha

Evangeline nunca soube o que é viver no luxo, pois sempre teve que trabalhar duro para ajudar os pais e conseguir sobreviver em uma cidade como Nova York. Típica garota do interior, sente-se deslocada em meio à metrópole e percebe que a ingenuidade e a sinceridade, que sempre foram suas características mais marcantes, são vistas como defeitos pelos nova-iorquinos e, principalmente, pelo ex-namorado que a seduziu e a abandonou.

Ele se apossa do que quer, sem remorso e sem culpa.

Drake Donovan é um magnata do entretenimento e um dos milionários mais cobiçados. Junto de seus "irmãos", ergueu um império em Nova York e o seu maior empreendimento, a badaladíssima Impulse, é a casa noturna mais exclusiva da cidade. Acostumado a ter todos na palma da mão, Drake sente seu inabalável mundo balançar quando vê uma jovem com ar angelical e inocente perdida em sua boate. Quem era aquela garota? Ele não faz ideia de quem ela seja, mas de uma coisa ele tem certeza: ela será dele!

Ela não sabe se é capaz de dar o que ele deseja.

Incentivada pelas amigas, ir sozinha à Impulse parece ser o plano perfeito para Evangeline se vingar do canalha do ex-namorado. Mas o que está prestes a acontecer é algo que vai mudar sua vida para sempre. Uma proposta... uma tentadora oportunidade de ter tudo aquilo que nem em sonhos ela imaginaria possível. O preço? Submissão total e completa.

DOMINADA

Maya Banks

Tradução de Isabela Noronha

Para salvá-la, ele foi obrigado a traí-la...

No mundo sombrio de Drake, seus inimigos não hesitariam em explorar qualquer ponto fraco para chantageá-lo e minar seu poder. Por isso, ele construiu sua reputação e seu império sobre um princípio muito sólido: a invulnerabilidade. Drake sempre foi temido e respeitado por não ter nenhuma fraqueza que poderia ser usada contra ele. Até conhecer Evangeline — seu anjo. Uma mulher que derrubou todas as suas barreiras e defesas como ninguém jamais conseguiu. Mas, para salvá-la, Drake foi obrigado a fazer o inimaginável: expulsá-la de sua vida. Mas não vai desistir até reconquistá-la.

Devastada, humilhada e destruída, Evangeline não sabe o que fez para Drake ter se virado contra ela de modo tão violento. A jovem só sabe que nunca mais será a mesma. Ele a libertou de todas as suas inibições apenas para transformá-la em prisioneira de uma dor incurável. Mas quando Drake a reencontra, Evangeline descobre que há muito mais do que ela imaginava no misterioso mundo daquele homem.

Agora Evangeline precisa decidir se é capaz de depositar sua confiança – e submissão – em Drake novamente. E ele precisa provar até onde está disposto a ir para reconquistar seu amor e seu perdão.

LEIA TAMBÉM A SÉRIE SLOW BURN

PROTEJA-ME
Maya Banks
Tradução de Marcelo Salles

Quando a irmã do magnata Caleb Devereaux é sequestrada, ele não vê outra alternativa senão procurar a ajuda da enigmática jovem Ramie St. Claire.

O que o poderoso homem não imaginava é que, ao encontrá-la pela primeira vez, os dois ficariam reféns de suas emoções.

Em uma eletrizante história repleta de suspense e tensão, Caleb fará tudo para proteger Ramie e os dois serão levados a experiências inimagináveis, enquanto percorrem os caminhos sinuosos de um romance quente e arrebatador.

SALVE-ME

Maya Banks

Tradução de Marcelo Salles

Abandonada quando bebê e adotada pelo jovem e rico casal Gavin e Ginger Rochester, Arial cresceu em um mundo de privilégios. Sua única ligação com o passado é algo que a distingue de todos os outros: seus poderes telecinéticos. Protegida por seus pais adotivos para manter seu dom em segredo, Ari cresce no colo do luxo, mas também do isolamento. Até que, quando jovem, alguém começa a ameaçar sua vida...

Beau Devereaux é um homem frio, rico e poderoso, CEO da DSS, empresa de segurança criada pela família após todos os sinistros acontecimentos com o irmão Caleb e a cunhada Ramie. Beau é mais que familiarizado com as realidades de poderes psíquicos. Assim, quando Ari o procura, dizendo que seus pais haviam desaparecido e que ela precisa de proteção, ele se prontifica a ajudar. O que Beau não está preparado é para a extensão de sua atração por sua bela e poderosa cliente.

O que começou apenas como mais um trabalho, rapidamente se transforma em algo pessoal, e Beau descobre que é capaz de qualquer coisa para proteger Ari. Mesmo que isso lhe custe a vida.

DESCUBRA-ME

Maya Banks

Tradução de Marcelo Salles

Há 12 anos, Zack perdeu o amor de sua vida. Sem saber se Gracie morreu ou se o abandonou, ele procura qualquer pista sobre o seu paradeiro, tentando pôr um fim ao tormento. Sua carreira no futebol americano foi deixada de lado, pois nada teria mais importância do que descobrir o motivo de Gracie ter desaparecido. Empregado pela DSS, a empresa de segurança dos irmãos Devereaux, Zack se torna o braço direito de Caleb e Beau, atento a qualquer informação que o desperte do seu pior pesadelo e traga de volta a sua felicidade.

Há 12 anos, Anna-Grace foi traída pelo homem que havia jurado jamais lhe fazer mal. Escondendo um passado terrível enquanto se mantém sob a proteção do poderoso Wade Sterling, ela quer apenas permanecer longe de todas as memórias que a destruíram por completo: esquecer o homem que a arruinou e que ela um dia havia amado.

Anna-Grace quer esquecer que um dia amou Zack.

Este livro foi composto com tipografia Electra Std e impresso em papel Off-White 70 g/m² na Assahi.